铁葫芦

北京，1912

穆儒丐 著
陈均 编订

北京联合出版公司
Beijing United Publishing Co.,Ltd.

图书在版编目（CIP）数据

北京，1912 / 穆儒丐著；陈均编订. —北京：北京联合出版公司，2015.10

ISBN 978-7-5502-6007-8

Ⅰ. ①北… Ⅱ. ①穆… ②陈… Ⅲ. ①长篇小说—中国—现代 Ⅳ. ①I246.5

中国版本图书馆CIP数据核字（2015）第197656号

北京，1912

出 品 人：唐学雷

作　　者：穆儒丐

编　　订：陈　均

责任编辑：肖　桓

封面设计：所以设计馆

北京联合出版公司出版

（北京市西城区德外大街83号楼9层　100088）

北京温林源印刷有限公司印刷　新华书店经销

字数230千字　880毫米×1230毫米　1/32　10.5印张

2015年10月第1版　2015年10月第1次印刷

ISBN 978-7-5502-6007-8

定价：36.00元

本书若有质量问题，请与本公司图书销售中心联系调换。电话：010-82069336

目录

奇人·奇书·奇史

陈 均

列位看官，现在摆在大家面前的，是一位奇人，一本奇书，一部奇史。为何如此说法？且待我慢慢讲来。

一

一位奇人，即本书的作者穆儒丐。穆儒丐并不姓穆，因他是旗人，本无所谓穆姓。“儒丐”是他的号，即是“九儒十丐”之意，自况是落魄潦倒的读书人。“穆”则是来自他的名——穆嘟哩，在满语里是“龙”或“辰”之意，所以他又自号“辰公”。总之，他常常开门见山，自述云：燕赵悲歌之地，长安卖浆之家，有废人焉……

——他出生在北京西山的健锐营（里面住的都是当年乾隆征大小金川的精锐部队），出生于1883年或1884年（现在还有争议），先是在晚清政治改革中被送到日本早稻田大学学历史地理，又继续学政治经济学。学成回国后，却发现一无所用，正好赶上了民国取代清廷，于是寄身于北京刚刚兴起的小报业，作为记者，经历了那几年“乱哄哄你方唱罢我登台”的乱局。

——他开始写小说，写他所熟悉的北京城的“堕落”，写这座城池的种种世相，写旗人在这清朝民国易代中的悲惨遭遇，写彼时最红最火的娱乐业及明星（梅兰芳、荀慧生等）的发迹史和黑幕。换言之，他从雨果等西洋作家那里得到了观察社会的方式，而将读书人的志向寄托于文学。却不料，又因为小说，砸掉了饭碗（因小说《梅兰芳》被“小说中人”砸了报馆），后来远遁东北谋生；出版了小说，又被私人（“小说中人”）收购、焚烧一空……可谓是中国民间禁书史的奇观。

——他半辈子生活在东北，每天在当地报纸上写各式各样的文字（小说、剧评、散文、话剧、翻译……），写的大多是他念念不忘的北京。譬如这部名为《北京，1912》[①]的小说，就是从北京迁徙至东北时所写。从早年的《徐生自传》《梅兰芳》《北京》（我称之为“北京三部曲”，写的都是时代鼎革之际的老北京）到最后一部长篇小说《如梦令》（1943年出版，从清末民初写到了三四十年代的北京），可以说，在穆儒丐的笔下，呈现了晚清至民国时期的北京大观。

——他是旗人，回到满洲人的“龙兴之地”，他在文字上竭力探索满洲人何以兴起，因此写了一部满洲兴起的历史小说《福昭创业记》（这部小说被孔夫子网站的诸多卖家标注为“评书”，也被学者命名为“制造英雄”），他裹挟在“伪满洲国”的历史与现实里，却又如往昔帝国的读书人一般，翘首

① 原名《北京》，今为便于读者理解，易为此名。

北京，心怀天下。

——他在晚年回到北京，更名改姓、默默无闻、平静地度过了这段晚景时光，似乎很少人去追究他在东北的历史（不知道他是怎么做到的）。在东北，他曾经有过家庭子女，现在似乎无影无踪。没有人知道他是穆儒丐，一位曾经“丈夫胸怀冲天志”、写过数以百万计文字的文人。只因他还写岔曲[①]，所以在八角鼓票房里，还有人回忆起这位孤独的老人，还演唱他写的若干曲子。最后见到他的身影，是在一张天津八角鼓名家收徒的合影上，照片上印的时间却是他去世（1961年）的次年，因此又给后世留下了悬念。

二

一本奇书，说的就是本书。非是“王婆卖瓜”，作为编者的我来替已成“古人”或“近人”（现在已找不到家人后代）的作者穆儒丐吹嘘，而是本书确乎有着重要而稀缺的价值，因此也就让我不辞辛劳地将它从湮灭约九十年的历史尘埃里拾捡起来（上一次在中国大陆出版还是1924年），重新郑重地向诸位介绍一番。

——这是一本在现代文学史上无名，在满族文学、戏曲、语言学、老北京文化诸领域大名鼎鼎的小说。如今的现代文学史，即使数十年来经过了数次重写，周作人、张爱玲、钱钟书取代了以往的左翼作家巨头，坐上了前排的交椅，但都始终与穆儒丐无关。因他——一位研究东北沦陷区文学的学者在专著

① 一种起源于满族的单弦艺术，因创始者名为宝晓岔，故名岔曲。

里偶尔提及穆儒丐——只是一位通俗文学作家而已。“北京三部曲”或其他作品，亦是少人认真对待，或者仍是栖于旧刊和早已绝版的民国旧书。但是在另外一些领域里，情形却大不相同，穆儒丐的形象转而“高大上”，成为重要的研究对象或不可或缺的人物。

——在满族文学（或旗人文学）里，最重要的大人物是谁呢？清代的有曹雪芹，有纳兰性德，有西林太清，有文康……民国呢？有老舍，有穆儒丐，有王度庐，有郎红浣……穆儒丐大体上和老舍相当，都书写了乱世之中的旗人、风雨飘摇时代的老北京。只不过老舍乃新文学中人，有时亦听“将令”。犹记一位民俗学家常人春曾愤然而言：北京的警察怎么可能是《四世同堂》里那样的！而穆儒丐，全然与新文学无涉，或者并无此影响。

——在近世戏曲里，穆儒丐是重要的剧评家，尽管还远远未被认识。他将伶人的历史当作《史记》来写，故有《伶史》一书，亦是空前绝后的奇书一部，此是最早的研究晚清民初戏曲的专书之一。他写了小说《梅兰芳》，这本“实名制”小说叙述京城乃至全国最走红的伶人、亦被后世当作中国戏曲的“代表”的梅兰芳，却是写梅氏的歌郎经历。被焚烧数十年后，又被研究者发掘出来，用来探讨彼时的戏曲生态。而读者诸君看到的本书，其三分之一，写的是白牡丹，即四大名旦之另一位：荀慧生。写荀慧生如何成名，作者皆是亲历，因此历历在目。这段历史在现今荀慧生传记里多付诸阙如，或可参照之。

——在语言学研究里，穆儒丐的这本书乃是研究北京话的重要文本。日本学者太田辰夫将本书作为汉语及北京话教材，还专门写文章讨论这部社会小说，探讨小说中的老北京话的释义。本书的注释虽简略，亦有一些难点没有解决（书中有些老北京俗语，问及相关人士，也无人知晓），但实实是从这位日本学者的文章中获益匪浅。

——在老北京文化里，穆儒丐应当有着更重要的价值。因穆氏所描写的，是自晚清至民国的老北京。现今诸多回忆“老北京”的文史书籍，于穆儒丐而言，不过是经过时代之变，加速“堕落”后的“新北京”而已。本书即是描写了辛亥前后的北京，其地理、其人物、其政治经济，皆如在面前。穆儒丐另有《北京梦华录》，亦是将儿时的北京与彼时的北京时时对比，从中亦可见北京社会文化之变迁。然而，这些仅仅是穆儒丐反复书写北京的文本中，具有代表性的极少数的几种而已。

三

一部奇史，即本书乃是北京之奇史，书中所写及、道及的种种世相，有些或许耳熟，曾被书写，如八大胡同。（但八大胡同与国会之关联，谁又写得那么翔实明晰可感？）而大多细节很少见诸新文学诸多作家笔下。以我看来，这或是因为新文学作家大部分都是老北京的外来者（除老舍外），文学史上所谓“京派”，也不过是寓居于北京的外地文人而已。他们可以描摹北京的风俗与风景（如卞之琳写“垃圾堆上放风筝”），但对老北京的细节缺乏理解，对老北京的前生今世，更是茫然少知。他们所书写的其实是新北京的新生活，即便是好谈古、好抄书、好风土的周作人也是如此。而穆儒丐这些彼时寄身于报业的文人，或与今日之专栏作家相仿，但不仅仅写“美文”“时评”，还要写新闻、剧评、打油诗、岔曲……简直是样样都干。而且他们本身即是北京土生土长（多是旗人），对老北京社会、文化及生活的变化极其敏感，因而事事皆流露于笔下，而化作彼时老北京的一份极真实又极富情感的见证。以下举本书中所涉及的数个事件为例——

旗人之命运。本书中几乎无处不有。鼎革之后，旗人之遭遇极其悲惨，但亦有分化。书中人物大多是旗人，因此本书亦可称作一部辛亥之后的旗人“变形记”。大多数旗人堕入社会底层，如主人公宁伯雍（亦是穆儒丐之自况，穆后来改姓宁）从郊外进北京城，在万寿山所雇人力车夫，便以满语呼之。彼时之旗人，无生存手段者，男多以人力车夫为业（因此老舍的祥子也以拥有自己的人力车为奋斗目标），女则多堕入娼门。观此段描写，与鲁迅《一件小事》、胡适之人力车夫诗相比，可见差异。鲁迅文、胡适之诗仅止于对人力车夫的崇拜或同情，人力车夫只是劳苦大众的符号，而穆儒丐所写这一场景则涉人力车夫之因果。

书中亦写堕入娼门之旗人妇女，至少有两种：一是桂花，为其母主动送入窑子，成为八大胡同里的红人，被议员包养，因而引发了一场闹剧；二是秀卿，因家贫卖笑，却是奇女子，被主人公引为知己，后因贫病而死。此二种，皆是入娼门之旗人之命运，或者前者更常见一些，后者只是作者之理想人物（亦是才子梦）。

书中亦写旗人之同流合污、飞黄腾达者。如主人公寄身之《大华日报》老板白歆仁，白氏是主人公留日的同学，亦是旗人，回国后应合时势，在国会里当议员，出入于八大胡同，又拥护袁世凯复辟。从书中描写的细节，再对照相关史实，就会发现，其实具有很强的自传性。如主人公宁伯雍即是作者穆儒丐之化身，报馆老板白歆仁亦真是穆氏的留日同学乌泽声的化名，穆儒丐来到北京城谋职，就是栖身于乌泽声担任经理的《国华报》（惜《国华报》今已不存，不然可见更多细节），乌泽声投入进步党（可说是进步党的党鞭），被列入安福系家谱之孙辈。乌氏鼓吹袁世凯当皇帝，时《国华报》新闻常自称“臣记者”，亦是民国报界的一大笑谈。书中，主人公指责老同学背弃往日理想，亦是有据可查。因彼时留日的部分满族学生，曾创办《大同报》，提倡君主立宪，穆儒丐、乌泽声都曾赞襄其事。而这群留学生的领袖，满洲宗室恒钧，此时也在国会为议员，成为国民党人。因此，往昔的这群朋友，满怀天下之大志，在其所属的阶层倾覆后，走上了迥然相异的道路。也可由此见及辛亥之后旗人知识分子的分化。

书中所写白牡丹，亦可一说。因这也是穆儒丐关心的伶史的一部分，但与穆氏写《伶史》、写梅兰芳不同，穆氏写白牡丹，除揭露北京的社会问题外，更多是一段伤心史。这段故事，以主人公发现白牡丹开始，到看戏结识一帮朋友组织白社，捧白牡丹成名（今日仍能见到《国华报》组织童伶竞选，白牡丹选为童伶博士之记载），又帮助白牡丹脱离师傅之束缚，出钱请老师教白牡丹皮黄，如此等等。但白牡丹成名后，即为有钱有势者夺去，他亦对这帮早期白社成员弃之如敝履。查之此段戏界往事，今多不见提起，说起荀慧生（“白牡丹”为其唱梆子时的艺名），亦说起为师傅所困，不能解脱，但多叙述为好友尚小云所救，全然无穆儒丐在内的这批早期白社成员的影踪。但书中所述大体应为真事。去东北之后，穆氏在《盛京时报》写剧评，亦提及捧白牡丹之伤心事。此外，在《戏杂志》的某一期，我偶然发现一段文字，可与书中白牡丹事相印证。那是因《戏杂志》上登载《白牡丹传》，结果有人打抱不平，认为其传少了一段重要内容，所以投了一篇《白牡丹传补遗》，以下摘录兹文片段，可对照之：

> ……民国二年，友人朱佩弦、秋吟籁、刘弦伯、张梦词辈，组织白社于燕京，以词儿（白牡丹）为社长，骚坛健将，咸属而和之。时人称胜焉。顾尔时之词儿，为秦腔花衫。师事庞姓，性极蛇蝎，常不使之有片刻欢。后虽荷朱秋刘张诸公之垂青，得稍见天日，而每出必以三秃（庞氏子，习丑，蠢如鹿豕。偶与词儿配演《小放牛》，是犹以金盏玉杯盛狗矢也）偕。三秃贪狼，多与之钱，则可减少词儿之磨折，故朱秋刘张诸公，皆不惜以阿堵物为词儿谋幸福也。学戏时代之困苦，大率类是。个中黑幕，实有不忍言之者矣。嗣词儿病嗓，哑不成声，皮相者顿现其炎冷之态，独朱秋刘张诸公之怜惜不稍替，乃商之庞氏。（时词儿未出师，伶界惯例，未出师前，有所举动，未得师氏允许，不可。）而为词儿谋重振之方，易二黄之辙。庞氏至此，不得不允其求。乃由朱秋刘张诸公，鸠资延聘陈桐云，不数年而艺大进，小嗓亦颖脱而出。此盖彼苍之有造于词儿也。然苟不遇朱秋刘张诸公，则词儿之为词儿，未可知矣。

这一段叙述，和书中几乎一般无二，只不过穆氏用了化名。这也可足证穆氏写白牡丹成名史之亲历性与细节之真实。但是，此文只是说了故事的开始（美好之佳话），却没有道出故事的结局（丑恶之现实）。后来的捧白牡丹者里，为何不见“朱秋刘张诸公”的身影？答案即是在穆氏此书里了。

本书之细节，大多可玩味，也可与其时之新闻相对照。我在读《顺天时报》《群强报》时，曾对其社会新闻及剧评等栏颇为留意，也时加记录。读穆氏此书也往往有此感。如书中，主人公进城见西四牌楼被烧，此即1912年正月十二日之时，据云袁世凯为阻止国民党代表将政府南迁之议，而纵兵掳掠之事。此外，穆氏还写及万松野人，万松野人正是创办《大公报》的英敛之，亦是旗人，在香山创办慈幼院。北京现正提倡“三山五园”文化，而读穆氏此书，便可知“三山五园”在晚清至民国初年的衰落了。而山川人物的衰败，不仅仅是旗人以及其所居住的北京城的命运，亦是一个时代的文化的结束。

书中主人公甫进1912年之北京城，便见兵火之象，此后以记者之业，遂见及北京城中的芸芸众生，遭遇形形色色之社会怪状，除以上所述种种外，尚有和尚乔装娶妻，有画秘戏图的无赖成为教育杂志编辑，有监狱式的孤儿院，有种种没落之旗人家庭……

虽然穆氏所写，乃是如此之北京奇观，但又不能仅仅以奇观文学视之。也即，并非是鲁迅所谓之“黑幕小说”。换言之，穆氏写的是世相（社会小说），但探寻的依然是从古至今的知识分子之寄托：这个社会为何会堕落，而且还将堕落下去？理想的社会到底在哪里？

乙未七夕次夕于燕北园

第一章

民国元年三月，在由西山向青龙桥[①]的道上，有一个青年，骑着一头驴，年纪约有二十八九岁，他在驴背上，态度至为闲雅，不住地向北山看那仲春的景色。在他所骑的驴前面，另有一头驴，驮着他的行李。驴后面跟着两个村童，手内替他提着小皮包，一边叱着驴，一边还玩耍。青年也不管他们，只顾看他的山景。

这时约有午前十点余点，前两天的春雨，把道路洒得十分洁润，一点尘土也扬不起。那山上草木，被雨沾润，都发了向荣的精神，一阵阵放来清香，使人加倍地爽快。那道路两旁的田间，麦苗已然长起来了，碧生生的一望无边，好似铺了极大的绿色地衣，把田地都掩盖住。驴子所经过的地方，时时有成双成对的喜鹊，由麦田里飞起来，鸣噪不已地飞到别的田地里去。赶驴的小童，见了这些喜鹊飞鸣，便由路上拾起石了，追击它们为戏。

那山麓间的农村，也有用秫秸围作墙院的，也有用天然石筑成短垣的，院子里面都栽着小枣、山桃、苦杏等树。那桃、杏树已然开了花，红白相间，笼罩着他们的茅屋，衬着展然欲

---

① 青龙桥：位于今颐和园北宫门外，为明清以来由西山通往海淀的交通要道。1900年，八国联军入京时，慈禧太后即经由此桥出京，仓皇逃往山西。

笑的春山，便是王石谷[①]所画的《杏林归牧图》，也无此风致。

如今利用这青年在路上行着，且叙叙他的家世。这青年，姓宁名和字伯雍，上有父母，下有兄弟，世居这西山麓下，虽无多余财产，却世世守着几本破书。伯雍幼时，由小学而中学而高等，受了几年良好教育，陶铸的品行学问[②]，很有出人头地的地方，因为公家有考送留学生之举，他却考中，便送到东洋学了几年法政。如今他才卒业归国，没有半年工夫，便赶上革命的动乱，他无心问世，便在山林里，奉着他的父母隐居起来。伯雍为人，并不是不喜改革，不过他所持的主义，是和平稳健的。他视改革人心、增长国民道德，比胡乱革命要紧得多，所以革命军一起，他就很抱悲观。他以为今后的政局，不但没个好结果，人的行为心术，从此更加堕落了，所以他甘心隐居，不问世事。这时他的父母，见他已然老大不小，便把头五六年给他定的媳妇娶了过来。且喜这位娘子，倒也贤慧，能够体贴丈夫意思，上事翁姑，下和兄弟，家庭之间，总算幸福不浅。这时有近畿一旅军队，营长等中上级的军官，都和伯雍有乡谊，而且还有许多同学的，知他在家赋闲，便聘他来掌书记。

伯雍因为在家白闲着，终归是闲不起，没法子只得受了人家聘书。好在做幕的勾当，名义上还清高一点。当下禀明父母，择个日子，到军营里给人家做书记去了。他以为这些军官，除了同乡就是同学，自然容易处的。谁知这些老爷大人们，在军营里染了满身骄傲脾气，动不动以阶级压人。伯雍初

---

① 王石谷，即王翚（1632—1717），常熟人，被称作“清初画圣”，与王鉴、王时敏、王原祁合称山水画家“四王”。

② 指造就出很好的品行学问。

到营时，多少还受点礼遇，过了二十天一个月的，也就不拿伯雍当事。有时大家一起闲谈，还指桑说槐的，把书呆子贬得一文不值。他们说念书好一点的，总要带一贴[1]酸狂样子，看不起人，照伯雍这样纯厚端庄的，也太少了。可是如今看不起人的穷酸，要想当个司书生，都没人要。当初被他们看不起的人，如今倒大马长刀，当了营长、团长，还有当旅长的，这不上天睁开眼睛，无形中惩治他们一下子吗？说到这里，许多老爷大人总要哈哈大笑，并且有的说："这些穷酸也不能办什么大事！他们的材料，自能当个司书生，不致饿死，也够他们享受的了！"

伯雍听了这些话，自然有些不愿意。虽然目下念书的不值钱，也不应当这样作践。何况当初都是村学房圣人龛下一同长起来的，便是如今所业不同，有幸不幸之分，也不可因为自己地位一时比人家强，便这样肆口奚落，未免使人太难堪了。从此伯雍不愿在军营里做那会使笔的奴隶。有一天，他给营长留下一张辞呈，卷了铺盖，竟自回家去了。次日营长回营，知道伯雍已然辞了差使，还打发副官到伯雍家里挽留一次。伯雍婉言谢绝说："贱质不惯于军营生活，诸君抬爱，异日再补报吧！"副官无法，回复营长另聘高明去了。

这是还没改民国那一两个月内的事。转过年来，便是民国元年，伯雍依然在家赋闲。假如他有相当的不动产，丁[2]此大革特革时代，他一定不会出来的。在山里头侍奉父母，闭户读书，老老实实当一辈子山农，也就够了。无奈他房无一间，地无半亩，仰事俯畜，不能不另谋生计，长此家居，终非了局。

---

① 一贴：量词，一张/一块。

② 丁：遭逢。

可巧这时有同窗友人，在前门外开了一家报馆，定名《大华日报》。两个经理，正经理白歆仁[①]，副经理常守文，都是新被选的众院议员，一个加入国民党，一个加入进步党，当初他们都是很有志气的青年，如今荣膺民国代表，在议会里很占一部分势力，由党部支了一笔补助费，开张了这家报馆。伯雍听说他们的报销路还不坏，打算在他们报馆里卖文为生，或者充任一员编辑亦可。于是他给歆仁去了一封信，说明所以。歆仁素日很知道伯雍的笔墨有两下子，假如得他来帮忙，于报纸声价不无小补。而且伯雍为人狷介，最不爱提钱字，较比他人，容易打发，一举两得，有何不可？何况他来求我，我没去邀他，日后的薪金大小，他不能与我争执了。主意拿定，便给伯雍去了一封信说："你命令我的事，已然和同人说好了，请你赶快到馆，襄助一切。"伯雍见字，收拾进城。前面所述，正是他雇了驴子，进城上报馆的那一天。

伯雍一边催促着驴，一边看那山村景色，不知不觉，已然到了万寿山[②]。他由驴上下来，付了驴钱，招呼了一辆车，言明雇到新街口，二十五枚铜元。到了新街口，他多给拉车的五枚，说："我多着一件行李，这五枚给你打酒喝吧！"拉车的道声谢，接了钱，用条破手巾，不住擦他脸上的汗。伯雍在一旁看着，老大不忍，暗道："小二十里路，给他三十铜子，还很高兴。可见出汗赚钱，过于不易了。"这时伯雍方要再呼一车，到宣武门外去。那拉车的见伯雍还要出城，又知他肯多花钱，便说："先生！不必另雇车了，我送你去就完了。"伯雍

① 白歆仁：为穆儒丐友人乌泽声在小说中的化名，详情另述。

② 万寿山：燕山余脉，颐和园内，昆明湖前。

说："你已然出了一身汗，跑了二十来里路，再到南城恐怕你的力气来不及。"这时那车夫已然把汗擦干，喘息定了，连说："行行！三四十里算什么，我就怕不挣钱！道路多跑，倒不在乎。先生，你上车吧！"伯雍说："你既然愿意去，我仍坐你车去吧，省得费事。"当下告诉他什么地名。伯雍方要上车，这时在街心上，早拥来许多辆车，一个个你一言我一语，都说："先生别坐他的车了，他已然跑不动了。"这个拉车的见大众车夫抢他买卖，便大声说道："谁跑不动！有敢跟我赛赛的么？"还是伯雍排解了几句，别的拉车的才散了。当下上了车，那车夫拉起来便跑。伯雍说："你倒不必快跑，我最不喜欢拉车的赌气赛跑，你只管自由着走便了。"车夫见说，果然把脚步放慢了些。此时伯雍在车上问那车夫道："你姓什么？"车夫道："我姓德。"伯雍道："你大概是个固赛呢亚拉玛①。"车夫说："可不是，现在咱们不行了。我叫德三，当初在善扑营②里吃一份饷，摔了几年跤，新街口一带，谁不知跛脚德三！"伯雍说："原先西城有个攀腿禄③，你认识么？"德三说："怎不认得！我们都在当街庙摔过跤，如今只落得拉车了，惭愧得很。"伯雍说："你家里都有什么人？"德三说："有母亲，有妻子，孩子都小，不能挣钱。我今年四十多岁，卖苦力气养活他们。"伯雍说："以汗赚钱，是世界头等好

① 固赛呢亚拉玛：旗人。此为满语汉译之词。

② 善扑营：清代禁卫军之一。"善"即"擅"之意。擅长相扑的人编为军营，即善扑营。清亡后，善扑营解散，扑户们无以为生，或设馆教授摔跤，或设场卖药，或拉人力车，或卖苦力，或流浪街头。

③ 攀腿禄：清末善扑营扑户名单中有"搬腿禄"。

汉，有什么可耻！挣钱孝母，养活妻子，自要[①]不辱家门，什么职业都可以做。从前的事，也就不必想了。”德三说：“还敢想从前！想起从前，教人一日也不得活！好在我们一个当小兵儿的，无责可负，连庆王爷还觍着脸活着呢。”这时德三已然把脚步放快，他们二人已无暇谈话。伯雍抬头看时，已然到了西四牌楼。只见当街牌楼，焦炭一般，兀自倒在地下，两面铺户，烧了不少，至今还没修复起来。这正是正月十二那天，三镇兵士焚掠北京的遗迹。

伯雍看了这些烧残的废址，他很害怕地起了一种感想：“这北京城自从明末甲申那年，遭了流贼李自成一个特别的蹂躏，三百来年，还没见有照李自成那样悍匪，把北京打破了，坐几天老子皇帝。便是洪杨那样厉害，也没打入北京。不过狡猾的外洋鬼子，乘着中国有内乱，把北京打破了两次，未久也就复原了。北京究竟还是北京。如今却不然了，烧北京打北京的，也不是流贼，也不是外寇，他们却比流贼外寇还厉害！那就是中国的陆军，当过北洋大臣、军机大臣，如今推倒清室，忝为民国元首，项城袁世凯的亲兵。项城先生是北洋派的领袖，国家陆军多半与他有关系。如今他的兵，在他脚底下，居然敢大肆焚掠，流贼一般的饱载而去。此例一开，北京还有个幸免吗？哎呀！目下不过是民国元年，大概二年上就好了，二年不好再等三年，三年不好，再等四年。四年不好，再等五年。五年不好，再等六年。六年不好，再等七年、八年、九年……若仍见不出一个新兴国家样子，那也就算完了。”伯雍一边感想着，一边替未来的北京发愁。他总想北京的运命，一

① 自要：只要。

天不如一天。他终疑北京是个祸患的症结，未来惨象比眼前的烧迹废址，还要害怕得多。他终以北京是不可居的，还是在西山寻个无人所在，韬晦起来，较着平安。但是他房无一间，地无半亩，仰事俯畜，都得现抓。为饥所驱，遂把伯雍一个志行高洁、有意山林的青年，仿佛用鞭子赶到猪圈里去。他明知道一入北京，人也得坏，身子也得坏，耳目所接，一定不如涧边清风、山间明月，但是无论怎样与志相违，终是不能不到北京城里去，他的境遇也就很可怜了。

伯雍在车上不住感想，车夫德三在马路上不住飞跑。少时已出了宣武门，进了西茶仓胡同，伯雍才把他的思潮打住。又走了半里多路，进了一条僻巷，早见一个如意门，两边青灰墙上，写着老大白字：大华日报社。伯雍教车站住，下了车，教车夫把行李搬到门洞内，然后递给德三一张五吊钱的票儿，德三千恩万谢去了。伯雍来到门房，只见有三四名馆役，正在炕上躺着睡觉。伯雍叫了几声“借光”，才有一个由炕上爬起来，蒙眬着眼睛，懒恹恹地问伯雍说：“你是做什么的？”伯雍当时取出一张名片说：“烦劳通禀白先生一声，就说鄙人求见。”那馆役此时仍是懒洋洋的，仿佛再睡一会儿才好呢，所以他很愿意来客赶紧就去了，他好再睡。只听他打着呵欠说道：“你要见总理么？总理没在报馆。”说罢似仍然要去睡觉。伯雍见这馆役的神气，待理不理的，知他为睡魔所困，想是昨夜不曾睡觉，也不嗔怪于他，只得把自己来历说了一番，并不是寻常拜访，特来到社做编辑的。那馆役见说，少微[①]把精神一振，说：“你先生在此等一等，我去回一回账房的经

① 少微：稍微。

理。”当下他拿了伯雍的名片进去了。不多时出来，和伯雍说：“请进去吧。”伯雍随他进去，走入一个木板屏门里面，却是坐西五间正房，南北各有两间厢房，院子没有一把掌[1]大，被四面房屋欺得连太阳光也得不着。馆役把伯雍让到南厢房里，里面也有几件木器，最重要的是一个铁柜，证明此处是报社的“财政部”。随墙放着一张木床，上面放着烟具。早有一个极瘦的人，由床上站起来，向伯雍一拱手，做出笑脸来说：“伯雍先生请坐请坐，我常听我们总理提你先生，兄弟很是久仰的，头几天总理跟我们说，已然把你先生约来帮忙。好极了！活该我们的报纸应该发达！”这时伯雍一边还礼，一边问那瘦人说：“阁下贵姓？”那人说：“贱姓吕，草字子仙。”伯雍说：“久仰久仰。”于是二人就木床上对面坐下，彼此周旋几句。吕子仙烟瘾未足，仍旧躺下吸烟。吸了两口，问伯雍说：“伯雍兄于此怎么样？”伯雍说：“倒是喜爱，还没尝试过。”子仙说：“不吃甚好。兄弟一生事业，便为这东西给耽误了。假若我不吃烟，内阁总理也敢去做。”伯雍说：“现在阔人，谁不吃烟？皆因吃烟才能做总理。照我们不吃烟的，也无非给人家卖卖胳膊[2]。自目下看起来，究竟是没出息的人，吃大烟才能表示有做阔事的资格。”吕子仙见说，不禁大笑说：“伯雍你这样一个人，还会说笑话。如此看来，我这烟倒得足吸一气。”他又连吸了五六口，精神比从前大了些儿。伯雍细看他时，虽然瘦得不成样儿，眼睛里却含着机警的神气。歆仁既然用他当账房经理，想必是歆仁的心腹，可以无疑了。

---

① 把掌：巴掌。

② 卖卖胳膊：靠体力劳动为生。

此时外面已有午后四五点钟，伯雍一个山居的人，起得绝早，自然早晚饭也早些。他此时因为行了三十多里路，虽然骑驴坐车，未免有些劳乏，肚子里尤觉饥饿，可是报馆里静悄悄的，一点声息也没有，厨房里也不见有什么动静。吕子仙把烟吃完，才叫馆役打水，漱口净面，原来他才起床不大会儿。伯雍无法，初来乍到，也不能便要饭吃，只得向吕子仙说："兄弟下榻地方，想是预备出来了？"子仙道："头几天便预备好了。"说着叫来一个馆役，把伯雍带到寝室，却是那五间上房，南套间里。伯雍到了套间一看，沿窗放着一张书案，案面上蒙的绿呢，已然看不出本色，一块黑、一块黄、一块红的，还有一圈一圈的茶污。那纸烟的烧迹，比马蜂窝还密。案头沿墙去处，放着一个书架，尘土积得有一钱多厚。挨着后檐墙，两条长凳，架着一张藤织床面。他的行李，已被馆役堆在床屉上头。此外别无陈设。惟有那墙上，因为潮湿，把糊纸霉得都变了颜色，一块一块的霉湿阴晕，蔽满了四壁，隐隐现现的，好似郭河阳①云山的蓝本。

伯雍一见这屋子，也就明白他后来的运命了。他没法子，把行李打开，向馆役要了一把掸子，把案子和书架打扫打扫，把自己带来的几本破书，放在书架上，然后把铺盖就床上叠起来。他略微休息休息，又到外屋去看一看。外头四间，却隔成两间。堂屋临窗，也是一个大书案，上面放着文具，它那墨污的程度，比套间那张还厉害。挨着西墙，放着一张榆木擦漆的方桌，一边放一把旧式大椅。此外有许多报夹子，架着那些交

① 郭河阳：即郭熙，北宋著名山水画家，有《早春图》《窠石平远图》《幽谷图》等传世，其画山石多用卷云或鬼脸皴。

换报。伯雍暗道：“这间一定是编辑部了。”那北屋屋门上，挂着一张青布帘，下面犄角不知被什么烧去半边。上面的污垢，与书案上的绿呢面，可称双绝。此时伯雍知道屋里必然无人，因为过于寂静了，他遂把门帘揭起，到这屋里一看。两张床上，都放着油污的寝具，大概是底下人的。他一想：“不能，底下人自有下房，这里明明是上房，怎能住底下人呢？一定是编辑先生卧榻了。”这屋窗前，也一样放一张书案，文具倒很齐备。伯雍把各屋参观已毕，他的感想，也不知是喜是伤。

只见他点点头，仍回到自己屋中。他此时饿极了，听一听厨房那里还没信，也没人来问他开饭不开饭。他暗想道：“大概饭时还早，别教老肚埋怨我了，应当吃点什么才对。”想罢，取出二十枚铜子，喊了两声“来人”，却不见有人答应。他不由暗想道：“我叫‘来人’，他们或者不愿意，叫他们一声‘馆役’试一试。”也不见答应。伯雍无法，又叫一声伙家，就短叫大哥、先生了，却仍不见有人答应，气得伯雍无法，暗道：“他们真会欺负人。我新来的人，就不配使令你们么？我自己有腿，会外头去吃饭。”当下要出去吃饭。只听厢房里吕子仙喊了一声“来人”，遂听门房那边四五个人一齐答应了一群：“是。”随着就听有一个人，连忙跑过去。只听吕子仙和那人嚷道：“你们都干什么来着？上屋叫半天人，怎么一个答应的也没有，快过去问问什么事！”没一会儿，果见一个馆役，到伯雍屋里问说：“先生有什么事吗？”伯雍本来有着气，要出去吃饭，如今见一个馆役跑了过来，当时把气减了许多。及见那馆役问说：“有什么事吗？”只得把那二十枚铜子交给那馆役，说：“求你到外头给我烙一斤饼，买一吊钱酱肘子来。”那馆役见说，接钱去了。此时伯雍倒不禁好笑起来，暗道："这些馆役，怎这样不知自爱？我叫了半天，却一个答应的没有。账房经理不过哼了一声，五六个人，一齐答应。不用说他们心里就知有总理、经理，把别的先生自然看不到眼里。小人常态，大抵如此，姑且不必与他计较。等日后手内富裕，给他们几个零钱花，也就不能呼应不灵了。"

正自想着，那馆役已然把饼烙来，伯雍趁热，卷了酱肘子，饱餐一顿。因为他饿极了，在乡下时，哪里这晚[①]吃过饭？他吃完了，电灯早来了，俗语说得好：吃饼，离不开井[②]。他此时已然不敢教馆役替他泡茶，生恐碰钉子。幸亏他还明白，仍跑到吕子仙屋中。子仙一见他，便说："你自己买饭吃做什么？咱们馆里有的是厨子，饿了自管分付[③]他。"伯雍说："为我一个人，也没有开饭的道理。再说饭时未到，不可破例，此时我倒很渴的了。大哥！你教他们给弄壶水来喝。"子仙说："那容易。"只听他沉着声音叫声"来人"，门房那边又"嗡"的一声，有五六个人答应起来，比司令官的命令还有效呢。随即有个年青的馆役，年约十八九岁，面皮挺俏皮的，跑过来问有什么事。子仙说："你去给泡壶茶来，拿好叶子。"那馆役见说，由一张抽屉柜内取出两罐茶叶，问用哪个。子仙说："糊涂！拿一包给总理喝的。"那个馆役又由别的抽屉内，取了一包茶叶，拿了茶壶去了。少时，把茶泡来，给伯雍和子仙，每人斟了一碗，却站在一旁。这时子仙又躺在床上，弄他的大烟。伯雍乏了，也躺在对面，因问子仙说："馆里

① 这晚：这么晚。

② 北京土语，意为饼吃多了口渴。

③ 分付：吩咐。

什么时候办事？怎么这时候编辑部里还冷清清的？”子仙说：“每日吃完晚饭才办事呢。这时候稿子也不能来，所以他们吃了早饭，便都出去瞎跑，有听戏的，也有看朋友的，待一会儿，就热闹了。串门子的也都晚上来，完了事，还可出去逛逛胡同，打八圈麻将什么的。你如今入了报馆很好，究竟比你老在乡下强得多。”伯雍一听，便有些害怕，暗道：“晚间办事，已然是没益处了。办完事，还打麻将逛窑子，那一夜还有睡觉的时候么？”

他正自寻思着，早听院中有了脚步声音，也有不等进屋子，便喊叫开饭的。一阵说笑，都奔上屋去了。此时子仙因向伯雍说：“你去看看去，他们都回来了。”伯雍道：“兄弟与他们诸位还没会过面，求老兄给介绍一下子，我们好同手办事。”子仙说：“好，我同你过去。”当下吕子仙同着伯雍到了上屋的编辑部，先和二位住馆的编辑先生见了面。一位姓张名瑶，字子玖，直隶人。一位姓王名桐，字凤兮，京兆人。这二位都是三十上下的岁数，子玖先生还是前清的一位孝廉公，他们都彼此交换了名片。另有二位少年，一位是韦少卿，一位是讹若士。若士是江苏人，生得和女孩子一样。少卿倒是北京人，很有文名的，不过有些怪僻性质，人人都说他狂傲。他们二人，都在《民德报》当编辑，在这边也帮忙，所以先到这边来发稿子，完了再回那边去。少年人如此用功，也是很可佩服的了。

吕子仙一一替伯雍介绍完了，仍回自己屋中去了。此时他们几人初次对面，自然要说些久仰的话。虽然彼此闻名，当然不必拘泥，这时也不得不略事谦抑。可是十句话过来，他们便大讲特讲起来。张子玖此时得意扬扬地说他方才在茶室里挑了一个姑娘："别提多好啦！头是头，脚是脚，才十八岁。明天一定要去住局[1]，皆因她待我太好了！头一天招呼，竟会有这样的劲儿。"伯雍见子玖差不多有四十来岁了，身上的衣服，脸上的气色，在窑子里，似乎得不了什么待遇。他为什么这样入迷呢？或者他特别有此嗜好。这时只见韦少卿指着张子玖说："老张，你大概又提起你那窑案了。我一听这事我脑袋就疼！窑子里哪有有情的人？再说你逛窑子，也不讲什么品题，自要肯留髡[2]的。在你就算遇了神仙，你不过恣行肉欲，在我们跟前卖弄什么，我们不爱听。"这时讹若士方在据案大书，把十几张宣纸信笺，已然用秃笔给抹得不成模样。听了韦少卿奚落张子玖，他便把笔一投，鼓掌大笑起来。完了又附和着少卿说："老张逛窑子，跟猪八戒玩老雕一样，什么人玩什么鸟！[3]"此时张子玖脸上有些红了，可是假做笑容，和他们辩道："我天天逛窑子，也不是去言情，不过大爷玩乐，聊以解忧。我比不起你们，你们都是宝哥哥林妹妹一流人物，不妨彼此言情，我跟谁言去呢？只可到二等茶室里去物色知音。"旁边王凤兮怕他们越说越深，只得从旁取笑说："算啦！算啦！子玖如不弃嫌，我当你的宝哥哥如何？"大家不禁大笑起来。这时只见进来一个馆役问说开饭不开，凤兮说："快开吧！早就饿了。"馆役见说，遂把外屋那张方桌放在当地，安了五个座位。伯雍已然吃过饭，只得陪他们坐一坐，凑个热闹。大家吃完饭，便去预备发稿。伯雍头一天到馆，也不知做什么功课，只在旁

---

① 住局：嫖客在妓院里过夜。

② 留髡：原意为留客，此处指嫖宿。

③ 歇后语。指一个人的爱好体现了他自己的性格与修养。

边看他们做活。只见他们把通信社的稿子，往一块粘了粘，用朱笔乱抹一气，不够的，便拿了剪子，向交换报上去寻。不大工夫，新闻电报都算有了，交给馆役往印刷所送。他们腾下手来，又作论说时评，还要来两首诗。伯雍在旁边看着，却很惊讶的，这样忙忙乱乱的，胡抓一气，居然也能出两大张报，却是不易了。伯雍正自参观编辑事务，只见进来一个馆役，向他说："总理来了，请您过去呢。"伯雍见说，随那馆役去了。原来这报馆却是两个院子，由厢房旁边一个小夹道，便可以通过那边。那边也另有大门，因为欲图两院的联络，所以生辟了这一条小径，为是方便，可是总理过这边来的时候很少，都是由这边往那边叫人，所以这边的情状，总理很难赏下贵目的。

白歆仁每天到议院里去出席，散了会，还到党部去办公，最后才到报馆来。每天头一段紧要新闻，虽然关系国家大事，可是在总理看去，却是关系报馆的生死，也是他一身升沉之所系，所以等闲不肯交给编辑去做，总是他自己捉笔。他每天除了做第一条要闻，还要审查别的稿子，生恐有不谨慎的地方，所以他很觉得劳累。此刻他才由党部里来，知道伯雍到了，旧日老同学，当然要请过来一叙。

伯雍随那馆役进了夹道，忽的豁然开朗，只见五间厅房，前廊后厦，每根柱顶都装一盏电灯，照得院中十分明亮。各种花木的盆桶，已被花儿匠摆设停妥。东西各有三间厢房，也都带廊子。南面临街，却是连大门共五间草房。院内格式，虽然不是什么伟大的局势，却很整齐洁净。那五间厅房，都安着整扇大璃玻[1]。屋内电灯辉煌，满壁书画，已然凭着灯光看见了。

---

① 璃玻：玻璃。

这时那馆役把伯雍引到当院，自回去了。只见另有一个四十来岁的差役，气度很是不凡的样子，站在厅堂门前，预备肃客[①]打帘子。伯雍暗道："派头真不小哇！这里与那边一墙之隔，居然是两个世界。"一边心思，已上台阶。那差役已把帘子揭起，伯雍躬身进去，只见四间一通连，只另隔一个套间。这大厅之内，壁上挂的，案上放的，架上架的，可谓满目琳琅。只那桌椅一项，极时髦和中国黑木的，共有四堂，恍然到了木器铺。伯雍正欲看看室内陈设，只听歆仁在套间内嗽了一声说："伯雍来了！请屋里来。"此时那差役已然把那湖色绣花软帘揭起，伯雍到屋里一看，只见歆仁在一张钢丝床上仰卧着呢。见伯雍进来了，他才扎挣着起来，直咬牙皱眉的。他二人见了面，彼此对鞠一躬，然后逊伯雍在一把软椅上坐了，他却坐在他那把办公用的转心椅子上。差役献上茶，自出外屋去了。歆仁因向伯雍说："老同学，咱们有些日子没见了，怎么有些日子，简直又换了一个朝代。革命以前，你往哪里去了？我们也不知你的住址，大家都很念叨你。我们在去年八九月里，很替皇室奔走了许多日，打算仍然贯彻我们君主立宪的主张，无奈大势已去，我们只得乘风使舵，不得不与南中首义的人联络。日下经我介绍，入了进步党的很多。守文[②]却做了国民党支部部长。当初次选举时，我们哪里不找你！只是找不到。你若在城里，也能弄到一名议员。不然我和蒙古王公说一说[③]，什么蒙古议员、西藏议员，也能得一个。如今却被别人占了去。你

① 肃客：迎进客人。

② 守文：暗指穆儒丐友人恒钧。

③ 乌泽声出身蒙古八旗，故有此语。

的为人，过于因循，在政治方面，未免过于不注意，以后却很难了。在党里没有功，谁肯给你买议员。别忙，我先介绍你入党，然后我再向党魁替你说项。”伯雍说：“那倒不必。兄弟到如今，对于政党是抱一种怀疑，不愿人说我在哪一党。况且政变以来，我终日在山窟窿里住着，把性质养得益发疏懒。我的志愿，不过在社会上卖卖胳膊，聊博升斗，孝养老亲，也就够了。飞黄的事，我已不想。”歆仁听了，微微一笑，说：“你要替前清守节吗？你不过是个洋举人，还够不上遗老资格。”伯雍说：“不管够不够。我的性质，只是不愿意做官。我自己知道，便是勉得一官，也弄不到好处。既然弄不好，何必一定去弄？所以我只愿在社会上做事，较比做官仿佛自由一点。我所以给你写信，也是这个意思。论理，我向你们大家告个帮，也能够我活一年半载的，但是究竟没有自己挣的吃着舒服。我如今不过欲赖笔尖，卖几个钱，求你原谅这点微忱，给我相当的报酬便了。”歆仁听了，连连摇头说：“可惜！你在同人里面，很是有出息的。不想你弄成这么一种性质！你若老这样，恐怕你将来要穷死。”伯雍说：“那也无法。假如社会上不要我这样的人，我不死怎的。”歆仁听到这里，似乎有点不愿意再和伯雍说话。只见他连连打呵欠，伸懒腰，不住地说：“好乏好乏！今天可累坏了！”

伯雍见歆仁有些困怠，便说：“我看你有些劳倦，你歇一歇吧。”歆仁说：“我真得睡一觉！今天在议会里，为了许多议案，累得筋疲力尽，完了又到党部办公，真是苦事。但也无法，回头还得编新闻。他们我谁也不敢靠，一不留神，就出毛病。有一天头段新闻我没管，总统府竟给圈出来，传谕注意。若不是有人维持，不但报馆禁不起，连我也老大不便。如今你来了，好极啦！你得多替我帮忙。我们的报，固然唯党魁之马首是瞻。对于老袁，一句话也别得罪。他不久要当中国大皇帝了。现在已有一群人想着那么办，不过不便明说，将来由宣传入手，先说共和不便于中国，然后再往帝制上做。这种风气，我已揣摩出来了。我们不可不先事预备，所以我求你替我帮忙，多多注意。将来免不了大买报馆，我们的报，不要落第才好。”伯雍说：“这事难极了。我新来乍到，怎能统御别人？你不要把难题往我身上加。你是总理，责任还是你负。你就给我一个责任，不与别人冲突才好。不过我不能坏你的事便了。要紧的东西，还是你自己办，较为稳健。”歆仁说：“也是。没法子，我还得累。有必要时，你得替我帮忙。目下咱们的报，文艺部太不好，明天你就替我办文艺部，与别人一点冲突没有。你看如何？”伯雍说：“那好极了。我就替你办办。别的不行，文艺部或者能多干两天。”

这时歆仁又打了两个呵欠。伯雍说：“你歇歇吧！我到外屋看看你的书画。”歆仁说：“好！回头见吧。”伯雍来到外屋，由头看去，虽无唐宋人的真迹，由四王吴恽，直到戴文节，以及成刘翁铁的墨宝，挂满了四壁。今人如吴昌硕、林琴南的东西，也都有几幅。案上的古玩，也有几件出奇的。伯雍看完这些东西，又想起方才他那间寝室和编辑部的污秽，暗道：“人是平等的吗？平等不过是一句哑谜，不知冤死多少人了。智者、黠者、悍者、猾者，都能猜得破，说是假的。不过他们不肯说破，还拿着去冤人。人们一天不明白，还以为平等是真的，便一天一天地受人家的欺弄。他们要做不平等事，必得先说人家不平等，等到他们把人推倒，他们的不平等，比人家还厉害。不过口里还说是为平等、争自由便了。其实他们所说的话，还是愿意人家服从他们。不然，他们既为平等，何必自己要当总统，要当总长，要揽政权。怎见得就是你们配呢？这不是明明不做平等的事么？可是他们早早若说平等是假的，人也就不猜这哑谜了。他们由哪里如愿以偿呢？”

伯雍由后院过来，天已不早了，只见编辑部里黑洞洞，一点声音也没有了，惟有吕子仙那房里，一灯荧然，大概还在那里喷云吐雾。他以为别的先生完了事，都睡觉了，不便惊动，便到子仙屋里，果见子仙在床上吃烟呢。他见伯雍进来，由床上欠欠身说：“在这里歇歇吧。”伯雍便躺在他对面。子仙说：“你见着总理了。”伯雍说：“见着了。”子仙说：“你们是老同学，他将来一定优待你，你只跟着他忍着，他不久要当总长了。他当了总长，咱们都能阔。咱们的报馆，原不为赚钱，现在的经济，也无力扩张，可是咱们总理手眼很大，凡是跟他做事的，将来都有个位置。所以我劝你极力帮他忙，先别求眼前的便宜，如同[①]薪水什么的，可以不必跟他争多论少。再说你们是同学，原说不到这上头，有钱没钱，不是一样。说回来了，这报馆跟你自己的一样。”子仙说一句，伯雍答应一句，实则伯雍也无心听他的话，知道他的话，都是替歆仁在那里做宣传。他等子仙吸完一口烟，才问他说：“编辑部都完事了吗？”子仙说：“都完了，就等总理头条新闻了。他们利用这点时候，又出去逛窑子去了。只有韦少卿和讹若士，天天这边完了事，便回他们《民德报》去，已然走了半天。”伯雍说：“天气大概不早？”子仙说：“早呢！也就十二点钟。”伯雍说：“若在家里，我早睡了。好在今天没我的事，我睡

① 如同：至于。

觉去了。”说着辞了子仙，到他自己寝室，暗中摸索，把电灯捻亮，把铺盖放好，宽衣睡下了。他一个山居的人，平日早睡早起，鼻子里所闻的都是新鲜空气，哪里这晚睡过觉？哪里住过这样霉湿屋子？若不是他这一天的劳累，他真不能睡好。在伯雍为人，向持达观，人情世故，没有他不明白的，没有他没看透的，所以他尚能随遇而安。他看着世上那些形形色色，不是可笑，就是可怜，尤且[①]对于方才子仙那些话，他以为可笑极了。至于歆仁的状态，他更以为可怜。据伯雍的意思，总不愿歆仁做一个滑头政客，如今自己既有相当力量，应当尽全副精神，经营报务，在社会上广求后援，成为言论界一个有名人物，何必利用报纸的空名，一心专想买收，做一二人的走狗，也未免过于没出息了！他竟在政界上揣摩风气，迎合意旨，将来究竟怎样呢？倒替他怪发愁的了。伯雍一边想着，耳边只听外屋壁钟，嗒嗒地响，忽地交了一下。他惊道：“真不早了！”于是他打断思潮，渐渐入了黑甜乡了。

① 尤且：尤其。

第二章

伯雍皆因一天的劳乏，睡得又晚，才躺下不大工夫，便甜甜蜜蜜地睡去。等到一觉醒来，晓色已然上窗，他有早起的习惯，已然躺不住，便披衣起来。值后夜的馆役，见他这早起来，却很惊讶，以为是一件奇事。幸亏馆里有值后夜的，不然他寻一碗水漱口都不能。当下他求那个馆役给他打一盆水洗脸漱口，别的屋子，却一点声音没有，都在那里睡得正浓。他不敢惊动人家，只得穿了长衣，打算到外面走走，吸点空气。皆因他在乡间住惯了，这里的气味，实在令他闷损。他出了门，越了几条小巷，空气依然一般浊恶。最令人讨厌的，每家门口，放着一个马桶。有一个淘粪夫，用一担污水，拿把竹刷子，在那里挨个刷那马桶。不但这种气味，为伯雍所不曾闻过，连那腐败污秽现象，也是初次寓目。他暗道："南城外头，怎的这样浊恶？大清早晨的，都没有一点新鲜空气，反倒成了马桶世界。人类在这样空气里活着，还能有什么出息。"他一边想，一边掩着鼻子，紧紧地跑去。那个刷马桶夫役，看着很奇怪得直乐。伯雍跑了半天，才把马桶阵跑出去，看了看，已到南大街。只见行人较众了，可是没有一个讲究的人，都是凭着力气吃饭的苦同胞，也有泥水匠，也有赶市的，也有卖苦力气的，也有做小买卖的，也有拉车的……他们都是精神百倍，在这清晨里，懒惰的富人高眠之时，去挣他们一天的衣饭。伯雍在街上站了一会儿，见那边有卖豆腐浆的，他也杂在一群劳动朋友里面，买了两碗豆腐浆喝。他觉得非常甜美。他喝完了豆浆，看了看，前面却是粉坊琉璃街。他自思道："这里离陶然亭不远了，何不到那里看看，空气比这边强多了。"想罢，鼓舞精神，进了粉坊琉璃街。

这条胡同，在南城是很大的，虽然不十分清洁，比密排马桶的小巷，可谓差强人意。他走出东口，忽然空气又坏了。原来这里有几处大粪厂，放出臭气，把空气都污秽了。他堵住鼻子，闯过这个灾厄，才喘了一口气，痛快多了。只见龙泉寺的苍松古柏，带着朝烟，正在那里舒展它们的奇姿劲态。瑶台、花神庙和陶然亭，都在晶明空气里，现出一种奇古的姿态。那苇塘里的新蒲，已然有些生动的意思，有许多野鸟，在苇塘里叽呱乱噪，欢迎那轮乍升的晓日。他顺着蜿蜒的土路，走到那所过街楼底下。只见有两个少年，在那里喊嗓子。一个十八九岁，一个十四五岁，那十八九岁的，生得丑八怪似的，面部至为可笑。那十四五岁的，却十分白皙，眉目之间，秀气流溢，好似一个女孩子。只见他穿一件半旧的青洋绉薄棉袍，系一条白洋绉褡包，脚下月白色袜子，穿一双青缎皂鞋。他的头发，四围剃得精光，只留一个刘海顶，手内还提着一个黄雀笼子。那十八九岁的，却是一身布衣。他两个向着那门楼的高壁，你喊一声，我叫一声，在那里喊嗓子。他们见伯雍站在旁边，却都不喊了。伯雍一见他二人的打扮，断定他们必是唱戏的。他们见了伯雍，也不避忌，那白皙少年，不住地直看伯雍。本来伯雍斯文儒雅，一见不是市井闲汉，所以他们一点也不害怕。那个丑孩子，反倒满脸笑容的，过来与伯雍扳谈[①]，说："先

①扳谈：闲谈，交谈。

生起得真早。大概也是好唱，来喊嗓子来了！”伯雍顺口答道：“可不是。你们大概是梨园行的人，你姓什么？”丑孩子说：“我姓庞，叫三秃子。他是我的师弟叫白牡丹[①]。先生贵姓呀？”伯雍告诉了他们。三秃子说：“先生得暇，到我们家里坐着。”伯雍说：“好！将来去拜访。但是你们在哪里住？”三秃子说：“在长巷头条。”伯雍说：“离此太远了。”三秃子说：“可不是。我们反正每天早起绕一个弯儿不是金鱼池，便是坛墙，要不就到这里来。”伯雍说：“我离此不远。咱们可以常常在此相会。”说着又问那白牡丹说：“你十几啦？”白牡丹见问，小脸先一红才说：“十五啦。”伯雍又问他说：“你去[②]什么角儿？”白牡丹说：“唱小旦。”说话时，又要看伯雍，又不好意思。他大概没见过什么正经的人，所以与他正式谈话，倒反觉着有些拘谨不安。可是伯雍一见，已然很喜欢他，暗道：“可惜这样一个孩子，只因家贫，落在梨园里面。若生在富贵人家，不是一个少爷？可是少爷也没有什么可贵的，娇惯一辈子，也不过与草木同朽，反倒不如身习一艺，将来倒有个名儿。”伯雍从此有成全他的意思，因向他们说：“我要到陶然亭那边看看去。你们去不去？”他两个都愿意去。

于是他三个沿着苇塘边的大路，绕过瑶台，先到花庙，不过三间破房子，门还锁着。白牡丹说：“听着这个名儿倒很好，却没有什么。”伯雍说：“什么景色名胜，也都是听着好，一见实在东西，都没什么。可有一节，中国的名胜，都有点诗和画的意思，先得心里以为是好，由意境里造出一个好景色来，便是三间茅屋，也算是好。没有诗的意味，就是高楼

① 白牡丹：白牡丹为荀慧生早年的艺名。

② 去：梨园术语，“去”即饰演。

大厦，也是俗物。”白牡丹听了伯雍的一片话，似解似不解，只拿眼睛直直地望着伯雍。那三秃子故做解人，听了伯雍的话，只望着花神庙连连点头赞叹。伯雍说：“这下面还有两间古迹，我领你们看看去。”说着把他二人引着到香冢和鹦鹉冢的旁边。只见一个小土坡上，有两个小小石碣。一个刻着篆文“香冢”两字，一个刻着“鹦鹉冢”三字，背面都有铭志。白牡丹一见，说：“这个大概是两座坟。为什么又叫香冢和鹦鹉冢呢？”伯雍说：“你们没见背面都有字吗？”因把两道铭文念给他们听，他们也不明白所以然。白牡丹因说道：“为了一个鹦鹉，还费这么些人事，又买地，又立石头，又作文章的。”伯雍说：“这便是文人多情的地方。俗人哪里会做这样的雅事呢？”白牡丹听了，似有所感，半晌说道：“我将来若死了，埋在这里倒不错，但是谁给我立碑呢？我还不如一个鹦鹉呢。”伯雍说：“你这点岁数，暂且虑不到这上头。可是你别看这个小土岗，打算埋骨这里，资人凭吊，实在不容易呢！”这时只听三秃子在一旁问道：“这里埋的真是一头鹦鹉吗？”伯雍说：“大家都那样说，铭文上也那样写着。可是据父老传说，这香冢所埋的是一个才子的文稿，因为他上京会试，不中，一有气，把他一生的诗文稿子，用火焚了，把灰埋在这里，起名香冢，以后便成了古迹。这鹦鹉冢，是一个士人纳了一位爱姬，可恨大妇不容，把姬人治死了，那士人没法子，把姬人埋在这里，立了这个石碣。所谓‘浩浩愁，茫茫劫，郁郁佳城，中有碧血’①就暗指这回事。这也是大家附会之

① 出自香冢碑文。原文为“浩浩愁，茫茫劫；短歌终，明月缺；郁郁佳城，中有碧血。碧亦有时尽，血亦有时灭，一缕香魂无断绝。是耶？非耶？化为蝴蝶。”因有“蝴蝶”二字，此冢亦称作“蝴蝶冢”。

词。还不如就认定是鹦鹉，又有何不可呢？”白牡丹和三秃子听了伯雍这一解说，很觉有趣，自小仿佛知道陶然亭，这里有什么香冢鹦鹉冢，今天才明白所以。当下他们对于伯雍益加钦敬了。

他们在这里玩了一会儿，打算到陶然亭随喜随喜[①]，刚下了土坡，往南一转，只见另一个土坡前面，有一座新坟，还有一个较大的石碣，在坟前立着。伯雍一见，惊道：“这是谁的坟？来和香冢做芳邻，不是可怜的文人，定是多情的妓女，死后无依，被知交埋在这里了。”赶紧绕到前面一看，只见石碣上大书“醉郭之墓”四个字，却是彭翼仲写的。转到后面一看，有林琴南作的《醉郭小传》。伯雍叹道：“醉郭可谓不朽了！他不过是个卖报的，就皆因疯疯癫癫的，能勉人去爱国，自己却不留一钱，不过日谋一醉，也就够了。虽然是个畸人，却有过人的气节，所以一般阔人，虽然生前轰轰烈烈，令人侧目，若论身后之名，哪里及得醉郭万分之一！——除了他的家奴，或者能替他大吹一气。可见功名富贵，可以窃取。身后之名，万不是盗窃来的，就使能盗，将来也有个评判。”

伯雍当时又把醉郭的历史，向白牡丹和三秃子说了一遍，他二人以为没什么趣味，不过说醉郭是个疯子便了。他们由此又到陶然亭里游了一会儿。他们都有些渴了，三秃子说：“咱们到瑶台喝茶去吧。”伯雍说：“那里卖茶吗？”三秃子说：“那里便是王家茶馆，我们唱戏的到那里喝茶的很多。”伯雍说：“既这样时，咱们就去吧，我很愿意在野茶馆里喝茶。”当下他们又折回来，由芦苇丛中，一高一低的，寻着干道，已

① 随喜：随人游玩。

然到了瑶台之下。这里是在一个大土台上，建造了一个小庙，有三间大殿，有三间西厢房，已就残破，年代是不可考的了。幸有王老夫妇，把它租过来，时加修葺，尚不至倒坏。他们夫妇就在这庙里开了一个小茶馆，卖点清茶，还有烧酒、咸鸡子、落花生、麻花、排叉什么的。当伯雍三人由野苇塘里往上来时，早见那小角门旁边，挑着一个茶招子，和一个小酒旆[①]儿，在春风里荡着。台上台下，有许多古槐，已都发了绿芽。伯雍一见这地方，连说有趣，及至到了院中一看，大殿前面，摆着许多条桌，有许多人，在那里品茗。他们有认得白牡丹和三秃子的，都说："爷儿们来啦！这边喝！"看那样子，大概也都是梨园行的人。当下他们找了一张闲桌，彼此坐下了。这里比陶然亭高得多，四下一看，南城一带的景色，都看见了。

这时那主妇把茶具给拿过来，问有茶叶没有，伯雍说："我们没带茶叶，给我们挈[②]一包好的来。"那主妇见说，去了一会儿，挈了一包茶叶，提了一壶开水，把茶泡上，自去了。三秃子很机灵，等茶闷得合了适，他却给伯雍先斟了一碗。伯雍喝这水时，非常甘芳，还是野外地方，比市内强多了。他们一边喝茶，一边听旁人说话，所说的都是梨园演戏的事，说得十分可笑。还有拉胡琴与人家吊嗓子的，虽然是个野茶馆，却十分热闹。约有十点多钟，伯雍也觉得饿了，白牡丹和三秃子也要家去，伯雍替他们会了茶钱，一同出了王家茶馆，下了瑶台，他们分首[③]，各回原路，白牡丹还嘱咐伯雍一定到他们

---

①酒旆：酒旗。

②挈：拿，取。

③分首：离别之意。

那里看看。伯雍说："我有暇时，一定去看你。"于是自己慢慢地往回走来，到了粉坊琉璃街，有拉车的问他坐车不坐，伯雍说："快到了，不坐车。"他想着："我到了报馆，差不多得过十一点钟，他们一定都起来了，我和他们说说我这段奇遇。"因为他一心念着白牡丹，也不觉乏，不大工夫，已到了报馆。

他进去一看，里边仍是静悄悄的，每屋的窗户帘，一个打开的也没有。原来他们还是睡得正浓。伯雍跑进屋子，喊道："你们还不起来，外面都一点多钟了！"张子玖、王凤兮正在睡梦中，听得伯雍一喊，都醒了，忙问说："什么时候了？"伯雍说："一点多钟了。我上一趟陶然亭都回来了。"他二人见说，才由床上起来，叫馆役打水漱口洗脸。完了事，凤兮问伯雍说："你怎这早就起来了？"伯雍说："我跟你们说也不信，我没等太阳出来，就起床了。我见你们都不起来，打算出去绕个弯儿，谁知跑入马桶阵里。我一直向南行去，竟到了南大街。我想从前曾到陶然亭游过几次，何不到那里看看？我便溜达到那里，有趣极了，我还得了一个佳遇。"张子玖听了"佳遇"二字，忙问道："什么佳遇？告诉我听听。"伯雍说："妙极了。但是我此刻太饿了，由黑早[1]就起来，只喝了两碗豆腐浆，照你们这样俾昼作夜[2]的习惯，我实在受不了。你们喊一声，教他们开饭。吃完饭，我说说我这段佳遇。"子玖见说，真个一声喊道："开饭啦！"他们大概没这早吃过饭，所以一声命令，连厨子带馆役都很惊讶的。厨房那里现忙，好

---

① 黑早：亦作"黑蚤"，早晨天还没有亮的时候。

② 俾昼作夜：俾即"使"。俾昼作夜为晨昏颠倒之意。

容易才把饭菜做好，因为只三个人吃，开了半桌。吃完饭，张子玖记挂着伯雍那段佳遇，因向伯雍说："你该说了。"伯雍说："你真没忘，我跟你打听，哪家戏园有个叫白牡丹的。"子玖说："民乐园有个唱小旦的叫白牡丹，可是还没有什么名气，目下很有几个人捧他，我的朋友也有喜欢他的，天天去听戏。怎么？你遇见他了？这也算不了什么佳遇。我自当你见过什么莺莺、红娘的呢。"伯雍说："你这人怎竟想这些个！怨不得昨天少卿和若士奚落你，差不多凌登徒而上之了。怎见得白牡丹就不如姑娘呢？你也不想想，大清早晨的，谁家小姐去逛陶然亭？便是遇见，咱们一个读书人，也得回避人家。皆因是白牡丹，所以我才敢跟他说两句话。"此时凤兮从旁插言道："你说这可望而不即的事，子玖最不愿意。你非得跟他说，哪个茶室姑娘最喜欢留髡。他听着必然眉飞色舞，一定去试一试。白牡丹无论生得多好，似乎跟他没关系。凡是不能成关系的，他都以为不好。"子玖见说，向凤兮道："怎么着？连你也拿我打趣儿了。"既而又问伯雍说："你跟白牡丹说话了吗？"伯雍说："怎的没说。这孩子很有点意思，我给他解说鹦鹉冢时，他说他死了也愿意埋在那里，他有这句话，可见没有俗骨了。"子玖和凤兮见说，齐声问道："他说这话来着？不错，孺子可教。"一边夸赞着，凤兮直捻他的小胡子，仿佛在那里构思，要替白牡丹作一首诗似的。

此时伯雍又续言道："我们在瑶台一同喝了半天茶，那里是个特别的社会，很有趣的，可惜从前竟不知道。如今无意中被我发见[1]，真不亚如哥伦波[2]发见新大陆一般。我们没事时，

① 发见：发现。

② 哥伦波：今译为哥伦布。

正可到那里去消遣、喝茶的。除了些乡农野老，便是些唱戏的，虽然言语举动，有些粗糙，我却喜欢他们都很率真。大概他们在戏界里都是够不上阶级的人，所以还没有习气。若成了名角，或者也就骄矜起来了。总而言之，那里却是一个解愁所在，以后我要拿那里做个避秦的桃源。”张子玖听到这里，已然不奈烦[1]地说：“才提白牡丹的事，我已然有点意思。你又说起瑶台来，究竟白牡丹怎样呢？”伯雍说：“你想能怎样？初次见面，也谈不到什么，可是我们临分手时，他坚嘱到他家看看。他说他们在长巷头条住，他的师傅姓庞，有了地址和姓名，难道不能找去吗？只是一样，我看他们家里也未必怎样富裕，我们一去，不知他师傅愿意不愿意，什么茶水等项，不能不破费一点。”子玖说：“你这人过于顾虑了。难道一杯茶，就把他喝穷了？再说他们唱戏的，此时正赖人捧。报界的人，他们更是欢迎，因为能替他们吹嘘。此时已有许多人希望捧他，只是没有与他见过面的。假如因你身上，能与他见着，于他们未尝无利，有何不可呢？”伯雍说：“我打算先听他几天戏。假如将来不无出息，再替他出力，也还不迟。若是虚有其表，不堪造就，也就罢了。省得教人说我们外行，重色轻艺，瞎捧乱捧，也捧不起来，落个无趣。图什么呢？”

当下他三人把这话搁起。伯雍向凤兮、子玖商量起分担新闻的事。子玖说：“昨晚歆仁与你怎说的？”伯雍说：“他教我担任文艺部。”子玖说：“正好这一部分正没个专人，得你担任，将来一定可观。”伯雍说：“你们先不必说这客气话，我现在还是外行，慢慢地学习吧。”于是打开报，三人参酌，

---

① 奈烦：耐烦。

用朱笔画出格式来，分配定了，伯雍自任预备他的材料。这时忽见进来一个馆役，脸上笑嘻嘻地向伯雍和子玖、凤兮说：“刚才总理来电话了，说今天晚上在陕西巷泉湘班请吃花酒[①]，请诸位先生，晚上务到，不必到旁处去了。”子玖见说，先笑起来说：“好好！多日没吃花酒了。”因向那馆役说：“你去回总理，晚上我们都去。”那馆役自去了。伯雍因问子玖说：“歆仁还逛窑子吗？”子玖说：“现在当议员的，哪个不逛窑子？八大胡同，简直指着他们活着。照我这样五吊钱喊一个铺，两块钱住一夜，真是无聊已极。不承想还得个登徒子的徽号。照人家一两台花酒，便是一百多块钱，人倒说他不是色鬼。我倒想那样，没钱！”既而又向伯雍说：“还不错。他还看得起你，居然还请你吃一台花酒。”伯雍说：“别管为谁，我们晚上倒得看他的贵相知，或者是很不错的。”子玖说：“我们早看见过了，还是清倌[②]，倒是纯粹北京人，名字叫什么桂花呀？大概叫桂花。十五六岁，好打好闹，还能唱两句二黄。歆仁自从挑上她，差不多天天去，牌哩酒哩，不知捧了多少次。这回利用你新加入本社，又做这一回场面，将来他一定把她讨出来。”伯雍说：“他已有好几个孩子了，他的夫人也很贤慧的，何必还想弄人。此话未必属实。”子玖说：“你还不知道，近来他的夫人，得了一种冤孽病，总也治不好。他们的爱情，已然冷淡了。再说，现在当议员的，有两件流行品，彼此夸耀，第一是马车，第二是姬妾。那当不上议员的，看着他们如此快活，都有三个志愿。”伯雍忙问：“哪三个呢？”

---

① 吃花酒：在妓院里狎妓宴饮。

② 清倌：妓院里卖艺不卖身的女子。

子玖说："便是一车、一妾、一议员。他们见人家这样羡慕他们，也就以此三项骄人。如今歆仁，议员有了，马车有了，只短一个妾，所以每每引为憾事。他若不弄个妾，便是到在议场里，也有点相形见绌。"伯雍说："你这话我不信，简直是骂人。"子玖说："真的。假如你当议员，若没有马车，没有妾，大家真能不理你，说你是外行，还免不了田舍郎的呆状。他们已成了这一种风气。你不信，问他们当议员的，谁有妾？谁有马车？他们很高兴的，必屈着指头告诉你。因为他们每人都有一本统计册，没有马车和姨太太的，摈而不录。所以歆仁近来抓耳挠腮的，很为这件事发愁，他这样在桂花身上捧场，也是为得她欢心，省得为捷足者先登，不得不预为地步[①]。论他很可以了，在议会里，虽然不是很红的角色，却能拉党，所以党魁很重视他。在经济方面，自然是不发愁的，慢说一个桂花，十七八个，也办得到。"伯雍道："话虽如此，他的妻党，很厉害呢。恐怕这个议案，不容易通过。"子玖说："他所以抓耳挠腮，急得要命，大概也是对于这方面不无戒心。"

伯雍和子玖正谈得热闹，忽听凤兮在旁边说道："别瞎聊啦！正经把稿子归掇归掇[②]，先发一点，竟等晚上由泉湘班回来再办，不知什么时候散，恐怕来不及，莫如先做点活计吧。"二人见说，皆以为然，当下不谈天了，忙着去办稿子。晚上，少卿和若士也来了，帮着把稿子发了一大半。六点来钟，他们一齐出了门，雇上车，飞奔到泉湘班。这班子是北班中数一数

---

① 预为地步：预做准备之意。

② 归掇：将杂乱物品收拾整齐。

二的。他们到了院中，只听跑厅的[①]吆喝了一声，随即过来一龟奴，把他五人截住说："诸位老爷，恕眼拙，有熟人提一声，现在没有闲屋子了。"

大凡在窑子里得着一个资格，教全院姑娘都认识你，一切跑厅龟奴和掌班的都恭维你，不是称为某大人某老爷，就是某大爷某少爷，或是几爷，都煞是不容易呢。第一得有金钱，第二得有工夫。金钱的魔力最大，能教人脑袋上镌着字一般，使那些龟奴一见，就能认识。再加上工夫，一天也不缺席，那些龟奴比认他们家祖坟还省事呢。若是这两件不及，也就不必逛了。窑子中人的势利眼，比哪界都厉害，你若不常去，或者透点寒酸，他们明明知道你招呼过哪个姑娘，他能硬不认得你，不是问你有熟人没有，就说没屋子，要不就往柜房让你，甚至教你在院中站半天，没一个人招待。若遇见有几帮阔客，在此打牌吃酒，姑娘也忘其所以了，龟奴更是兴高采烈，简直不愿有普通客人来，不过不好关门就是了。这时若有不识趣的客人，一心要访他贵相知，火着心[②]，同着朋友去了，谁知他认识的姑娘，打扮得花枝招展，正陪着阔客打牌吃酒呢。忽然你来了，姑娘也不愿意，跑厅的也不奈烦，把你们往冷屋子里一装，半点钟姑娘也不过来一趟。相形之下，有多们[③]难以为情。虽然浇一脑袋冰水，还得掏一块钱，这一块钱的来历，先不必说，这肚子肮脏气应当怎受呢！作书的既没钱，又没工夫，多少也受过点这样的气，恍然大悟了，所以久已不敢作此想。至

① 跑厅的：妓院的男佣。

② 火着心：热心。

③ 多们：原文如此，疑应为"多么"。

于现在好逛诸君，脸子是脸子，钱是钱，工夫是工夫，当然不能挨掩[1]的，还请照旧去。别忘了说书，言归正传吧。

那跑厅的上前一拦子玖五人，致使五人好生不愿意。虽然在这里不认识姑娘，也有跟白歆仁来过的，怎就忘了呢？方要与他发作，可巧歆仁的那个管家大人，正由里院过来，一见子玖四人，便说："那是白大人请来的客。"跑厅的见说，满脸赔笑道："恕眼拙。"当下把四人引到后院桂花的屋子。只见三间较宽大的屋子，隔作两明一暗，桌椅床帐等项，都是临记洋行的舶来品，一见便透出红姑娘的气派来，却不知是谁给置的。或者是歆仁所赠，因为他二人关系密了，别人也不便再花冤钱。此时白歆仁还没有来，只把他的亲随派来，招待客人。这时屋内已然有几位客，气度都很骄矜的，可是一见桂花，五官便都挪位了，这个拉，那个跑，闹个不休。伯雍一见他们，都是国民代表、参众两院的议员，因为他们胸前都悬着金光灿烂的议员徽章。他们所以似乎有挺大的气度，异乎寻常的样子，也就因为他们胸前有这点东西。

伯雍五人，和那几位贵宾，彼此通了名姓。再看那桂花时，还是雏妓打扮，头上梳着极玲珑的两个抓髻，戴了满头的花儿，身上穿着花缎旗袍。因为身量矮一点，还穿着旗装的厚底鞋。眉目之间，生得倒很秀媚的。跟她的娘姨，年纪不过四十来岁，一张白瘦脸儿，微有几个麻子，虽然有了年纪，却仍带点少年时的风韵。她头上梳着一个小小的苏州髻，戴着一头黄簪子，穿着青缎半大夹袄，青缎中衣，脚下月白袜子，也穿一双七分底旗式青缎坤鞋，腕子上戴着极粗的金镯，指头上

① 挨掩：方言，在众人面前难堪。

戴着五六个戒指，说话时飞眉使目，很有些满足的样子，人都管她叫老黄，桂花呼她作阿姨。她倒是桂花的亲姨，只见她在桂花身上很留神的，桂花天真烂缦[1]，对于诸客，倒是一视同仁，没有差别的待遇。可是老黄，偏要叫她有分别，桂花若跟胸前没有徽章的来宾嬉戏时，老黄必然呵止他，说："别闹了！这么大了，老不会安静一会儿。"可是桂花一会儿又去跟戴徽章的老爷们去闹，撒娇撒痴的，教背着，教抱着，老黄便不拦她，还在一旁跟着凑趣儿。伯雍在旁边冷静观察，这妇人的肺肝，什么颜色都看见了。

老黄和桂花的母亲是亲姊妹，她的丈夫是街上无正业的一个光棍[2]儿，桂花的母亲，嫁的倒是一个旗下[3]当差的，生了桂花一个闺女。革命以后，桂花的父亲死了，家里日月，本来不富裕，自丈夫去世，更是柴米无着了。娘儿两个，天天在穷愁里活着。一日黄氏走来，帮助她娘儿俩一些柴米，她们娘儿俩很感激的。黄氏因和她姐姐说："姐姐！你们娘儿俩老这样，也不是个了手[4]，怎的也须想个长策。"桂花的娘说："我一个妇人，能做什么！天天想主意，也想不出个善法，除了我给人家使唤着去，又有这个坠头街[5]，累着我的身子，一步也动不得。要不你把你外甥女儿带了去，暂且在你家住着，腾出我的身子，给人佣工。每月她的食费，我自己拿，就求你看管她，

---

① 烂缦：烂漫。

② 光棍：无赖。

③ 旗下：旗人。

④ 了手：了结、了当之意。

⑤ 坠头街：满语Jui Togiyo的音译，Jui是满语"孩子"，Togiyo是满语"碎木片子"，意思与如今仍流行的北京话"丫头片子"相同。

不至出什么毛病，我便感激你。”黄氏一听，大不以为然说：“你给人家佣工，每月能挣几个钱！现放着有个宝贝，可惜你不知道使用，成天抱着烙饼挨饿，你够多愚呀！”此时桂花正在一边剪纸人玩，忽听她姨说她们家有宝贝，便从旁插言一说：“姨呀！我们家哪里有宝贝？我怎不知道哇。”黄氏说：“傻鸦头[①]，你懂得什么！快外头玩去吧。”桂花见说，果然找邻居的小孩子玩去了。

此时黄氏见桂花出去了，便往前凑了一凑，向桂花的娘说：“傻姐姐，你看桂花出落得渐渐是个大姑娘了，吃香喝辣的，就在她身上。”桂花的娘见说，惊道：“你这话我不明白。她一个小孩子，每日只知贪玩，虽然十四五了，一点好歹也不知！我正愁她这么大了，不能分我一点忧，还指望她养活我吗？将来有对式[②]的，给她找个婆家了，我这段心愿，也就是了。”黄氏见说，笑道：“我说你傻，你真傻透了！你也不想想，如今是什么时候？如今是民国了，你别想咔嘣硬正[③]地当你那分穷旗人了。如今是笑贫不笑娼的时代，有钱的忘八，都能大三辈，有人管他叫老祖宗。你看！隆裕皇太后，若在好年头，老[④]不是老祖宗么？如今谁还理她！那窑子里的女掌班，差不多都是老祖宗了。当妓女的，竟敢起名叫龙玉，暗合隆裕二字的声音，听说是个议员替这妓女起的，寓着革命的意思。如今什么事都大翻个儿了，窑子里的生意，好不兴旺呢！好几百议员，天天都在窑子里议事，窑子便是他们的家，我

①鸦头：丫头。

②对式：北京土语，合适。

③咔嘣硬正：北京土语，刚强，有骨气。

④老：原文如此，或为尊称。

看着别提多眼馋了！”桂花的娘听了这些话，更是惊讶得了不得，说：“妹妹！这些话你都是听谁说的？不瞒你说，这些话我听着都新鲜，照你这样说，将来天地都要掉换了？”黄氏说：“那指不定。马粪堆还有发迹的时候呢！你天天老在家里活挨饿，外头的事，你知道什么！现在八大胡同，了不得了，热闹得挤也挤不动。”桂花的娘又不明白了，忙问道：“哪儿有这么一个八大胡同？是不是石大人胡同呀，那里也不见得热闹。”黄氏见说，倒好笑起来，说：“你真是不出门的压炕头子货[①]！连八大胡同都不知道。那里就是花界。你知道前门外的窑子呀，就都在那里。”桂花的娘说：“买卖人所居的地方呀？”黄氏说：“对啦！那里了不得了，大洋钱天天往那里飞，差不多都成了金山银山，比皇宫内院还阔呢。咱们何不到那里头享几年福，也能做个老祖宗呢！”桂花的娘说：“那个地方，虽然有钱，岂是咱们所去的地方。”黄氏说：“我说你没忘你的穷根。再也不错，怎见那里就不许咱们去呢？”桂花的娘说：“咱们究竟是皇上家的世仆。当差根本人家[②]，虽然受穷，廉耻不可不顾。”黄氏见说，把脸一沉，透着有点生气，咬一咬牙，指了桂花的娘一下，说：“你呀你呀！可要把我怄死。我问你，锅里能煮廉耻吗？身上能穿廉耻吗？什么都是假的，饿是真的！如今没有别的法子，先得治饿。你知道我的来意么？我实在不忍你们娘儿俩，这样无着落的，指引你们一条明路，日后发了财，我也好沾点光。谁知你还是这样不开通！别想再当旗人了。你只把桂花交给我，管保你坐在家里充

① 压炕头子货：旧时对妇女的蔑称。

② 根本人家：指安分守己、有正当职业的人家。

老太太，使奴唤婢的。”桂花的娘道：“听你之言，敢么要教桂花下窑子去？”黄氏说：“谁说不是。除非如此，你们娘儿俩没有活路。”桂花的娘道：“孩子太小，我不忍教她操皮肉生涯。”黄氏说：“我说你什么都不懂，果是什么都不懂。你当一下窑子，便得留客呢？有一种叫清倌，光卖盘子，不留住客，于身体一点关系没有。就拿桂花这个小模样，收拾起来，焉能不招人稀罕！保管下车[①]就红。不用说别的客，就是现在的议员，就够应酬的了。他们都是拿钱不当钱的，混他二三年，弄万八千，桂花依然是个黄花女儿。假如有对式的，未尝不可教桂花跟了人家去。清倌的价值更贵，至少也得三四千块钱。你没看见呢，议员逛窑子，跟疯了一样，他们都惦念娶个小老婆。自要人才出众，要多少钱给多少钱，机会不可错过呢。等桂花得了地位，在他们老爷跟前，说什么不成？你那时不知要怎样享福呢。恐怕到了那时，你就不认得你这妹妹了。”一席话，说得桂花的娘，有点忘其所以了，仿佛后来的富贵，一一摆在面前，迷惘了半天，才和黄氏说：“听你之言，也有道理。如今我左思右想，除此亦无良策。但是孩子太小，我们不过为图糊口，不得已而操此业。我但嘱你一句话，我的孩子，可不能叫她留住客！挣几个钱，还是给她找婆婆家要紧。”黄氏说：“这话还用你说！你的女儿，不是我的女儿一样？我哪能卖她的皮肉养家肥己呢！不过那里遍地是钱，不借重外甥女儿的鼎力，是拿不来的。只当我们使了一个美人计，发点财，也就不干了。”

当下姊妹两个商定，桂花的娘本来是外行，一应手续，都

---

① 下车：入行。

托黄氏代理。坐了一会儿，黄氏高高兴兴地辞去。回到家中，跟她男人一提，说：“已然说降了。只是搭哪一个班子呢？你也该与你那群忘八蛋、三孙子、人牙子、皮条匠、鸡毛蒜皮把兄弟，说一说，总得先使几百块钱押账，给桂花置几件衣裳、首饰，剩下的给孩子的姨大大[①]做用度[②]，她好放心。桂花是我姐姐的闺女，你别以为是拐来的，你也须拿出点良心，替我尽尽心，办妥当一点！”一片话数落得她丈夫老王跟大头蚊子一样，连说“我去我去”。没有几日，六百块钱的押账使下来了，黄氏替桂花做了几套衣裳，买了点首饰，装扮起来，不啻神仙中人，剩下几十块钱，给桂花的娘留着度日。从此黄氏便将桂花带到泉湘班，上捐[③]营业，孩子既有人缘，老黄又长于应酬，没有几天，便成了泉湘班一根台柱。

歆仁招呼了桂花，每天总要破工夫去一荡[④]。无论他怎样忙，心里总没忘过桂花。在议员里头，虽然有许多是桂花的客，他们已然是有了姨太太的，虽然这种东西不厌其多，可是在议员的地位，有一个姨太太，也足以自豪了，等到弄到国务员地位，再实行多多益善主义。他们皆因歆仁现在尚有向隅之叹，又见他在桂花身上这样尽心，知他必然有意了，所以都声明替他帮忙，谁也不许秘密进行，所以此时桂花，虽然没有脱籍，大家都拿她当歆仁的记名姨太太，差不多在参众两院声明保留案了。在桂花自己，天真烂缦，可是什么也不知道。不过她姨娘黄氏，已然看明白了，知道歆仁将来一定会领出桂花

①姨大大：大妈。

②用度：费用。

③上捐：做娼妓。

④荡：趟。

的，所以在歆仁身上，特别地留意。这次请客，要说歆仁不是为伯雍，也未免冤枉他，可是骨子里面还多一半为桂花，因为窑子里的姑娘，虚荣心比什么人都厉害，要是没人捧场，牌呀酒的乱闹一气，这个妓女，无论色艺多好，便不敢居个红字。有牌有酒的姑娘，便是无盐、嫫母[1]，也就把架子摆得老高，仿佛一个院子都装不下她。那些无人捧的姑娘，也就不敢与她颉颃，小心儿里暗暗叫苦，埋怨她的客，都是些穷酸措大[2]便了。

这时只见有许多同院姑娘，都搭讪着到桂花屋里来看，一个个都现出一种羡慕和嫉妒的颜色。这时便听院内一阵呼喊，那个跑厅的也说白总理诸位到，这个跑厅的也说白总理诸位到。老黄见说，赶紧往外迎接，桂花也笑着跑出去说："你们都来了。"只见一个獐头鼠目、狼顾鹄声的人，年约三十来岁，微有几根黄胡子，上前把桂花搂住，连着就去亲嘴说："乖乖！几天没见你，更出息了。"歆仁在旁边看着，心里想是十分不快，却也无可如何。桂花在那人腕里，支掌[3]半天，才挣脱出去，鼓着小腮帮子说："我们不愿跟八爷闹！动不动挺臭的嘴就跟人要乖乖，什么毛病！"那人见桂花奚落他，张着两手，要去抓他，吓得桂花"呀"的一声，如燕雀避鹰鹯一般跑去了，惹得大家一阵好笑，连忙往堂屋里让。一时连主带宾，有十几位了，说话的口音，哪一省都有，真所谓南腔北调，聚合一堂，吵吵嚷嚷，闹成一团。除了议员，便是各报的大总理。歆仁因问他那长随说："谁还没来？去催请催请。"

---

① 无盐、嫫母：无盐、嫫母都是历史上有名的丑女。

② 措大：指穷读书人。

③ 支掌：应付。

长随说："二爷不来了，三爷到别处有一局，胡总理、王总理都有电话谢谢。"歆仁说："除了他们，大概都齐了，你分付他们摆吧。"一声下去，龟奴四应。当下在堂屋里摆下两张大圆桌面，只听那个要笔，那个要纸片，纷纷写起传局条子来。歆仁说："你们别忙。谁叫谁，我给你们写。"当下他一人代办，写了二十来张条子，有一个人叫两个姑娘的，不认识人的由歆仁推荐，写个借局，都写完了。歆仁笑着问伯雍说："你也得叫一个。"伯雍说："我一个人也不认得，算了吧。已然够热闹的了，我只做个观花人便了，生拉硬扯的，勉强叫了来，她不认识我，我不认识她，也没什么趣味。算了吧。"歆仁说："不行！一定得叫一个。"别人也说："大家都叫，你凭什么不叫！不认得人，我们给你借。"只见歆仁摇着笔，笑了半天，回头跟大家说："把秀卿给伯雍叫来怎样？"大家拍手大笑，都说"好极"。于是把条子写齐，教人分头去叫。这里纷纷摆台，在伯雍心里，十分纳闷："怎么他们给我借条子，非常地喜欢呢？这秀卿不知是什么人？他们这回，一定拿我取笑了。"

这时台面摆好了，大家纷纷入座。不一时，所叫条子，陆续都来了，有肥有瘦，有高有矮，有南有北，一个个虽具几分姿色，不过仗着一身衣裳，满脸脂粉，堆成一个人，勉强只说是粉白黛绿罢了。她们一个个，都挨着叫局本人坐下。伯雍暗道："这里头一定有个秀卿。"谁知都坐下之后，却没有。别人都说："秀卿怎还不来！这个东西，可恶极了，软硬她都不吃，动不动就给人难堪。这时候了，她还不来。"伯雍说："她既不来，不如辞了她。何必为她一人，致令举座不欢呢？"歆仁说："你不知道，她也不是摆架子，简直有点怪脾气，谁招呼她，也不能合式[①]。今天给你借了来，或者她能看得上眼。”伯雍说：“你这是何苦！你们都摆布不了她，她看我是个呆子，更不爱理了。你们不是跟她玩笑，简直跟我过不去。”歆仁说：“不能！她若犯狗食[②]，今天咱们群起而攻。”这时已然吃了几巡酒，那些乍出茅庐的妓女，都要献献她们的能耐，叫师傅拉胡琴，一个一个地赛唱她们的二黄。在众声欢动之中，只见进来一个姑娘，穿着一身布衣，脑袋上也没有多余装饰品，年纪差不多二十多岁了，两只天足，亭亭的身材，面皮倒很白皙的，不过隐隐地仿佛有点烟气，但是眉目之间，有些英爽冰霜之意，一看便是个不老实的人。这时大家见了她，都说：“欢迎欢迎！只是来晚了，该罚的！”那姑娘说：“我认罚。但是你们谁叫的我？”歆仁一笑说：“我的朋友宁先生，要借你一个条子。”说着把伯雍一指，这时伯雍已然不安起来，暗道：“她就是秀卿，已然是个老妓。假如她若把我冷淡起来，实在不好看。”暗暗地把歆仁好骂：“没有拿朋友开心的。”别人也都把眼睛送到秀卿身上，看她做何举动。

只见秀卿把伯雍看了一眼，半晌说道：“是位老实先生。”说着竟走到伯雍身旁坐下了。伯雍反倒不好意思起来，大家见秀卿竟挨着伯雍坐下，都很奇怪的，那獐头鼠目的老爷，笑嘻嘻地和秀卿说：“你今天是怎么啦？向常[③]不喜欢挨着老爷坐着，今天怎会挨着他去坐？你留点神，他身旁有锥子，看扎你一下子。”秀卿说：“我爱挨着人家坐着，你管得

---

① 合式：合适。

② 犯狗食：指以恶劣态度待人。

③ 向常：往常。

了吗？你大概被锥子扎怕了，替我瞎操心做什么！”又有一个人说：“宁先生是一身布衣，秀卿也喜欢穿布衣，穿布衣的当然要挨着穿布衣的。”秀卿见说，立着眉毛，向那人道：“穿布衣裳憨蠢吗？包子好不在褶儿上，你们倒都穿着绸缎呢，一般也见不出什么好骨头肉来！”那獐头鼠目的人，见秀卿还出来的话非常厉害，便说道：“不得了，她又该骂人了！我今天要跟你豁拳，非把你灌醉了不可。”秀卿说：“你先打个通关，完了我跟你豁。”歆仁在一旁非常赞成，那人也最爱豁拳，当下挽了挽袖子，挨家儿豁起来，不一会儿应当与伯雍豁了。秀卿说：“你跟他豁，我替你喝酒。”歆仁听见这话，笑着向秀卿说：“你这人究竟是怎回事？怎么才见面，你就在人家身上这样上劲，教我们怪疑心的。”秀卿说：“这有什么可疑惑的！我由心里头愿意替他喝酒么，你不会教你们桂花替你喝吗？”这时桂花在旁边斜着眼睛向秀卿说：“秀卿姐，我可没得罪你，你不知我不会喝酒吗！出这坏道儿做什么。”秀卿说：“没跟你说，小鸦头片子！”那獐头鼠目的人，这时在那里直用力，不住把拳头挥上挥下地说：“不管谁喝酒，反正你们俩人有喝的就行。”秀卿在伯雍旁边，也极力鼓舞说：“跟他豁！他是屎拳，不过瞎喊便了。”伯雍平日也很会豁拳的，不过今日要在秀卿面前做个脸，未免有点心慌，连豁三拳，都输了。伯雍把脸微微一红，只见秀卿把伯雍瞪了一眼说：“看着你很老实的，心里也够斗！你知道我替你喝酒，怎么一拳不赢呢？”伯雍说：“不是成心。你若不信时，我陪你喝三杯。”秀卿说：“算了吧！卖一个饶一个做什么！我不服气，跟老八先豁三拳。”因向那人说：“老八！我们老爷输给你三拳，我要替他挡一挡，你敢豁吗？”八爷说：“谁还怕你！来来来，不把你打回去，你也不知八老爷的厉害！”

这时伯雍也和秀卿说：“你这向[1]要输了，我也替你喝。”秀卿说：“你先别盼输，放心吧，这回用不着咱们喝酒了。”说声到，二人便豁起来，一转眼间，秀卿连胜三拳，举座都鼓掌喝起彩来，伯雍心里尤为痛快。八老爷连输三拳，未免有点上火，硬说秀卿都是等拳，执意不喝酒。秀卿说：“你不喝，我提着耳朵灌你！”大家也都说：“你明明输了，凭什么不喝！喝了再说。”八老爷没法子，吃药一般，把三杯酒都喝了，接着又跟别人豁，互有胜负。一个通关完了，八老爷终不肯与秀卿罢休，还要与秀卿豁。秀卿说：“你要豁，咱们换大杯，这一点的小酒杯，有什么意思！”八爷说：“好！”当时换个大杯，两人一对拳，豁起来。秀卿的拳，虽然好，也有时输，端起杯来便一饮而尽。伯雍在旁边看着，暗暗替她叫苦。可是秀卿犹如无事人一般，再看那八老爷时，小脸儿红得跟猴儿屁股一样了，舌头根了也短啦，眼见就要往桌子底下钻，还在那里叫阵。幸亏大家怕他醉倒了，极力劝止，方才罢了。这时叫来的条子，渐渐地都去了，来宾也有去的了，只有秀卿，还不曾去。不一时，饭都吃完了，她却拉着伯雍，问长问短，既而又问：“你今天有工夫吗？可以到我那里坐一坐。”伯雍说：“晚上还得办稿子呢。”秀卿说：“你没工夫，就不便去了。”歆仁诸人，至此更以为奇怪了，大概秀卿总没有过这样的态度，所以引起大家的注意。此时歆仁因向秀卿说：“你若喜欢他，我放他一晚上假，教他跟了你去。”秀卿说：“不必。他自有职务，你能天天老放他假吗？”因又向伯雍说：“每日事

①这向：这边。

务办完，愿意出来，不妨到我那里坐坐。”说着自去了。

秀卿去后，这里大家却哄起伯雍来，有说他艳福不浅的，有说他年貌占便宜的，有说秀卿自命不凡、矫情立异的。伯雍也不管他们，不过对于秀卿萍水的知遇，不能不动点情感。这时天不早了，伯雍和子玖、凤兮诸人，谢了歆仁，一同回去发稿子。这里歆仁不免要和他几个切要朋友，在桂花的寝室里，略事休息。老黄忙着去泡好茶，一切账，教长随向柜上去开付，连酒席带车饭钱，共享了一百余元。一个小编辑两三个月的薪水，八口之家的用度，在灯红酒绿，鬓影钗光里头，没有了。千金买笑，一饮万钱，原是大丈夫的本色，寒贱鄙夫、悭吝下士，当然是不足语此，可是天下事，都有个缓急先后，到了仁至义尽的时候，挥霍亦可，俭朴亦可。不过民国以来，有好多事，不但去仁义太远，并且有许多不足挂于齿颊的，自己以为很豪了，殊不知每每为识者齿冷的。有好多人，因为一时的机会，地位也有了，收入也多了，似乎可以行一点有人味儿的事，谁知却不然的，他们有钱买房子，有钱买马车，有钱置姨太太，花天酒地，真敢挥霍一下子，表面上透着豪华极了，可是对于他的苦朋友，却另有一根肠子去看待。

现在少微得意点的人，他们都不教他们的孩子上学堂，多一半要请个家庭讲师，不用说，当老师的自然是他们的朋友占多一半，一个人若给人家占了西席，他的境遇，也就不问可知了。当东家的，应当如何优待，才算尽了朋友本分？何况人家当老师的，也不是白吃饭白拿钱，谁知他们的办法，真有令人击节惊叹的。他们不但每月一文不出，而且还雇着顶好的老师，教育他的子女。他们使的是什么法子呢？却先跟一个没事的苦朋友去说：“我看你太困难了，我打算在部里或参众两院，给你寻一个三四十块钱挂名的差使，但是你得应我一个条件，得在家里教我的子女念书。”你们看，这种雇老师的办法，有多么聪明！欲不应他吧，现在正饿着，便是自己能挨饿，家里的老婆孩儿，也不答应。可是一应承他，却是挣一分钱，担着两副责任。没法子！为治饿起见，就得应他，可是从此人格损失，一辈子便是活奴隶了。假如他们自己拿钱雇，也不过是二三十块钱。你若嫌少，他们便有话说：“当初雇个举人，才四两。进士也不过八两。如今白花花二三十块钱拿出去了，穷酸还不满意吗！”他们也不替人家想想，如今生活程度是怎样？八口之家，租房、吃饭、子女教育费以及衣履等项，一个月得多少钱！他们老不忘当初雇个举人只不过四两，他也不想当初是怎样生活！东宾之间，是怎个相得！学生出息之后，对待老师是怎个恩情！哪里照他们用种种机诈，骗取人的智慧呢。家庭讲师既这样，那报馆的编辑更可怜了，一个个俾昼作夜，弄得跟鬼一般，到了月终，连三十块交通票都舍不得给人家，不是说人家不卖力气，就是说人家懒，一般的肉体，谁肯牺牲身家性命，白给人家做机器呢。可是他们不是花天，便是酒地，念书的只为依人作嫁，为一个贫字所误，直不如当姨太太的一双鞋值得多。文人要打算吐气，便是海枯石烂，也没有指望了。

不言歆仁诸人在桂花屋里厮混，却说伯雍和子玖诸人，回到报馆，忙着把稿子发完，凑在一起，说些闲话。子玖提倡去看秀卿，因向伯雍说：“你不去上个盘子[1]？她今天在席上，特

---

① 上盘子：指客人付给妓院一定费用，指定某妓女陪酒玩耍，又称“打茶围”、“开盘子”。所费较“住局”少。

意跟你要好，你若不去，未免有负她的美意。”伯雍说：“我今天不去了。实对你说，这样闹法，我实在来不及，我得睡觉了。自从我到了报馆，与我的习惯是大相反，这两天了，我觉得浑身都不舒服。若不睡觉，恐怕要生病。你们要出去只管去吧，过两天我再奉陪。”子玖说：“你大概是没钱，不妨到账房去借。”伯雍说：“钱倒有两块。便是没钱，我刚到报馆没有两天，便去借，未免不好看。我委实乏了，得睡觉了。”子玖说：“既是这样，你睡吧！不过秀卿很巴结你，你不去圆个面子，未免太差。”伯雍说：“她若想巴结我，她真是可怜的人了。我在她身上，能尽什么义务！你们别看她今天晚上对我不错，或者因她脾气古怪，故意矫情。我就不信如今的妓女，放着应时当令的议员不巴结，反倒垂青一个寒士的。不用说没有，便是有一个，她不久也就要到南下洼[①]去了。”子玖说：“你这人原来也是怪人。你管她怎样，她既喜欢你，你就去，等不喜欢时再说，岂不是因时制宜的老法子？何必替她想到后来呢。若必想想自己，想想人家，这窑子也就不必逛了。”伯雍说：“我就爱这样，所以我逛一回窑子，反倒着一回烦恼。”这时凤兮在旁边说：“这样看来，伯雍倒是有情的人。有情的人，可以不必逛了，不误人，也误自己。子玖！你不是要看你那个人去吗？我陪你去，教伯雍睡吧。等他把咱们的恶习惯养好了，再约他出去不迟。”子玖说：“伯雍有这么好机会，他不去，真教我怪不痛快的。”说着他二人去了。

少卿和若士早已走了，伯雍又到吕子仙屋里坐了一会儿，

---

① 南下洼：在东城区西北部，虎坊桥南有一座“江南城隍庙”，此地低洼，庙南荒凉冷落，为乱葬岗子，妓女多葬于此，上坟人也以妓女为多。

回到自己屋子，躺下了，可是脑海里有诸种思潮，一起一伏的，没个静止。方才的花酒局面，一色一色的，都攻了上来，仿佛那些议员、那些报馆总理、那些妓女、那些娘姨、那些琴师、那些跑厅，一个一个，走马灯一般，在他脑子里直转。他并不是羡慕。他对于这些人，很是怀疑的。他不明白这是怎一桩事。他暗道："歆仁花了一百多块钱，请了两台酒，说是为我，也许我刚到报馆，应当有这场接待，但是我在那桌面上，也不觉得怎样体面。桂花、老黄和许多龟奴、许多妓女，也不知道我是谁，不过仗着一百多块钱的面子，热闹两点钟散了。或者他们以为这两点钟，便是人生极大的意义，是一件不可免的要务，那我就不大明白了。再说假如是为我，在那两点钟里，把人热得要死。在我这间寝室里，又冷得令人不欲生。霉湿的屋子、渗漏晕成的画壁、油污不堪的桌椅、暗淡无光的电灯，我睡在这屋子里，哪一件配吃两台花酒？可是有人说，是为我花的一百多元钱。不问其是不醉翁之意，便千真万真，实在为我，他这一冷一热的待遇，也未免令人过于难堪了。或者这真是他们一种诚意，在我看来，此种闹法，适足证明中国人不调节的生活便了，说不到豪华，言不到酬应。"

一会儿他又想到秀卿那边去了。他不解秀卿是怎样一个人，既然当了妓女，不去甜甜蜜蜜地媚人，花花哨哨地打扮，做出这玩世不恭的样子，岂不是与妓业背道而驰吗？她大概有点精神病，有父母的遗传，虽然做了这样不幸的营生，她到底不能改她的脾性。哪天我倒得去看看她，看看她究竟是怎样一个人？这时他又把秀卿抛开了。他又想起子玖和凤兮的举动来，看他们那样子，收入也像没有多少，天天完了事，怎么连歇一歇都不歇，跟着就往外跑，就说逛二等茶室，每晚走一趟，也得块八角的，他们这样不辞劳苦，不是每月白赔精神，竟给无用益的干了么？他们的铺盖油污破烂，都没法收拾了。为什么不省几个钱，买一床被呢？反倒有钱胡逛。这不是跟歆仁的办法一样了吗？歆仁有钱吃花酒，可没钱修饰编辑部。子玖他们以钱而论，当然没有歆仁那样多，但是自己睡觉的被褥，也要干净一点，怎就没有这一点的支出呢？他在床上躺着，越想他们的行事，越是冲突矛盾，简直是错误到极点了。可是在他们决不以为这是错误，他们似乎都以为是应当这样。在歆仁呢，自要把他那边的屋子，另一个世界，收拾得干干净净，装饰得华华丽丽，便算达到他不枉为人的目的。闷了时，到桂花那里玩玩，就算他人生伟大的作为、得意的表现。至于编辑部这边，便是弄得和猪圈一般，似乎跟他也没有关系。因为这边都是雇来的人，劳工的工厂，没有装饰洁净的必要。他那边是资本家的客厅，当然要特别地讲究，但是他一肚子资本主义的人，固然可以那样，至于子玖，没有不把自己睡觉所在弄干净了，反倒竟逛窑子的，那真是不可解的事了。

伯雍这个那个的，胡想半夜，好容易睡着了。他这一睡，再不能照前天那样早起了，差不多有十二点多钟才起来。他看看日影，暗道完了，他从此与那宝贵的晨光，将要见不着面了。这里都是晚起的人，断不能容他一人早起。没有一会儿，子玖和凤兮也起来了，他们见伯雍他似才起来，两只眼睛还蒙眬着。凤兮便和他笑道："有点意思了，你怎么也不早起上陶然亭去啦？"伯雍说："我没有那么大精神了，睡得晚，当然不能起早。"凤兮说："往后还要起得晚呢！只是我们得了一个同志，北京又丧失了一个好青年，可惜得很。"伯雍说："没什么可惜的，人没经过的社会，我也须历练历练。"

第二章

他三人盥沐以后，天有一点多钟了，便叫馆役开饭。吃完了，商量着到哪里玩玩。伯雍说：“忙了这几天，也没听一次戏，我想听戏去。”子玖说：“既是要听戏，何妨看看白牡丹去。那里有许多朋友，天天为他包桌子，捧得不得了。你若加入他们那个团体，他们一定欢迎。”伯雍说：“自从那日在陶然亭我见了牡丹一面，总想看看他的技艺，咱们就去吧！”说话之间，换了衣裳，出了门，安步当车地去了。穿街越巷，不大工夫，到了王广福斜街[①]的民乐园。这里本是山西朋友一个公共会馆，里面有个戏楼，年代大概很久了，民国以后，才租给梨园，开锣演戏。此时正是正乐科班在此演唱。若论这个班子，却不十分完全，不过财主是很有钱的。他是前清一个大内监李莲英的侄子，拿钱起了这样一个班子，不过给管事的和教员多添几处房子，于班子打得并不见怎样，只有一个唱正旦的尚小云，唱武生的王三黑，还能敷衍。其余没什么可造就的人。本班角色，既然不够，不得不请外搭班，白牡丹便是外搭班的一个人。

他们到了园子里面，场上正演《荷珠配》，都是本班的孩子，演得十分热闹。这时那几位捧牡丹的先生们，已然看见子

① 王广福斜街：为八大胡同之一，曾名王寡妇斜街，现名棕树斜街。

玖，便点首招他往前去。他们拥挤了半天，才到前面，只见那几位，都是极洒落的青年，还有两位衣装朴雅的先生。子玖一一给伯雍介绍了，一位是陇西公子，一位是古越少年，一位是沛上逸民，一位是东山游客。彼此落座之后，免不了一番久仰的话，照旧静坐听戏。这时《荷珠配》已然收场了，下面应当是白牡丹的《小放牛》。他们有摩拳的，预备鼓掌的，有润喉的，预备叫好的。少时去牧童的先上场了，伯雍看时，便是那个三秃子。既而绣帘揭处，牡丹上场，他的秀目、他的长眉、他的纤腰、他的凤翘，哪里像个男孩？便是极时髦的坤角[①]，也无此扮相，好声早已起于四座。这出戏，虽然唱小曲，犹具古时歌舞之遗意。只见牡丹载歌载舞，惊鸿游龙，不足方其翩宛；穿花蛱蝶，不足比其轻盈。伯雍至此，亦不得不鼓掌击节，连连说好，暗道："他的本来面目，虽然很清俊的，若比起他的化装来[②]——彼犹浊世佳公子，此已天上跨凤仙了！这样的孩子，是舞台的钱树，也是人间的祸水，将来不知颠倒多少众生，他也未必能有好结果。"不一会儿，《小放牛》演完，下面是小云的《别宫》。大轴[③]是八岁红的《金钱豹》。

他们看完了戏，约会到报馆去吃饭。回到报馆，伯雍取出一块钱，教厨子添几个茶，吃完了饭，大家商议怎样捧白牡丹，必得与梅党[④]并驾齐驱，才能有趣。再有一节，便是如何到他家里去一荡，看看他家情形，他们好积极进行，将来有堂

① 坤角：指女伶。民国初年，由于禁令废止，女伶兴起，谓为时尚。

② 此处言白牡丹之扮相比本来相貌更好。

③ 大轴：一台折子戏中最后一个剧目，一般是该班最重要的伶人主演。

④ 梅党：民国时期围绕着梅兰芳的文人士绅团体，对梅兰芳的成名及发展起到重要作用。

会戏[①]时，他们也能替他介绍。若不见面，如有这样的事，跟谁说去呢？子玖说："若要到牡丹家里去，可以先教伯雍去一趟，皆因他二人已然见过面了。"古越少年见说，便一把拉住伯雍说："怎么你在哪里见过他了？我们捧了他多少日子，也没与他谋一面。你倒先遇见他，只是你们谈话没有？"伯雍见问，便把那日起早，如何在陶然亭遇见牡丹的话说了一遍。古越少年说："你真有幸福！这也是你起早的好处，今天我们公举你做代表，先到牡丹家里探望一下，看看他家里情形如何，有几间屋子？能容得几个人？假如我们都去了，他家没那大地方，拒绝也不好，招待也不好，不是教他们为难！所以先请你去一趟，就说我们有一个团体，打算捧捧牡丹，问他们愿意不愿意。他们可别疑惑我们有别的意思，我们不过借他人杯酒，浇自己块垒，以他为名，做个诗社文会便了。假如笔墨有墨，能把他的声价抬高起来，也不枉赏识他一番。"伯雍说："你们大家有这样美意，我想他们欢迎不暇，哪有个不愿意的？只是这个使命，也很重要的，我一个人不愿意去。你们要知道，将来要结社呢，牡丹便是社长，结党呢，他便是党魁。咱们虽然比不起人家政党，有好些党纲党规的，也不可以不慎重。咱们是初会，牡丹你们已然捧了多少日子，我为免除嫌疑，请你们里面哪一位随我同去一荡，好明明真相。"古越少年见说，笑道："伯翁！看你很老实的，敢则还富于心计呢！"伯雍说："不然。这样的事，不得不小心。"古越少年说："既这样时，我们再推一位代表。"因向沛上逸民说："你辛苦一趟

① 堂会戏：旧时习俗，为庆祝寿辰、婚嫁、生儿等喜事而举办的专场演出，多约班社或伶人来演出。

吧！”沛上逸民对于牡丹最热心不过的，当下锐身[①]愿往。

他二人便教他们在报馆等候，出门雇上车，飞奔而去。这时天已黑了，满街电灯辉煌，他们因有一个高兴的目的，在车上坐着，特别有精神。不一会儿，出了大栅栏，进了鲜鱼口，跑到东头。伯雍教车夫站住，付了车钱，因向沛上逸民说：“他们跟我说，是在这条巷内。路西向东的一个小门，我们到那里问问。”于是走入巷口，在一所大房的阴影底下，借着路灯的微光，果见有三间小房，后檐临街，东向一个拐角，随墙起了一个小门。他二人鼓着勇气，走到门前，啪啪啪把门打了几下。不一会儿听得里边有人出来了，一边走一边问说：“谁呀？”伯雍说：“你们这里是姓庞吗？”里边说：“不错。”说话时，哧的一声，门开了。借着街灯的余光，只见出来的是一位五十来岁的妈妈，一张油黑脸，倒很喜相的。脑袋上的头发，半黄不黑，已然揭了顶，身穿一件蓝布衫，前襟有些油污。只见她做出笑容和蔼的样子，问伯雍二人说：“二位先生贵姓呀，是找我们的吗？”伯雍说：“我姓宁，这位姓刘。白牡丹不是你们徒弟吗？”婆子说：“是。既是找我们的，就请里边坐吧。”他二人见往里请，才把心放下来，随那婆子进去了。却是一个极窄的院子，里面有三间正房，还有一间小西厢房。婆子把他们让进堂屋，进了左手的里间，只见纸壁有几年没糊了，地下也放着几件破桌子烂板凳，炕上放一张小炕桌，随墙放着几个圆笼，大概里面装着唱戏的盔头。屋门的两旁，挂着唱戏的马鞭，还有一个布套，露着一点红髯口，大概是唱《辛安驿》用的，怕被烟尘熏坏了，所以用套子罩着。另

---

① 锐身：挺身。

有几个较长的布套，还有一个大竹筒子，里面大概是刀枪雉尾之类。

这时婆子恭恭敬敬的，让二人在炕上坐下，连着喊一声了头[1]。只听磕得磕得的一阵响。随着进来一个小了头，年约十二岁，脚下还绑着寸子[2]，所以那样响。婆子因和那了头说："去泡茶去！你爹和你哥哥他们呢？怎还不过来，来客啦！他们没听见吗？"了头见说，磕得磕得地去了。没一会儿，白牡丹和三秃子过来了，见了伯雍二人，鞠了一躬，三秃子仍是笑眯眯的脸儿，向伯雍说："那天咱们在陶然亭见了之后，我们又去了两趟。您怎没去？我们这里您也没来。今日怎有暇呢？"这时牡丹却不住地望着沛上逸民。伯雍说："我们今天特意来看看你们。"因指着沛上逸民向他们说："你们认得这位先生么？"白牡丹见说，笑了一笑，说："我们早就认得了，只是没说过话。"三秃子说："他们几位天天捧我们，在戏台上已然看熟了。"伯雍说："他们是捧你们吗？既不说话，怎会知道呢？"牡丹说："那再看不出来得啦！前台听戏的，捧哪一个角儿，我们都知道。"此时那婆子笑着向伯雍说："别看他们都是小孩子，可就明白着呢。一心一念的，竟盼有人捧，也是如今都改良了，唱戏的小孩子，也要报看。报上若说他们两句好话，乐得要上天。若说他们两句坏话，哭得不吃饭。他们时常跟我说，现在有几位先生，很捧场。怎的见见人家，也给他们登登报才好呢！"这时沛上逸民向那婆子说："要登报，

---

① 了头：丫头。

② 寸子：传统戏里的鞋靴，又称"跷"，用于模仿旧时妇女的"三寸金莲"，多为花旦、刀马旦所用。

那不容易[①]！”因指着伯雍说：“这位先生现在就在报馆做事。”婆子说：“可不是。我听他们说了，有一天在陶然亭去喊嗓子，说遇见一位先生，是报馆的，还在瑶台请他们喝茶。回家之后，念叨好几天。我说人家都很忙的，天天去听你们唱戏，热心捧场，就够感激的了。再求人家给作报，这话怎么说呢。咱们又不是多大的角儿，能耐还没学好，可教人家怎样夸你们呢？我就常跟他们说，咱们现在还没到那分际[②]，你们自管好好学能耐，将来不愁没人捧。兰芳[③]也由你们这个时候过过，可巧就有你们几位见爱，没有什么说的，你们几位真得好好捧捧我们！”伯雍说：“我今天便是受人之托，有好几位都是很捧你们的，他们求我给你们送一个信，也打算照那些捧兰芳的先生一样，作点诗呀文的，将来还打算做一本书[④]，把牡丹各种的相片，也印在里面。意思要跟梅党打对仗，不知你们愿意不愿意？”婆子听了，“哟”了一声说：“您这话可说远啦！这一来，不是我们的造化到了吗！哪有个不愿意呢！这是我们心里所希望的，只是不敢出口，向诸位先生去求，如今自己愿来捧我们，真是我们的福神。”说着只见她叫着白牡丹小名儿说：“词儿！你还不快谢谢他们二位呢，你这就要抖[⑤]啦！”牡丹果然满脸高兴样子，向他二人各鞠一躬，他的小心眼儿里，有千万感谢的话，只是说不出来。不过用他一双秋潭一般的

---

① 那不容易：容易的意思。

② 分际：地步。

③ 兰芳：梅兰芳。

④ 即花谱。晚清民国时流行的一种用于捧角的印刷物。后为荀慧生所出的花谱有《留香集》《白牡丹》等。

⑤ 抖：指人忽然发迹，功成名就。

眼睛，望着他二人，表示一种谢意便了。这时白牡丹的师父老庞，也过来了。他大概是在他屋里换换较好的衣履，所以这半天才过来。他已有五十岁了，是个唱扫边梆子青衣的，幼时常给十三旦[①]配戏，所以十三旦的戏，他看过不少，后来便以教戏为生。他所教的小旦戏，都很地道，全是老十三旦的规矩。大凡当儿子的，总爱述说父亲的盛德，老庞的历史，三秃子知道很多，他说他爸爸在戏班里所以不红，并非是能耐不好，实在被脾气闹坏了，最爱打架，动不动就红眼，所以人家给他起了个外号，叫“红眼旦”。因为这个外号，所以一辈子没有混好。这个大概是实话，一个旦角，爱红眼睛，不问是怎样红法，他的运命也就可想而知了。

老庞有三个儿子，自然都吃戏饭，可惜一个成材的没有。大小子二小子，都是武行，在外县跑大棚。三秃子学了小花脸，跟牡丹配戏。白牡丹是老庞在天津时收的徒弟，如今已七八年了，还没出师，听说合同上写的不是九年便是十年。那婆子便是他的荆人，家中还有两个童养媳妇，他夫妇两个，带着三个儿子、两个媳妇、一个徒弟，可是八口之家。他两个大儿子，既然没有惊人本领，自然收入不多，不过是自挣自吃便了，三秃子也不能挣钱，方才那个小姑娘，便是第二的童养媳，不知谁家的孩子，竟来到庞家当童养媳。她家的景况，不问可知了。这孩子一边当媳妇，一边还得学戏。老庞夫妇，在她身上，很有希望呢。但是多怎[②]才是挣钱日子，真可谓遥遥无期了。老庞虽然在科班里当一份教习，也挣不了几个钱。看光

① 十三旦：指梆子名旦侯俊山。

② 多怎：什么时候。

景，他一家的生活，似乎全在牡丹身上。牡丹不啻他家一棵钱树，所以衣履等项，也是牡丹比别人整齐一点。不过牡丹没有二年，便出师了。到了那时，牡丹一走，他的生活，立刻要受影响。便是不走，他也到了年龄，嗓子到万不能指[①]了。这时老庞夫妇是很为难的，他们心里有两个打算：第一，怎的教牡丹认识两个阔人，趁他没出师，大大地敲一笔竹杠。虽然不必照梅兰芳那样有个中国银行总裁的老斗[②]，那么送几件行头，置两件衣裳，贴补几个费用，也就不无小补了。他看见那个阔了，这个阔了的，非常眼馋。暗道："牡丹模样，不在兰芳以下，怎就没人招呼呢？"不想牡丹的色艺，虽然不错，只是名誉太小。一班遗老捧戏子，全凭耳食，自要大家一吵嚷，说哪个孩子如今不错了，报上时不常地再有两段捧场文字，他们一定要据为己有，从此便不许别人傍边了。他们的行为，简直是强奸名誉。幸亏牡丹此时一点名儿没有，还不至深入侯门。可是老庞却耐不得了，他以为这种像姑[③]式的营业无望了，他又没钱装饰牡丹，他只得另想别计，好替牡丹的缺。他一方物色徒弟，一方赶着教他那小童养媳，将来好有个接续。谁知近来很有一群人来捧牡丹，差不多天天要包两张桌子。他的心又动了，但是他又不知这群人是做什么的。不过见他们的穿着打扮，似乎像有钱的，他又不好自荐，请人家到他家里坐一坐。他也知道他家里没个坐处，益发不敢自献殷勤了。可巧今晚伯雍二人来了。他听了听，知是为牡丹来的，他喜欢极了，赶紧换换衣

---

① 指：指望。

② 老斗：指时常去堂子寻找相公侑酒的客人。此处指冯耿光。

③ 像姑：相公。又称"歌郎"，为晚清民初流行的一种男性侑酒的行业。像姑多学戏，故名伶中亦多有像姑出身者。

裳，也过这边来周旋。

伯雍看老庞时，黑得与他老婆一样，不过他是个细高的身量，两个深眼窝子，他老婆却是矮个儿，眯缝眼。因为他二人的黑，益显得牡丹白皙无比了。这时老庞带笑向他二人鞠了一躬，说："多承诸位先生捧场，始终没到府上谢过！"说着便问："泡茶去了没有？买盒烟卷来！"伯雍说："我们喝过茶了，不用张罗。"此时老庞找了一个小凳儿坐了，大家暂时就沉默了一会儿。因为老庞不擅于辞令，他心里的话，一时却说不出，还是他老婆能言会道的，向老庞说："难得这几位先生捧场，他们从此还要特别帮忙呢！说还要给牡丹作什么书。这一来，天下都知道了。虽然是孩子的小造化，咱们的时运，借着他们几位的洪福，也快到了！这真是一件可感激的事。"老庞见说，也做出感激的样子，不住两手互搓说："现在唱戏，全仗有人捧，戏码也能往后排，戏份也能长一点。再说唱旦角的，更是离不了人。若论我这徒弟，倒是学得不错了，有人帮点忙，不难起来。不过我认得谁呢？向常梆子班就不值钱，不能照人家徽班的人交际宽。论我呢，虽然唱一辈子戏，不过是糊口，家计就把我累住了，哪里还能应酬人！我这三个儿子，又都不成材，所以直到如今，我的日子还挺困难的。牡丹虽然是我的徒弟，既然教他唱戏，什么行头便衣等类，也是置不起。如今唱戏，又专门讲究行头，也很困难的呢。"伯雍说："别着急。胖子不是一口吃的。如今不是有我这几位朋友要捧你们，准得有个办法。置几件衣裳，也不算难事。不过他们几位所期望的很高，非牡丹成了名，不算完的。你们自有挣钱日子。自要有了名，戏份多挣，不用说了。便是在堂会戏里挣一百八十的，也不难。"老庞说："那就专仗诸位鼓吹了。"

此时老庞的老婆又发言了，她未曾开言，先叹了一口气，仿佛想起以前的困难，因说道："收一个徒弟，困难极了，就以牡丹而论，是我们在天津时收的，我们先生本打算不要，那时他才七岁，他的父母是东光县[1]的人，委实穷得不得了，非把孩子认给我们不可，也是我看他们可怜，死说活说，教我们先生收下了。这时这孩子长了一身脓疖子，是我当我亲儿子一般，才把他对付活了。"此时只见牡丹把嘴噘着，脸也沉得挺整[2]，似乎不愿他师娘说这些话，他师娘也不管他，仍续说道："我们在他身上，费心费大了，七八年工夫，才有今日，往后若不孝顺师父，成不成？"正说着，只见进来一个人，却是戏馆子催戏的。伯雍说："你们归掇归掇，该到馆子去了。我们坐的工夫已不小，也该走了。"说着便和沛上逸民站起来，老庞夫妇说："再坐会儿吧，天还早呢！"伯雍说："改天再来吧。"这时牡丹说："回头不听戏去？我今天晚上是大轴子《翠屏山》。"伯雍说："一定有人去听。"当下他一家把二人送在门外，很满意地说："闲着只管来，总要多捧我才好。"二人说："那一定。"自出巷口去了。

他二人由老庞家里出来，走到天乐园门口。只听里面锣鼓铿锵的，早已开了戏。他二人也没进去看看，雇上车，一直跑回报馆。古越少年见他们回来，笑道："你们怎才回来？不是被花王一番圣眷，你们迷了归路不成？"伯雍说："我们才去了多大一会儿！我就怕担嫌疑，所以请沛上逸民同了我去。不料你还说这话，以后我不敢去了。"古越少年说："伯翁！别

---

① 东光县：今河北省沧州市东光县。

② 整：平整。指不高兴。

着急，我说的是笑话。当真他们是怎样招待你们，没有不愿意样子？”伯雍说：“他们求之不得呢！哪能不愿意。”这时子玖、凤兮都在那边办稿子，听见伯雍回来，也追到这边来问说：“怎样？”伯雍说：“那有什么难的，这是于他们有利的事，还有往外推的吗？只是他家太寒苦了，若不想个积极办法，恐怕不能成全他们。不过一样，牡丹没有二年，就满徒了，应当怎样进行？我是门外汉，而且又是措大，实在不敢赞一词。你们大家商量吧。”古越少年说：“第一当用文字的力量鼓吹，第二再说物质上的援助，其实我们大家凑几百块钱也不难，不过那一来，他不是说我们是大头，便疑我们是老斗。虽然爱他，也须教他们知道，我们的身份，不是嫖像姑，是要成全他做个名伶的。”沛上逸民说：“这话固然是。但我看他唱梆子戏，究竟不能上达，须得教他改二黄才好。”伯雍说：“他师父就会教梆子。”沛上逸民说：“咱们花钱替他请教习，大概一出戏有十块钱左右够了。”古越少年说：“这也是个主意，反正我们要栽培他的艺业，不是为胡乱教他们得几个外财的。”陇西公子说：“让他学二黄戏，我非常赞成。”东山游客说：“最要紧的须教他学做人，往后得了名，也别染梨园的恶习。”当下你一个主张，我一个见解，反正都是于牡丹最有利的。伯雍说：“你们别只顾说这些了！我们临来时，牡丹教我给你们带信，请你们听戏去呢。”古越少年说：“真的吗？”伯雍说：“不信，你问沛上逸民。”古越少年见说，便如中了催眠术一般，向大家道：“有话明天再说，咱们先听戏去要紧。”当下他们都穿上马褂，纷纷地去了。

这里伯雍和子玖诸人，自办报稿，十一点多钟，才完了事。子玖一定教伯雍邀他去看秀卿，说：“此时去听戏，已然晚了。你花一块钱，请我看看秀卿去。”伯雍说：“我不是舍不得钱，你既这样说时，我倒得请你。”凤兮说：“竟请他不成！我也去。”伯雍说：“那是自然，咱们三人都去。”说着换换衣裳，出门去了。伯雍说：“真个的，她在哪个班子？我还忘了。”子玖说：“我知道，你就跟我走吧。”不一会儿，他们溜达着进了石头胡同，走了不远，只见路东一个如意门儿，一盏电灯，嵌在当中，一颗大金刚石似的，非常明亮。门楣和门垛上，悬满了铜和玻璃制的牌子，饰着极漂亮的各色绸条。那门框上另有一面铜牌，镌着“宣南清吟小班”六个字。子玖向伯雍说：“你看，这个班子阔不阔，政界人来的最多，我们给它起了个别名，唤作‘议员俱乐部’。你的贵相知就在这里。”伯雍说：“你别改[①]我，八字没见一撇，哪里说得起是相知。既是议员老爷们的俱乐部，我们当然在这里不能有相知了，不过我们也可以在此观观光，或者不至把我们挥诸门外[②]。”说着三人相携进去，早听房门里喊了一声，却是有声无字，不知喊的是什么。进了二门，早有一个跑厅的过来问说：“三位有熟人吗？”子玖不等伯雍说话，便说招呼秀卿。跑厅见说，忙往里让，另进一个跨院，正房三间，左右各有三间厢房。只听跑厅喊了一声“秀卿姑娘”，只见秀卿由上房左手出来，一见伯雍三人，便说：“你们来了！跑厅的，给找屋子。”跑厅的见说，在东厢房里找了一间屋子，倒还清雅，连着另有一个伙家打来三条手巾，他也不知谁招呼秀卿，胡乱上了一个盘子。秀卿说：“何必上盘子，我这里不许你们坐怎

---

①改：嘲讽、奚落。

②挥诸门外：排斥在门外。

的。”子玖说：“你不知道，自那日酒局上，伯雍很念叨你，你若不上他盘子，往后他不好来了。”秀卿说：“没得话。他未必念叨我，一定是你怂恿他来的。”伯雍听了，很吃惊的，没法子，只得遮饰说道：“你不要屈枉人哪！我若一定不来，谁怂恿也是不行。如今人家来了，你又说这话。你若不教我上盘子，我就走了。”秀卿说：“随你便，要走你就走，要上盘子你就上盘子吧。”说得大家一笑，既而子玖因问秀卿说：“我们总理没到这里来吗？”秀卿说：“他们一大帮，在这里闹了一阵，说上桂花那里去了。”连着她喊了一声“李妈”，不一会儿进来一个三河县式的跟妈[①]，年约三十多岁，人倒干净。秀卿因向她说：“你倒拿烟卷来呀，也瞧瞧茶什么的！”李妈一笑说：“不是拿来了吗？”说着变戏法一般，由袖内取出一筒三炮台烟，给伯雍三人，每人点了一支。秀卿说：“你还是上那屋去吧。”此时凤兮知道她屋里有客，便说：“你若有客，自管去张罗，我们原不在乎什么客气不客气的，不过完了事，找你来谈一会儿。你若忙呢，不用管我们，我这老弟，也决不能挑你的眼。”秀卿说：“我伺候他们半天了，你们来得正好，我还可以歇一歇。他们总是一点好行止没有，不是嘴里胡说，便是动手动脚的，总以为自己是老爷，成心拿人当玩意儿，其实讨厌极了。”伯雍说：“无怪人说你脾气不好。你怎老看不起人呢？难道你没有好感情的人好吗？”秀卿说：“那里便有感情，少得很呢。”伯雍道：“照你这样说，嫖客跟妓女，究竟是怎个关系呢？若没有一点感情，那也过于无味了。”秀卿说：“虽说有滋味呢，不过是昧着良心装假便了。

① 跟妈：指妓院中雇用的妇女，专管跟随妓女外出，也有监管的职责。

你们想，嫖客一进门，他们是怀着感情来的吗？打茶围的客，都要买一块钱的乐。住局的客，要买八块钱的乐。横挑鼻子竖挑眼，总想赚回几倍的利益才算心满意足。这样的人，怎能与他生感情呢。倒是使点假意思，他倒乐得要命。”伯雍说：“这样的人，固然不少，也有不惜金钱，不辞劳瘁，在姑娘身上献殷勤的。就以我们总理白先生说，他跟桂花能说没有感情吗？”秀卿听了，笑道：“你说的是真话吗？你以为那样就算有感情吗？”伯雍说：“我看那样似乎能得姑娘欢心。”秀卿见说，忽然把脸一沉，向伯雍说：“你头一趟来，怎拿话敲打我！我告诉你，我若喜欢那样的人，我早当了一品的姨太太了。二十多岁了，我还腆着脸混什么？不是我不愿意吗！论到感情，我可也说不上是怎回事，大概就是对心思。对心思的人，也不必交多少日子，一见面也许投缘。不对心思，天天在一炕上睡，也未必有什么感情，不过处在妓女的地位，各人有各人的办法。终归一言，是手段，不能说是情。若真用起情来，天天多少人，当妓女的还有活路吗？早都得劳病[①]死了。”子玖此时从旁说道：“听你之言，你一定是过来人了，你从前大概得过劳病，害过想思[②]？”秀卿说：“从前倒没有，以后不知怎样，大概得害一场劳病吧。”说到这里，只听李妈在上屋喊说：“秀卿姑娘！客要走啦。”秀卿听了，站起来说：“你们在此暂且坐一会儿，我把他们打发走了，回头上我屋坐着去。”说着，往上屋去了，只听她向那个客人说：“你们忙什

①劳病：劳通“痨”。

②想思：相思。

么呀，天还早呢！再坐一会儿不咱[1]？一定要走哇！慢待，明天早一点来。不然，我可罚你们。”只听那几位客人，笑呵呵地出来了。伯雍三人隔着窗户一看，四五个人，都有四五十岁了，穿得很公本[2]，大概是哪铺子的掌柜的。这帮客走了，秀卿催着李妈把屋子收拾干净，教跑厅的把瓜碟茶壶移到本屋，打帘子让客，把伯雍三人让到秀卿本屋。这屋子较厢房宽大多了，屋内床帐、桌椅、屏条、对联等类，应有尽有，还不俗气。秀卿教跟人重新瀹茗[3]，开了厨柜，另备四碟干果。这种办法，是手段是感情？伯雍也不明白，不过心里觉得非常安适，不觉得对于秀卿的优待，起了一种情感上的作用。他知道今晚这一块钱，绝没有这等效力，并且知道每晚一块钱，也未必买得来，然则她竟如此优待，可见不是为区区一块钱了。

---

① 不咱：吧。

② 公本：老实本分。

③ 瀹茗：煮茶。

第四章

伯雍三人在秀卿屋里，又坐了一点多钟，好在秀卿没有住客，还不至妨碍她的营业。外面有落灯时候，他们才回去，秀卿也不留，只说明天见吧。伯雍和子玖、凤兮，回到报馆。子玖非常羡慕伯雍，说："我逛了十几年，也没遇见这样一个人，你是哪里长了爱人肉，为何教秀卿这样倾倒呢？"伯雍说："我也不知。或者她过于矫情，未必是自然发动的。天下的人，因为环境的刺激，成了一种矫情性质的很多。妓女生活，更是容易受刺激。秀卿不是孩子，自然免不了神经质的作用。"子玖说："话虽如此，究竟你得了便宜。"伯雍说："有什么便宜可得，无故又给我添烦恼，我很怨你们呢。不如听听戏，看看白牡丹。如今凭空添了一个秀卿，人有几个心，还够用的吗？"子玖说："若照你这样用心，真应了秀卿的话，不久便得劳病了。"三人一笑而罢，各自归寝。

伯雍于衾枕上，不免又把秀卿的性格，研究一番。次日起床，一看报，热闹了，关于白牡丹的记载，有好几条，都是前天古越少年诸人作的诗文，求子玖在报上发表的。从此他们成了一个团体，加入的人日多一日，不过多是无聊的文人，可是于白牡丹未尝无补。不第[1]声价慢慢高了，戏份也长了许多，

① 不第：不但。

世家大族的堂会，也有了牡丹的戏目。伯雍乐得跟大家玩一玩，还可以把这寂寞生涯，提得有点兴趣。不过他的习惯，渐渐坏了，每天睡得晚，起得更晚。除了办稿子，不是听戏，便是到牡丹家里去。有时独自一个，也跑到秀卿那里，皆因他委实不能忘了她，所以时不常地要去。秀卿待他，只和至契的朋友一样，他二人差不多把形迹忘了，秀卿忘了伯雍是个嫖客，伯雍也忘了秀卿是个妓女。在伯雍这样清苦的生活中，仿佛有秀卿有白牡丹两个所在，大足以减轻他精神上的痛苦。他到白牡丹家里去，是图个排遣。到秀卿那里去，是图寄顿他一日的疲劳。可是他的收入，每月不过五十元，这是白歆仁顾念他是老同学，特别规定的一笔优越的薪金，还不教跟别人说，以示特别优待。但是他除了赡家，每月也就无多钱了。除了他在霉湿的房子里，埋头作文章，一步也别行动，把精神和皮肉全都卖给报馆，或者能把五十元全省下。但是一个活人，有自由有人格有思想的活人，怎能为五十元钱便把精神皮肉全卖在一间霉湿的屋子里呢？可是不肯全卖了，钱究竟不够用的，洗澡、理发、坐车、娱乐，都是有人格的人应当享受的，用自己的劳力，除了生活上必需的，这些费用也应当换得出来，可是日来伯雍很困难，他又不能跟别人那样有天无日地胡来，他的收入先得往家里寄，所以他手内余钱总不能维持合他身份的生活。他也不是有什么奢望，并不想分外的虚荣，不过既在社会上替人家卖脑筋，也得有相当的报酬，虽然不必照做官的和银行大老板发财那样容易，多少也须维持得了生活。若并生活维持不了，天天忍着极大苦痛，那人生的意义，也就没法说了。

他没法子，只得找歆仁去商量。晚饭以后，歆仁到馆里来了，他鼓着勇气来到后院。只见歆仁衔着雪茄，在一把安乐椅上不知想什么呢，见伯雍进来，连忙让座，伯雍随便在一把椅子上和歆仁对面坐下。歆仁说："这两天的报，很热闹了。他们真捧白牡丹。究竟好不好？"伯雍说："孩子还不错。"歆仁说："若真好，我多怎唱堂会戏时，也叫他去。"伯雍说："那不一句话，你家里多怎有事，我们大家奉送牡丹一出戏。"歆仁说："日子还早呢！反正今年我准唱堂会戏。"既而他又笑着向伯雍说："听说你跟秀卿很熟了。当初本打算拿她和你取个笑，不想倒给你们做了媒，真是出人意料以外。"伯雍说："我就知你们不怀好意。我虽然到她那里去过几荡，离热字太远，再说这是什么事，还不是我能做的。我今天要跟你商量一件事。"歆仁见伯雍要跟他商量事，立刻改了一个面目，惊骇着问道："什么事呢？"伯雍说："子为我之鲍叔[①]，还不知道吗？简快跟你说，你给我这五十块钱，不够我用的。你还得给我想法子，不然我要另找吃饭地方，不能帮我的老朋友了。"歆仁见说，连连地皱眉，说："这五十元，在本社就很为难了，你教我给你想什么法子呢？"伯雍说："你不给我想法子，那末[②]我自己就得想法子了。"歆仁说："你先别着急，若教我由本社给你想法子，委实办不了。好在前天有个机会。他们跟我说，我倒忘了。你知道北京教育公所呀，他们多少跟我有点关系，近来他们要办一部杂志，求我物色一个编辑人。如今你既这样困难，我便荐了你，可是我的事，你也不许耽误的，两个地方合起来，你可以收入百元以上。这事若是成了，我知道秀卿也念我的好处。"说罢笑了一阵。

① 鲍叔：鲍叔牙。春秋时齐国大夫，知人并笃于友谊。此处代称知己好友。

② 那末：那么。

伯雍见说，心里好生不悦，暗道："我皆因为饥所驱，才当了一名暗无天日的报社编辑，如今他又给我找个编辑，这真是一层地狱嫌浅，又给我挖了一层。他就知道从此我挣一百元了，他可不知我的笔墨债，又多了一倍。假如他要教我挣一千元，我就得当二十家报馆的编辑，钱没到手，心血也就干了。他们这手段，是跟谁学的，怎拿人的性命不当事呢？"欲待不就，表面上却是不好意思。若应允了吧，从此就得两头跑，不但身子劳碌，脑力也得加倍使用，想一想日后的苦楚，未免劳苦多而收益少。

其实以歆仁的力量，替伯雍筹百十多元钱，不是不可能的事。他少给桂花买一个戒指，也够伯雍一年的薪水了。何况伯雍并不是饭桶、赖衣求食的人，给他相当的代价，未尝没有相当的工做。即或自己找便宜，不愿意给公平的价钱，他认得的人很多，什么总长议长的，都是朋友，也未尝不可以替伯雍谋个相当地位。便是他舍不得伯雍，留在报馆办事，既不给相当薪水，给他谋个挂名差使，也可以挹彼注此[①]，维持他的生活。他为什么不这样办呢？这其中却有个道理。假如他给伯雍找一个不费脑筋坐在家里就来财的差使，他的兄弟、他的亲戚，应当做什么呢？譬如他将来娶了桂花，桂花的近支都找上门来，求点差使，桂花又撒娇撒痴地命令老爷，歆仁能教他们做报馆的编辑吗？又如窑子里的茶壶[②]，借着桂花的光，也求白总理位置[③]一个差使，他能教他当教育杂志的主任吗？不用说不能。便

① 挹彼注此：将彼器的液体倾注于此器，喻取一方以补另一方。

② 茶壶：妓院杂役的俗称。

③ 位置：安置。

是他们能办，桂花也不许老爷给他个这样清苦的差使呵！所以什么税局呀、官公局所呀、县知事呀，自然是给一种费不着脑筋的人预备的。至若照[①]伯雍这样的人，天生来的没有食肉相，自可以便他们绞脑汁[②]、呕心血，用不了几个钱，就把他们送终了。死了一个，还有干的，就仿佛牛马似的。多怎又有使绝了的时候呢？没有什么可爱惜的。至于自己亲族、姨太太的内家、同僚的子弟，都是宝贝一般的人，自幼也没见用过一天脑筋，出来做官，不阔，不体面，不来财，不省心，对得起他们吗？老天爷也不愿意呀！所以歆仁有的是势力，不过都在夹袋里偷着用，照伯雍那样的人，再转几个轮回，也不能入他的夹袋了。虽然伯雍没入他的夹袋，正见伯雍不幸中之幸，多少还有点人的滋味。

伯雍暗自思忖半天，究竟没有法子，除了脱然舍去，另谋别计，才能把这劳苦多收益少的勾当抛开。但是北京的社会，是怎个现状！伯雍一个穷书生，到哪里去能成呢？除了当教习和新闻记者，自有一定行市外，要打算谋个较好的事，非有绝大奥援[③]，当然是徒劳无益。若说当教习去，和新闻记者有什么分别呢？都是用脑筋赚有数的钱，再说教习所受的气，更大了，差不多失了人格。伯雍更不愿意去做，没法子，还得归歆仁那条道。暗道：“大丈夫有的是一腔心血，谁教穷呢。不必善价而沽，有买的就卖吧。”当下伯雍和歆仁道：“你的好意，我很感激。于教育学，我也不算外行，自问不至出笑话，

---

①照：像。

②此语待考。

③奥援：有力的靠山。

只是他们打算几时开办呢？如果他们真邀我去，我好预备材料。”歆仁说：“大概这几天就要办。他们已然催了我好几回，你既愿担任时，我告诉他们，当然没有问题。同时他们还要办一份教育画报。你听话吧，明天准有头绪。”

次日，歆仁果把伯雍请过来说：“事情成了。这两天他们要跟你接洽接洽，好在这事跟你的时间不冲突，一个月报，不必天天在那里，自要每月有东西，也就成了。”伯雍说：“我明天去吧，到那里找谁呢？”歆仁说：“中学科小学科两科长，都是我的朋友。总务科科长，跟我更是莫逆。所长呢，不用说了，我们是老世交，但是你不过是他们另雇的编辑，算是衙门以外的人，不是所员。你不必见所长，到那里只见总务科长就成了。他必然告诉你一切，或者他能引你见见所长，但是所长很忙，不定能见不能，你只和总务科科长见见，也就是了。”歆仁科长所长的闹了一大阵，伯雍听得脑袋都昏了，并且他言语之间，表示他们都是官，尊贵极了，以伯雍现在地位，不过是个平民，得见他们，应当引为荣幸，所以说得这样郑重。在伯雍已然是受不了，连忙问他说：“这位总务科长大人姓什么叫什么呢？”歆仁说：“你连他都不认得！他是教育机关很有名的人，在教育部里走得很红，现在的教育公所简直是他的天下。你怎不知道呢？可见你太不留心时事了。”伯雍说：“我实在太不留心，竟务外了。外国的著名教育家，我多少还知道两个。怎么北京有这样教育大家，我会不知道呢？太该杀了。此公尊姓高名呢？”歆仁说：“大名鼎鼎的邹昌运，你不知道吗？”伯雍说：“邹先生。这我就不能忘了。你办公吧，明天我便去拜会这位先生。”晚上完了事，伯雍染了夜游子[①]的习惯，仍和子玖凤兮到外边跑跑。

次日吃了早饭，伯雍雇车进城。到了西单牌楼，进了一条大胡同，便是教育公所。路北大门俨然是第二教育部，大门两旁贴着许多牌示，伯雍无心去看，付了车钱，进了大门，取出一张名片，走到传达处，见里面几个听差的，正在那里说笑话，仿佛没有看见伯雍，连睬也不睬，皆因他们看伯雍那样子，至大不过是个小学教员。这里专门管他们的，所以这些听差的借着教育公所的派头，也仿佛比小学教员大着好几级。半天没人问，伯雍没法子，只得说道："诸位辛苦！我要拜会你们总务科长。"只见慢慢地起来一个年纪较长的，把伯雍上下看了一眼，接了他的名片，说："这边来。"伯雍跟着那人到了一间应接室，当地放着一张长方桌，铺着白布，两旁放着几把椅子。那人说："在此等着吧。"拿了伯雍名片，进了垂头门，往里院去了。待了半天，忽听窗外咳嗽两声，声音又尖又锐，方才那个听差的，把帘子一打，进来一人，年约四十来岁，细高身材，可是有点水蛇腰。他的脸也很长，微微有几根黄胡子。见了伯雍，一点头，微微一笑，牙全露出来了。他的笑却不自然，是假做出来的。既而问伯雍说："阁下是歆仁先生荐来的吗？"伯雍说："不错。阁下是邹先生？"那人说："承问。兄弟便是此处总务科长，久仰老兄文名，从此要多帮我们的忙。"伯雍说："兄弟的学业，荒疏久了，以后还望多多指教！"伯雍自称兄弟，邹科长似乎有点不愿意，却也无可如何。此时伯雍又问道："贵杂志几时出版呢？内容如何？不妨大家研究研究。"邹科长道："大体已然筹备好了，但是本

① 夜游子：喜欢深夜活动的人。

科长还不接头，将来这事由社会教育科主办。这样吧，阁下跟我见见我们社会教育科科长，他都明白的，完了再见见所长。大概所长关于此事还有主张，阁下既充编辑人，也不可不与所长接头。”伯雍说：“也好。”当下邹科长把伯雍引到里院，却是五间大厅，东西各有五间厢房，都带廊子，东北犄角另有一个小月洞门，却是东跨院。邹科长把伯雍引到跨院里，另有三间小正房，邹科长说：“将来这里就是编辑部。”说着，同伯雍进去，里面还没收拾好，堆着许多政府公报和种种被灰尘蒙着的案卷。幸喜有几把椅子，还能坐一坐。这时邹科长说：“请先在此候一候，我去请社会教育科科长去。”说着去了。

半日工夫，只见邹科长同着一位老先生进来了，只见这位先生，童颜鹤发，身体十分肥硕，所着衣履，还是前清翰林的样子，不过仅仅短了一条小辫。这位先生倒是北京土著，也算有名的书家。前清时代，不知在哪衙门当过差，也挣了几个钱，但是他的钱，多一半由写字挣来的。他六七十岁的人了，当然不知什么叫新学问，旧学问也很有限，不过他却很好联络，他是在家里坐不住的人。他虽然有钱，却舍不得花，仍然是在社会上活动，每月总得有五六百元进门，他才喜欢。也幸亏他身体结实，天天在外面去联络，他所联络的人，第一是南纸店管事的，第二是古玩行，第三是官僚，他有这三项人替他做声援，所以他在绅士里是最有名望的，也似乎深通社会情形。论理，他没有资格入教育机关当科长，但是有许多人都说他长于社会教育，所以他能当教育公所的社会教育科科长。他每日上下衙门，不坐人力车，也不坐马车。他说人力车不是人坐的，拉车的也是人，不忍教他们拉着走。他的心有多们慈善哪！但是他总不想北京若没人坐人力车，好几十万人就都得饿死了。他虽然极力想研究社会教育，设立几处宣讲所、阅报处，他却不懂得什么叫社会问题。他就知道不坐人力车，便算对得起苦同胞，不曾拿他们当牛马。他看着马车费用太大，而且过于时髦，所以也不肯置一辆。他每日仍坐他那辆老骡子车，不知道的，都说他是个大夫，或者是个看风水的先生。

他膝下无儿，老伴已然死了，只有两个女儿。大的已然二十岁了，虽然没入过学堂，却很讲自由，每日梳洗打扮，非常地漂亮，他也不以为怪，爱得和掌上明珠一般。他总想替他女儿择一个快婿，无如总不当他的意，他也不管他女儿心理如何，只是慢慢地去选。其实学校的职教员和学生里面，很有顶好的青年，他都看着不好，老以为学堂出来的人靠不住。大族又没人跟他论婚，所以他把他女儿的大事，给耽误到现在，目下还在物色佳婿的时代。

此时邹科长给伯雍引见道："这位便是我们社会教育科科长，朱仁亭先生。"伯雍见说，向他鞠了一躬。邹科长又指着伯雍道："这位便是白议员给荐来的宁伯雍先生。"朱科长这时已然把他那副大花镜摘下来，向伯雍拱手带笑地说："原来是一位很年轻的先生。在哪学堂毕过业呢？"伯雍说："从前在京里读书，光绪三十一年派到日本，去年才回来的。"朱科长见说，叹道："留学很久了，可惜这些年光阴。家里几口人？有多少地？听说在西山住家，一定有田园的了。"伯雍见他不说正经的，问起家常，心中不由暗笑，因答道："小生八口之家，别无恒产。"朱科长见说，不觉地一摇头说："如此说来，家境很寒，苦得很！苦得很！寒门的人，能学到这样子，也傻[1]难为的了。究竟不如富家子弟脑筋充足，因为他们饮

---

① 傻：很。

食好。就拿老朽说，六十八了，若不是仗着饮食，哪能有这样脑力呢？别的我倒不讲究，滋养品是不能缺的。”伯雍见他益发说得可笑了，没法子，只得向他说道：“老先生先不必说这些，如何营养，等闲着时再领教。究竟贵杂志是怎样办法，今日能说个大体不能？几时才能出版，也须有个预备，我好来做事。”朱科长道：“哦。杂志，就是月报哇？预备好了。早已给各学堂去公事[①]了，教他们供给材料，大约下星期材料便到齐了。你先生由明天起便可来衙视事。”这“来衙视事”四字，倒把伯雍说得一愣，暗道：“我又不是属员，又不是科长，又不是秘书，不过办杂志的一个人便了，何必装在衙门里呢。”他心里便有些不安，这时邹科长和朱科长道：“请这位先生见见所长好不好？大概所长还有分派。”朱科长说：“也好。咱们同着到办公厅吧！”当下他二人同着伯雍，到了办公厅。只见五间一通连，当中放着所长办公的桌子，以下是总务科、中学科、小学科、社会教育科，每一位科长科员，都有一张办公桌。看他们那样子，不是在那里办事，一个个懒洋洋的，在那里白坐着，简直是消磨光阴，竟惦记到了钟点好下班。倒是有几个录事，低着头不知在那里抄录什么。

所长年纪不过四十来岁，俊品人物，本是前清的一个纨绔，在官学里念过几年书，还当过驻日公使馆的随员，保了一个四品京堂。他天生来的是个官僚，再加上亲戚朋友官僚派的熏染，所以他除了会做官，别的长处一点没有了。他的手腕，非常灵敏；他的谈吐，非常官派；他的走动，非常宽广。在宦途中，无论到什么时代，绝不会没有他的事做。他由日本回

① 公事：文书、公文。

来，便得了这个缺。虽然改了民国，他的地位绝不会动摇，而且较从前更稳固了。他的官，虽然不大，在北京也是个要紧的机关，除了教育部，就得让他。论理，他一个旧式官僚，怎能长得了？谁知他竟干长了。他的手腕有多大呀，不说他一己的运动力，由当局方面看来，也似乎留着他大有利益。北京中学以下的学生，也多很了，在政府（老袁）看来，将来都是有危险性质的，换个有思想的教育家，一定不免给政府添麻烦，现在的所长，他是以做官为目的的，其实他也不知什么叫教育，不过按着官事循例办公便了。并且他用的人自然都跟他同鼻味，万不会有什么振作，他们为饭碗计，每天只求无过，不求有功的，不过苦了一群莘莘学子，然而也是无法。无非在文明世界，不便取消学堂，也就算当局老大的恩典了。政府有政府的用意，不想这位所长，倒永保禄位了。

伯雍随着二位科长到了办公厅，那位所长见他二人同着一个不认识的人进来，明知必是约来办杂志的宁伯雍，他却假装糊涂，望了望，仍坐在他的椅子上，仿佛在那里看公事，很劳心的，等到邹朱二科长走到他面前，说明所以，他才故作笑容，站起来，向伯雍一拱手说：“久仰先生大才，请坐请坐。”旁边伺候的人，早替伯雍搬过一把椅子，邹朱二科长也在案旁坐下。此时所长很客气地向伯雍说：“阁下是白歆仁先生的同学，我跟他是好友，上月我们商量打算出一份月报，这事也是不容缓的，因为我们的衙门也很大了，每天的公事也很多，不要紧的例事，就由报上发表，也仿佛政府公报似的，就算本衙门的一份公报。但是本衙门的人员都有专司，所以求歆仁先生荐一位主笔。你先生既肯帮忙，当然是热心教育的。”伯雍说：“既承不弃，惟有尽心，以后还求诸多指教！但是贵杂志究竟是怎个内容？什么体裁呢？”所长道：“官报不比寻常，第一项，是政府关于教育行政的命令、教育部的部令批示，以及本衙门的各项公事。第二项，是各学校的呈报。第三项，是各校校长教员的论文。他们散了学，无所事事，不是出南城，便是逛公园，殊于教育前途有碍，所以我勒令教他们作文章，作个考成[①]。他们的文章，先生不必管，我已求朱科长老先生担任批选，差不多是个主考的责任。第四项，先生可以随便作点东西，或是翻译亦可。第五项，是杂俎，关乎教育的事，无论中外，都可选录，这是先生的事。至于全部责任，却由朱科长一人负责。先生有什么话，不妨和朱科长商酌。至于薪金呢，暂送五十元。先生须知本衙门的经费是有数的，日后款项充足，定有加薪的希望。”伯雍说：“薪水大小，倒不在乎，反正所长是公事公办的。不过一节，我如今是给歆仁的日报担任文艺编辑，日报当然是较月报忙的，据所长方才的话，贵月报已被公文和各学校的东西占了十分之八去，只剩二分，是我的责任。我想作文章和选材料，也不必天天到衙门来，反正我若有工夫，一定到这里看看。我的意思，是以不误事为主，可不能天天到衙门来画到[②]。假如我的东西，到期没有，是我的责任，别的我也就不管了，因为所长已然把编辑责任全部委之朱科长，发稿出版等事，当然是朱科长的责任。”所长说：“是这样的。先生也不必天天来，但是总须常来一点好。”说到这里，算是个结论。伯雍辞了出来，朱科长嘱他明天必要来的。伯雍答应了。

---

① 考成：考核成绩。

② 画到：签到。

他出了教育公所，仿佛半日没有吸着空气，不由得一舒展。可是他心里不痛快极了，暗道："这些人怎能与他们共事呢？他们所办的也不像个杂志呀，干燥无味，给谁看呢？最可怜的，是一般穷教习，一天一天地苦混，还得交卷子作文章，就凭朱科长一个顽固老头儿，懂得什么？不用说别的，便是选录各校文章，将来便不知倾害多少人。哎呀，造孽！这事我不做好吧。"伯雍回到报馆，晚上完了事，把教育公所的事，向歆仁说了一遍。歆仁说："明天你就去吧！不管如何，倒是先挣他们五十块钱。"伯雍说："这五十元钱不是好挣的。我见他们都是外行，一切都归朱科长主办，我不能说他是坏人，他简直什么也不晓得！第一他先不赞成留学生。我说在外洋留学过六年，他很替我可惜，他不但不知道外国情形，大概连北京以内的事都不十分懂得，我在他手下办事，能有好结果吗？不如你替我辞了吧，省得将来决裂，也是一走。不如教他们另请高明吧。一个发表例事的月报，他们所里人，也能办了。我见他们都在那里白坐着，另雇一个人，不知是什么意思了。"

歆仁见伯雍把话说完，似乎有点不悦，口里衔着烟卷，默然半天，才和伯雍说："你不是说钱不够花的，如今给你找这样一件事，你又不愿意，将来谁还给你找事？你管他们怎样，你就做你的事，不要先瞧不起人，朱科长虽然什么也不懂得，他既然当科长，也必有长处的，万不能说他什么也不懂得。或者他所懂得的事，一定是洽合机宜的，所以能获得相当地位。你的学问，固然很好，但是非不及即太过，所以总得不了机会。我现在很悟出一点道理，也是我当议员在政界里活动的好处。"他说到这里，郑重其事地问伯雍说："伯雍！你看我从前是怎样一个人？"伯雍说："你从前是个温厚长者的青年，心地尤为纯正，在咱们同学里面，我很推许你。”歆仁见说，微微一笑，因又问伯雍说：“我现在是个什么人呢？”伯雍见说，把头一低，半日也没言语。歆仁说：“你怎不说话？你这默默之中，我知道你对于我一定有不满意的批评，你只管下个批判，我不恼的。”伯雍叹了一声说：“我见你民国以来，与从前判若两人。”歆仁说：“判若两人，就算完了吗？你一定不肯说，我告诉你吧，我如今成了一个要不得的人了，虽然是要不得的人，却有抢着要我的，这就是我解悟的道理。你要知道好人是过去或未来的事，现在绝其没有好人。现在的好人除了一死，万也表显不出怎样才算好人。图未来的令名，迂回且远，学古人的懿行，尤为无当于事。惟有能售于现在，是人生的要图，所以我如今也不管将来，也不管过去，惟有想法子适合现在的需要。比如政府要捣乱的议员，我就去做捣乱的议员。需要旧式官僚，我立刻也能来个官派。当路要人、南北政客，需要什么人才，我都能随机应变，够上他的要求。反正一句话，随着势力转移，不与势力反抗，这就是人生的要义。”伯雍见歆仁说到这里，很惊讶地说：“听你之言，人应当做乡愿了，应当同流合污了。”歆仁说：“还不是这两句老话所能尽的。乡愿，在古人虽说是德之贼，在现在却是很难得的人呢。我所说的意思，连假道德都不应当讲，干脆要在社会国家里，得若相当的地位。换言之，就是升官发财。官怎升，财怎发呢？我们自己的力量办不到了，那就得看谁能教你升官，谁能教你发财，谁就是势力，谁就是运命之神。当然就得崇拜他，供奉他，丝毫不可侵犯。譬如前清的皇帝，当路权贵，都是运命之神，我们当然替他办事。辛亥那年，他们的神威不灵了，另换了一种运命之神，就是孙文的革命派，我们就得崇拜他，替他放屁。如今他不成了，这运命之神，又移到袁大总统身上，我们不用疑惑，就得替他办事。若依旧想着老主儿，那就说不上是好人，真是愚汉了。以此类推，凡事都应这样做，虽然说是要不得的人，却真有出大价钱要你的，这便是我这几年体验出来的道理，非常有效。我的议员、我的马车、我的财产，都是由此得来的，所以我益觉得从前念书时，是个傻子，如今才入一点门。你的学问，难道不如我吗？就皆因你自己老怕成个要不得的人，越想自己是要得的，越没人要。为什么呢？譬如伯夷、颜渊，不[①]孔子说他们要得，就让孔子由心里喜欢他们，又能怎样呢？伯夷叔齐饿死了！颜渊呢，短命鬼穷死了！我为什么说这些呢？从前我也要当要得的人，谁知反倒没人理，后来无廉耻的一活动，倒很有些人赞成，以至今日。所以我对于我的至近朋友，都要告诉他们这一点秘诀。你如今不是入了教育公所？正是你的机会。你若与他们好生联络，将来一定有个出路，他们虽然不入你眼，却是一部分势力，既加入一部分势力，自然有活动之余地。你若不为势力吸收，带着一点反对的性质，你这一生，可就完了。那没法子，你趁早不用在中国了。还有一节，他们这回办杂志，是由教育部请的一笔款，内中有一项是另聘编辑员的薪金，没个外人，这笔钱不好要。你这五十元，和白得一样，不过到那里敷衍敷衍，也就成了。若照你这样认真，假若你要兼好多个事，不累死了！依我说，你明天还是去，以得人喜欢为先，做事次之。”

伯雍听了歆仁这一片话，真是闻所未闻，比读奇书还可怪呢。但是他这篇肺腑之谈，也颇可感激，不由得起了一种怀疑

---

① 不：不但。

的感想，不知道自己的对，是歆仁的对了？此时伯雍对于歆仁，不照从前那样不满意了，不由得生出一种研究的心理。暗道："大凡一个人，万没有自己承认自己是个坏人的，他如今一点不客气，承认他自己是个要不得的人，他的心真是开放到极点了。什么都不怕，什么都不羞了，他有这样的解脱，他必然是由一种冥想中得来的，忽然觉悟，便真个地去实行他的主义。往浅里说，他是甘心做坏人。往深里说，他这篇议论，未尝不可与杨子'为我'的学说相互参考。"他想到这里，他竟要试试歆仁的主义，或者他平日所想的，都不能实行。歆仁的主义，倒是今后的流行品了。当下便向歆仁说："歆仁兄！我听了你方才这一片话，我心里迷迷糊糊的，似解似不解，但是觉得里面多少有点滋味。今后也打算由夫子之道而行，但不知我的鲁质，能否实行得了。"歆仁说："没什么难行的，就是见有官大于我，财多于我，势强于我者，不问其人之如何，媚之而已。有命不违，詈而不愠，挞则受之，其人之年，不可不知，以时行贿，好官好货，不难求之矣。"歆仁这一转文，惊得伯雍都呆了，暗道："不知他平日怎样用功呢，自己都编成经文了。"既而又听歆仁道："你按着我的话行去吧，我管保险的。"伯雍说："万般都是学问，我听你的话试一试，教育公所的事，不辞了。"歆仁说："这便才好。"当下在歆仁屋里坐了一会儿，自回编辑部去。

晚上，依旧在报馆做事，完了工作，子玖和凤兮仍邀他到秀卿那里去，说道："你这可以常去了，又兼上事了。"伯雍说："当然去的，不用麻烦走哇，我从此也要改改良，在交际社会里出出风头。"当下三人一同去了，秀卿那里，他们已然去了好几次，这回不照此前那样客气了。一见面，秀卿便说：

“你们刚完事呀！大忙的，往外跑什么，完了事也不歇一歇，我若是你们，我可不做这冤。”子玖说：“男子都照你似的，世界上没有妓女了，皆因刚完事就跑了来，这才算劲儿，而且舒服。”秀卿说：“未必舒服，忙的知道便了。”伯雍说：“你倒知道我们的心，但是虽然忙点，却也有个乐趣。”说着往床上一跳，忽地仰面躺下了。秀卿一见，很觉诧异，说：“你今天怎样了？一定心里有事。”子玖说：“他高兴了！我们总理给他找了一点兼差。”秀卿说：“是呀。我看着他不像高兴样子，倒像熬心[①]。但是白先生怎会发了慈心，居然给他找兼差呢？”子玖说：“真找啦呢！每月五十元，什么事也不做，竟等领干薪。”秀卿说：“说好话，别放屁！这样的事，他等着给桂花的儿子留着呢。不定是怎样累事，教人干不干都不舒服。”这时伯雍在床上躺着，听了秀卿的话，心里十分惊讶，打算要实行歆仁主义的热心，不由得受了一下打击，凉了半截，暗道：“秀卿对于歆仁，为什么老是不满意呢？难道秀卿受过他的欺负，所以口头间，总是不饶他。”想到这里，由床上起来，向秀卿问道：“秀卿！你对于白先生一定有什么恶感，不然，他好好给我找了一点事，你不替我鼓劲，反倒打破头心[②]，是怎回事？”秀卿说：“谁给你打破头心！我与白先生也没恶感，不过我常听他们说话，我断定他们绝没有为朋友的心，你们可都是跟着他做事的，便是把话传过去，我也不怕，我不过是个妓女，也没有给人家做姨太太的资格，也犯不上迎

① 熬心：烦恼。

② 此语待考。

合老爷的心理，蔑[①]了自己良心，一句真话也不敢说。我见他们有时来到我这里，咕咕叽叽，不知议论些什么，有时也不避讳我。他们以为我不知道他们说的是什么，其实什么买收咧、阴谋咧、利用咧、条件咧，我听得都腻烦了，由一开国会，我这里就有议员，即或我没有议员客，别的姑娘还有呢，你们不知道，我们这班子，外号叫议员俱乐部吗？他们来到这里，无论是山南海北的人，我没听他们说过一句仁义道德为国为民的话，大概买收、阴谋、利用、条件这些话，老也没离开他们的嘴。我听说议会是能救国的，我一见各大议员的言论风采，我虽然是个妓女，对于他们诸位，也未免怪失望的，所以我对于他们渐渐地冷淡起来，还不如交两个老实商民，倒能说两句心里的话。他们不满意我，也就皆因我对于他们冷淡，如今我听说白先生给你找了兼差，所以我很奇怪的。又见你那个样子，明明是假高兴，还恐怕你的事，不是买，便是卖，不是利用，便是条件呢。”秀卿说到这里，自己先认不住[②]笑了，引得大家也一阵好笑。此时凤兮捻着小胡子，又犯了酸气，点着头说道：“秀卿秀卿，使尔多财，吾为尔宰。”这时秀卿还带着满脸笑容，用她那双可爱的眼睛，望着凤兮说：“你在那里说什么？你别看我会说利用条件什么的，那是我听议员老爷们说惯了。你跟我说话，千万别转文，还是老实大白话吧。”大家又笑了一回，李妈伺候了一遍茶水。外面已然不早，伯雍说：“咱们回去吧。”子玖说：“你住下吧，回去做什么。”秀卿说：“他又卖到一家了，明天交货，教他去吧。”一阵笑声，

---

① 蔑：昧。

② 认不住：忍不住。

三人一同回去了，到了报馆，胡乱睡下。次日伯雍打算早起，却起不来，午时左右才起来，吃点东西，他鼓着勇气，到教育公所去了。

伯雍到了教育公所，这回他不到传达处，便一直进去了。到了东跨院里，只见那三间小正房，已然收拾好了，门口上钉了一个《教育杂志》编辑部的牌子。到了屋里，有个三十来岁的人，正在一张桌子上，不知画什么图画，他听得伯雍进来，把笔放下，站起来与伯雍见礼。伯雍看此人时，面皮倒很白皙，可惜左眼略微有点毛病，除了这点毛病，长得倒很漂亮的。不过浮薄之气，溢于眉宇，不知哪里更有些卑鄙的样子。可是乍一看去，人倒是很漂亮的。伯雍忙问那人道："阁下贵姓？"那人道："小弟柳墨林，兄台是伯雍先生吧，久仰得很，只是无缘，不会拜识过，今日在一处做事了，还望多多关照。"伯雍一边答述谦词，心里却很惊怪的，暗道："耳闻有个柳墨林，在南柳巷永兴寺[①]里浮住[②]着，听说会画几笔，也不见得怎样。但是他的行为，知道的很多，怎会能入教育机关呢？是了，怨不得邹科长说还要办个《教育画报》，柳先生想是《教育画报》的画手了。"他此时心里不痛快极了，他又不便形容出来，他想一想歆仁教给他的主义，他只得勉强与柳墨林周旋周旋。伯雍为什么不满意这个人呢？不得不表说一番。

柳墨林，究竟是哪里的人，直到如今，也没人知道。有说他老根儿是南边的人，有说他是北京土著的，总而言之，他是

① 永兴寺：位于琉璃厂西街西口，后易名永兴庵，其周围有十几家报纸，为彼时北京报纸发行中心。

② 浮住：寄住，临时住着。

个没家没业的人。偌大一个北京城，直没他一个准住所。他以前的为人做事，也就没人知道了。他忽而打扮得齐齐整整，忽而就褴褛不堪，大概烟馆宝局娼窑下处的茶壶小跑，他都干过，他是很聪明的人，什么事业都限制不住他，他多少也念过两天书，由小时候就会画两笔，他的蓝本，除了广告上的人物画，便是杨柳青的草板画[①]。前清末年，学风很盛，他便列入衣冠之林，见了人，也要高谈阔论，把许多老先生都蒙住了。革命以后，他在南城一带，也很出风头的，有时自己说是民党，有时又说自己是稳健派，其实他的材料究竟有限，或者因为时运不济，终没抖起来，最后他想了一个吃饭的法子，皆因永兴寺是各家报馆的发报所，他便在寺里赁了一间房，没事给各家报馆投一点稿子，画一点插画，但是收入能有多少。于是他异想天开，自己经营一个画报。

他这份画报，不敢明卖的，茶楼妓馆酒肆戏园中，有几个卖报的人，在怀里一卷一卷地揣着，你若慢慢地向他们买时，他们见你是诚意，便偷偷摸摸卖给你一份，这便是柳墨林先生的画报。他这份画报，很简单的，一个外人也不用，只他一个人就办了。白日他到外边闯他的事，他晚上却在他那间小屋里，鬼鬼祟祟，就灯底下画他的画报，凑成十二幅把戏，便袖[②]到他所熟识的小石印局去印刷。这宗东西，虽然不能照日报那样畅销，欢迎的主儿也不少，所以那些报夫，乐意给他发售，皆因利钱是很大的。警察虽然知道市上有这宗东西，却不容易查获，因为报上没有编辑人的姓名住址，更没有发行和印刷所

① 板画：版画。

② 袖：藏物于袖中。

的店号，究竟不知这东西是哪里的来源。柳墨林自营此业，收入较比从前强多了，交游渐渐地广了。他遇见他的同类，口里无话不说。遇见高尚的人，也会说什么社会教育、公共道德等等的口头禅，所以有好些人很器重他。教育公所的朱科长，就是很器重他的一个人。他所以能来到教育公所主办《教育画报》，也是朱科长一力主张。

此时伯雍无精打采的，和柳墨林说些闲话。只见朱科长手里拿着一张图画，很高兴地由外面进来了。一见伯雍，便说："你才来呀！正好，你看看这张问题画吧，倒把我难住了。这是柳墨林先生画的，心思够多么巧妙呀！我没猜对，拿去教他们科员猜，都说有意思，这样的图画，实在有益儿童的智慧。老朽佩服极了！"说着把图画递给伯雍说："你猜一猜，别看你是留学生出身，你要猜着，我请请你。"伯雍不知是什么新奇的益智画，接过来一看，上面画着一株老树，树上栖着几只乌鸦，树下一个人，做执枪仰击状。旁边一行小字写道："设问，树上有十只老鸦，彼人一枪击落一只，树上老鸦，还余几只？"伯雍念完，已自暗笑了，心说："堂堂的社会教育科科长，怎么连这个儿童尽知的小问题画都没见过呢？也值得这样大惊小怪。"这时只听朱科长在旁边笑着问伯雍说："你猜你猜，打下一只，树上还有几只？"伯雍毕竟是个忠厚人，虽然有心奚落他们二人一顿，生恐于面子上不好看，只得昧着良心说道："这张图画奥妙极了，比璇玑图[1]还难解呢。小生孤陋寡闻，不敢妄测，请科长指教吧！"朱科长此时笑呵呵地连连说

[1] 璇玑图：古代的一种回文诗。

道："你猜不着不是！你猜不着不是！打量[①]你也猜不着了！柳先生这张图画，有意思极了。树上十只老鸦，打下一只，人人都得说剩下九只。方才我也是这样猜，谁知是一只没有了。你知是怎回事吗？"伯雍说："不知道。"只见朱科长比画着说："枪一响，打下一只来，那九只都吓飞了。你说妙不妙？这是柳先生画的。他将来不可限量呢。"伯雍见朱科长夸了画又夸人，差不多要哭出来，只得忍泪，勉强笑着说："柳先生真是大才。北京的教育界，定然得他的裨益不少。"朱科长道："我为教育界得这样一个人才，也可告无罪于社会了。"这时伯雍偶然把柳墨林看了一眼，见他脸上一红一白的，大概他心里起了什么疑惧。当他画这张问题画时，实在没曾想教朱科长佩服得这样五体投地，不过既然被他邀来主持画报，自然得画点东西。皆因他画秘戏图画惯了，一时画教育上的事，急切想不出，所以没法子，由一种儿童画报里，选了这一张，重画一过，为是塞责。谁知竟令朱科长见所未见，闻所未闻。他知道朱科长胸中没什么了，所以很高兴的，自庆将来画稿不难敷衍了。及至伯雍到来，朱科长又把这张画在伯雍跟前大事卖弄，柳墨林真害怕了，生恐伯雍坏了他的事。伯雍哪是那样的人。可是他见伯雍也随着朱科长说好，他反倒益加疑惧，他不知伯雍心里究竟是怎回事，他终疑伯雍将来是无利于他的，所以他益发不安起来。这时朱科长和伯雍把编辑的事务略微说了一说，既而又嘱伯雍道："明天请你早一点来，我们上衙门都是午前八点钟，你今天一点钟才来，未免太晚了。"伯雍见说，心里虽然不愿意，也只得答应。朱科长与他说完话，自到

① 打量：以为，料想。

办公厅去了。伯雍随便编辑点稿子，看看时候不早了，他已然在此坐不住了，因和柳墨林说：“你不走吗？我要走了。”说着，戴上帽子自去了。

这时天气一天比一天热了，伯雍每天由南城跑到西城，由西城又跑到南城，委实觉得劳顿，但是为多增一点收入，这些劳累，也就顾不得了。好在秀卿那里，还没有人禁止他不许去，有时到民乐园听听夜戏，或和古越少年诸人，到白牡丹家里串个门，把这一日的苦痛，还能减轻了一点。有一天他又到教育公所去，却不见柳墨林在那里，暗道：“今天他怎来到后头了？”及至到自己那张桌子上一看，有两张红简，一份是朱科长聘女的请帖，一份是柳墨林成室的请帖，日子一个样，喜筵都设在天寿堂①。伯雍一见，很奇怪的，忙叫来一个差役，问问是怎回事。那差役道：“朱科长已然跟柳老爷做亲了，把大小姐给了他，如今他翁婿两个都告了假，预备喜事去了。”伯雍见说，暗道：“朱老头儿这个佳婿选着了，怨不得他那样夸奖墨林，原来早已中了东床之选。”这编辑室里剩他一个人，倒觉得空气流畅了。

① 天寿堂：老北京的饭庄之一，专门经营红白喜事，又称“冷庄子”。

第五章

西珠市口天寿堂的门前，交叉着五色国旗，配着簇新的彩绸，各种车辆，占满了半边街。有许多招待员，胸前悬着红色纸花，在那里招待来宾。

伯雍于是日也来了，他到了里面一看，来宾很多，因为这日是星期，所以益显得热闹。往四壁看时，喜联喜幛，不知其数。戏台那边，锣鼓喧天，正演中轴好戏《红鸾喜》。那些来宾，多半是教育界的人，此外也有各衙门科长左右的官员，一个个蓝纱袍、青马褂，都在席上坐着。有许多茶房，托着油盘，穿梭一般，在那里摆台面。这个景况，不用说，谁都知道是朱科长聘女的喜筵了。

每到一位来宾，朱科长都是满面春风，很和蔼地招待，他脸上的气色，比往日益觉得红润了。他真可谓人得喜事精神爽，得了这样一位快婿，他当然是高兴无比的。他见了伯雍，不似平日那样冷淡，因为今日是大喜日子，对于伯雍，特别表示一种极恭的礼貌。伯雍见了他，深打一躬，说："科长的喜事，小生预先不知道，所以没得张罗，殊觉抱歉。"朱科长道："事情也过于仓促，好在我预先都给他们预备好了，再说小女年龄已然不小，凑合着给她办了，也完了我一桩心事。"说着，叫招待员把伯雍让到席上，饮酒听戏。

朱科长平日最是省钱不过的，便是他的生日，也没做过一天寿，唱过一天戏。这次因为得了这个快婿，又因疼爱女儿，特别地要做做场面，为是在人前夸耀。他的思想本是旧的，打算仍用旧式结婚，可是他的女儿很文明，非要文明结婚不可。老头子虽然不愿意，因为是一种潮流，不便拂他女儿的意，再说他在教育机关做事，最怕人说他顽固，所以他也放开胆子，来个新旧参合的办法，教新郎新妇，在大庭广众之中，用文明仪式结了婚，已然送归喜居，可惜伯雍来得晚些，不曾瞻仰这个仪式，胡乱在此听了两出戏，自己去了。

出了天寿堂，见天气已然不早，他心中怪闷的，不知往哪里去好。有心去听白牡丹的戏，大概已然唱过了。回报馆吧，馆中这时当然没有人，一个人回去做什么？大热的，不如到秀卿那里凉快凉快。想罢，叫了一辆车，到了秀卿那里。跑厅的已然认识他，送到里院，只见李妈和几个婆子，正在天棚底下说闲话呢。还有几个才起来的姑娘，在院子里，教梳头匠给梳头。李妈一见伯雍，“哟”了一声说：“今天怎这样早？我们姑娘有点不自在，还没起来呢。”说着把伯雍让到屋内，只见秀卿盖着一条红纱夹被，在床上躺着呢。头发乱蓬蓬的，在枕边委着，脸上红扑扑的，仿佛发烧。听得有人进来，微微把头一抬。李妈见了，忙道：“起来坐一会儿吧，伯雍先生来了。”伯雍说：“别叫她，就教她佛[1]着吧。”李妈说：“真该起来了。大热的天，睡了一天了。”秀卿听见是伯雍，果然起来了。伯雍说：“你就躺着吧，何必起来呢！怎样不舒服？不是热着了？赶紧得吃药。”秀卿说：“没什么病，只觉得有点发烧。你今天怎这样早？”伯雍说：“到珠市口去行人情，便道，到你这里看看。我见你比前些日更瘦了，你自己须小心一

① 佛：躺。

点。你自己虽说没病，我看你这病大了。”秀卿见说，叹了一口气，眼眶里泪盈盈的，向伯雍说：“一个人做了这种生活，能保得住不生病吗？我此刻不过是在此耐着，家里若不是有个老人，有个小兄弟，我早自己打主意了。反正人活一世，终归一死。早死晚死，我倒不在乎。只是两个老小，指着我活着，无论怎样，似乎死不得，所以我有时胡作践，盼若早死。想起他们娘儿俩来，我又得自己宽慰自己。这两天我又犯了病，无缘无故地，自己烦脑[①]起来。你来得正好，咱们说会子话，或者能痛快痛快。”伯雍说：“你们这一行，跟我们一样，活计都在夜里，本是毁人的行当。不过既然择术不慎，也是无可如何，谁教指着它吃饭呢？”秀卿说：“你们倒是比我们强。女子掉在这里头，不知道几辈子没做好事呢。”伯雍说：“你这话不对。女子操贱业，做娼妓，绝对不是伤阴骘和父母没德的问题，纯粹是社会国家和教育的问题。若是自己看不起自己，不是命不好，便是没德行，那简直就不能振拔了。假如我们国家社会，到了良好地步，教育事业，也很完美的，使内无怨女，外无旷夫，男女各色人民，都有相当技能、相当职业，国家无论多大，和一个家族一样，上上下下，全都以爱情和道德相处，哪能会有妓女一行营业呢？有妓女的国家，究竟是不文明的表现，社会组织不完全的破绽，没有道德的佐证。显见没有道德的人，反说当妓女的都是上辈或是本人没干好事，反倒以欺负妓女，拿妓女赚钱，仿佛是一种应当的事。其实当妓女的，都是贫寒人家的女儿，无论上溯几辈，敢说没有缺德的事，不过就因为贫，就因为弱，没人保护，没人教养，没人替

① 烦脑：烦恼。

她们想职业，所以富者强者，就拿她们当货物买卖起来，国家也拿她们当一种税源，仿佛行其固然，一点也不以为不合理，其实她们已然把人权蹂躏到家了。”

秀卿见伯雍说到这里，仿佛提醒了她一点事，她的精神，也觉得振刷[①]一点，因向伯雍说：“我听你说这话，我似乎明白了许多道理。我当初很疑惑的，始终不知道贫寒人家的女子，为什么一到了没饭吃，就得下窑子？仿佛这窑子专门是给贫寒的人开的一条生路。除了走这一条路，再找第二条路，实在没有了。或者我不知道，你想，咱们北京好几十万人，好几十里的面积，除了有相当产业的，有一个地方能养活穷人吗？年轻力壮的男子，还可以拉车养家。贫弱的女子，可找谁去呢？再遇见家无男子，光有老弱，应当怎样呢？老老实实饿死，大概谁也不愿意。没法子，只得自投罗网，货卖皮肉了。当我未下窑子以前，我很为难的，也打算免了这个耻辱，另寻个生活所在。寻了多少日子，也寻不着，做个小买卖，又没有资本。即或卖点糖儿豆儿的，卖的差不多比买的多了，也不能维持三口人的生活呀！我实在出于无法，含着眼泪，做了这下等营业，心里头直到如今不舒畅。有时我暗自思想，或者这是我的命，或者我的父母缺了德，我又不敢必信，因为我的父母，都是很善良的人，我不信他们没有德行。我想这或者是富贵人的不仁，见我们娘儿三个这样困难，怎么一个发慈心的没有？谁也不救一救。看着我们下窑子。所以我对于有钱的人，起了一种恶感，我由心里头嫌他们，所以我混了这几年，仍是一点头绪没有。不过我母亲和我兄弟，不至冻馁便了。如今我听了你

① 振刷：振作。

的话，我知道这种不良的勾当，不尽是富而不仁的罪，原因还在政治不良、社会腐败，当局的为什么不想法子，多设几处工厂？单单扩充八大胡同做什么？”伯雍笑道：“设立工厂，开发事业，没有钱成吗？现在有人正要搂钱买皇帝做呢，哪有闲钱替穷人谋生活呢。他们扩张八大胡同，多添妓馆，第一不费公家一文，还替穷苦妇女筹了生计，国家每月还增许多收入，何乐而不为呢？”秀卿道：“照你这样说，妓女在中国是不能解放的了。当局的人，还要积极进行。不如把北京变一个大窑子倒好，总统便是掌班，各衙门合①国会便是随活大②了。我想他们不叫革命改良，益发往坏道儿做去了。”伯雍说：“你这话虽然是愤激之谈，将来会有这一日。你看着吧，北京完了。已过去的北京，我们看不见了。她几经摧残，她的灵魂早已没有了。我们脑子只可把她忘了，权当她被火山崩落了，被洪水漂去了。现在和未来的北京，不必拿她当人的世界，是魔窟，是盗薮，是淫宅，是一所惨不忍闻见的地狱。”

秀卿见伯雍说到这个份儿上，忙拦他道：“你不要说了。你的话，怪教我害怕的。若真到了那份儿上，咱们北京人怎样受？”伯雍说：“不愿意受也得受着，这是不可免的运数。但是北京人也有自取之道，如今说话放着，我但愿我的话不应验。咱们还是说点别的吧。”秀卿说：“真个的，你们总理给你荐的事怎样了？你干得了吗？”伯雍说：“不干怎的？人和钱没有仇。再说，我们总理和我说了一大篇道理，破釜沉舟地劝了我一顿。他的话我虽然不赞成，我却信为不易的道理。在

① 合：和。

② 随活大：跟班。

现在的北京，打算在社会上活着，非那样不可了，所以便是我极疏懒的人，也要从着他的道理行一行。除非人家不要我，那就没法子了。如今我是刚学来的乖便卖，我要劝劝你了，你的脾气，往后得改。你的年龄虽然大了，不过二十一二岁，还说不到年老色衰。你为什么不找几个阔客，好生应酬他们？惹得老爷一喜欢，把你接出去，岂不脱了这个火坑，傲慢不羁的行为，我们穷念书的还可以使使，当妓女的似乎不必要。因为当妓女的目的，便在吃、喝、穿、戴、玩、笑、乐七个字，傲慢不羁，跟穷字很近。你反倒染了这点毛病，所以我替你怪危险的。你不见现在汽车马车之中拿珠子和金子镶着的人，都是窑行出身，如今却都做了太太。那个姨字，谁也不敢往她身上加。胆子大的，也不过加上一个数目字，呼为几太太。外界嘴损的人，给她们起了一个徽号，叫作窑变，瓷器里的窑变，是很值钱的。人若下一回窑子，再当太太，比窑变的瓷器贵重多了。你如今还在家里，为什么不大变特变一下子，得个窑变头衔，岂不足以自豪呢。”

秀卿见说，由床上把伯雍瞪了一眼，说：“人家才与你说好话，你怎忽然损起人来？”伯雍说：“这是实话，并不是损人。”秀卿道：“既不是损人，何必教我去当窑变！我固然知道当一辈妓女不像话，但是不对心思的人，我也不能跟他去过日子。从前我听朋友说过一段《聊斋》，叫什么嘉平公子呀，他们说的那四句话儿，我还记得，什么‘何事可浪，花菽生江，有婿如此，不如为娼[①]’。可见我们当妓女的，也不是都

① 嘉平公子是《聊斋》里的人物，徒有其表，不学无术，下笔别字连篇，把“可恨”写成“可浪”，“花椒”写成“花菽”，“生姜”写成“生江”。

想胡乱当个窑变的。再说能讨妓女出来的，都是些暴发户儿，胡吃混穿，差不多是金盆贮狗矢[①]，跟了他们算得了所天[②]吗？算终身如愿吗？无情的无情，蛮横的蛮横，混浊的混浊，阴险的阴险，与其跑到人家里闹不品行的事，还不如我为娼自由呢！”伯雍说：“难道你一点打算也没有吗？”秀卿说：“怎没打算！愿意接我出去的，我不愿意。我愿意跟着走的，人家又不要我。”说罢，两只眼睛，不住地望着伯雍。伯雍知她心里有话，只是说不出，不由得把头低了，暗道：“人的性质和思想，凡带点病的状态者，多一半是不幸的人。秀卿大概是属于这类的，以她的容貌、她的地位，又赶上窑变盛行的时代，她原可以一生吃着不尽。为什么竟使醋拗脾气，落个老大伤悲呢？什么人跟不了，单单看中我这样一个穷措大，不能说她没有精神病了。但是我年来潦倒，白眼频遭，不图青楼中一个弱女子，反倒这样见爱，虽然昙花泡影，不能成为事实，她这知遇之感，是不能不报的。”当下忍住一掬酸泪，向秀卿说：“咱们的话，说了不少时间了，我也饿了，你饿不饿？咱们吃饭吧！报馆这时大概开过饭了。”秀卿说：“你要吃饭，教李妈打发人叫去，我也陪你吃点。”李妈在旁边见说，便道：“对啦！该吃点饭啦。我们姑娘由早起到现在，什么也没吃呢。若不是您来，说这半天话，心里还不痛快呢。”因问秀卿说：“吃什么呢？”秀卿因问伯雍说：“你吃什么？”伯雍说：“我随便。”秀卿因向李妈说：“你去叫去吧。我们吃米

① 金盆贮狗矢：不相匹配。二知道人之《〈红楼梦〉说梦》评香菱之于薛蟠为“玉碗金盆贮以狗矢”。

② 所天：丈夫。

饭，一个汤随便配两个菜。”李妈见说，到前面吩咐人去叫，不一会儿饭菜全来，秀卿陪着伯雍吃了一小碗饭，便不吃了。吃完饭，电灯早已来了，二人又说些闲话，院子里渐渐热闹起来。伯雍说：“我得回馆办事去了，咱们回头见吧。”秀卿说：“若忙，就不必出来了，何必呢。”伯雍答应着去了。

教育公所里的编辑部，柳墨林先生占了首席位置了，并且又添了两名书记。伯雍作的文章，朱科长看着都不入眼，不取得伯雍同意，竟自不发出去。伯雍虽然勉强忍受了，心里终是不快。有一天伯雍又到教育公所去，刚一进门，要往里走，忽由传达处跑出一个差役，忙喊道：“宁先生！请您到画到室内画个到吧，所长已然吩咐下来，无论谁，是衙门里的人，都得画到。这簿子早就该拿进去了，就皆因你来得晚，又在此多搁了一点钟。老爷，请您画个到吧。”伯雍见说，止住脚步，问那人道：“这是谁的主意教我画到？我并不是所里属员，我画什么到！”那差役说：“这是上头吩咐的。”伯雍说：“虽然是上头的吩咐，我没有画到的必要。他们不是一定教我画到吗？我就一定不来了。”说着一掉头出了大门去了，把那差役给木在那里。半天，才说道：“没见过这样的人。”只得拿了画到簿，到里面回禀朱科长知道去了。朱科长得了这个报告，虽不免生了一点气，颇幸伯雍中了他的诡计，从此不用外人，只他爱婿一个人，就可以办了。

不表他翁婿两个，见伯雍果然被他们气走，私自庆幸，不在话下。单说伯雍，回到报馆，也不与歆仁商量了，当时与朱科长寄去一个字条，写道：“你另请高明吧，大爷不玩儿啦！”朱科长见了这个字条，不免又生了一回气，喊道：“这是对长官说的话吗？”当下拿了伯雍的字条，气哼哼去见所长说："咱们这个编辑，太不像话了。他辞职只管辞职，为什么写来一句市语，他竟不来了。这人太不敬了！所长非把他传来重办不可！"说着把那字条呈与所长看，所长一看，不禁好笑说："这人太狂了。但是这也不算个辞呈，必有个缘故。不然好好端端，哪能这样辞职呢？"朱科长道："也没有别的原因，大概我教他每天画到，他不愿意了。所长想，我们这里的人员，谁不天天画到呢？教他画到，也是我当科长的权力。"所长见说，把眉一皱说："朱科长，你这事办得未免有点欠研究，即或我们不喜欢要他，也须好生把他辞谢。何况这里头有歆仁先生的关系，如今你竟教他画到，他的名义原不是咱们衙门里的官吏，教他画到，他如何愿意？他这一走，当然要与我们为难。假如他在日报上，把我们衙门里的事，登出几件，我们的事情，又不是不怕骂的，那时应当怎么办？"朱科长见说，脸上忽然变了颜色，连说："是是。这事我办得未免有点孟浪，我只知他是个乡下穷念书的，我忘了他在日报里当主笔了。再说他在我们衙门里，做了两三个月的事，我们的内容，他尽知了。我如今把他气走，他一定要报复的，那时于我们都有些不便，不如我仍把他请回来吧。"所长说："你与他有意见，他如何听你的话来。明日我求总务科长去一荡便了。"朱科长此时出了一脑袋汗，向他爱婿请教办法去了。

午后五点钟，在煤市街致美斋雅座一间单屋里，有两个人对坐着喝酒，一位是教育公所的邹科长，一位是伯雍。只听邹科长说："伯雍先生，你不要往心里去。我们朱科长上了几岁年纪，办事有些糊涂，明天你依旧去办事吧。"伯雍说："我不回去了，便是回去，也没有好结果，何必惹人厌烦呢？"邹科长道："无论受多大委屈，也得回去，这是我们所长的意思。所长既然聘请阁下帮着办杂志，一定不愿意有始无终。”伯雍道：“所长有这番美意，小弟心领。至于再回去的话，绝对不行的，我不苦你们所难，你们也不必苦我所难便了。”邹科长道：“先生既不肯帮忙，我们也不敢勉强。其实以先生大才，何所适而不可。惟有一事，小弟临来时，敝所长殷殷告嘱说，先生乃道义君子，以后关于敝公所的事，如有所见，不妨径行指斥，惟祈千万不要在报纸上有所评论。”伯雍见说，微微冷笑道：“贵所长未免过于看不起人了。兄弟虽忝列舆论界，无非以卖文为生，自问于自家人格，尚知爱惜，绝不敢以社会公器，用泄自家私憾。新闻界中，虽有少数不良分子，动辄骂人，以遂其敲诈之欲，但是大多数的记者，都很有道德的，哪能一点缘故没有，坐在屋里，生心骂人呢。大概官界中人，与新闻界的人，根本上性质不同，所操互异，于是官中人遂把一般新闻记者，都看成奸猾市侩一流人物，无论他们说的话是好是坏，是有理是无理，都是由心里头嫌恶，这就皆因两方性质不同，自然要生出这一种嫌恶的心理。奉劝阁下，可以转告贵所长，今后对于新闻界的人，不要采取一种嫌恶的态度，尤且须得拿新闻记者当人看待。我不敢说凡是以新闻为业的人，都是没有毛病的好人，我也不敢武断地替他们辩护，说他们都是好人。据我想，好的总占多一半。官界中人，未尝不可以假以颜色，品品他们的学问道德如何，虽不必照文明国家那样优礼记者，最低的限度，也得拿人看待，不要一笔抹杀的，都把他们看作一种要不得的人，把人格硬给取消了，自己也应当反躬自问。至于我呢，原不配辱没记者的美名，我自己也不愿以新闻记者自居，因为记者二字，到了中国可怜极了，不定怎样不幸的人，才摊上这个头衔，如今摊到我的头上了，我还敢以此骄人吗？贵科长和贵所长，千万不要多虑的。假如我不曾在贵公所做过事，我耳有所闻，目有所见，或者能依我记者的天职，有所评论。如今我对于贵公所，不能发言，无论我的话是否是社会上人人要说的，当然不能见谅于人的，一定有人说我的事被你们撤了，所以他才攻击起来，其实我自己实在不愿意干了，也不因为朱科长怎样薄待我。我的性质，实在不能享官衙的生活，所以赶早舍去，不承想反倒教贵所长多了心，实在出我意料以外。如今没有别的说的，烦贵科长上复贵所长，如信我宁伯雍是个人，不是没有品行的小人，我对于现在的教育公所，一定一句话不说，以免我的嫌疑。至于别人和别家报馆，我便没有权力干涉了，反正我一定保持我的静默态度便了。”

邹科长见伯雍把话说完，他做出一种笑容道：“听了先生这篇言论，使我顿开茅塞。但是敝所长和兄弟，对于新闻界的人，是最钦佩的，常说新闻家是无冠宰相，职司木铎[①]，高尚极了！阁下为人，尤为光明磊落。”伯雍说：“中国记者，哪能到这样的地位？将来的新闻纸，或者须有那一天。至于兄弟，混迹此间，无非作点小品文字，替阅报人助些兴趣，差不多和戏中小丑一样，不足挂于齿颊之间的。”邹科长说：“先生过谦了！”当下他二人酒饭已毕，伯雍要会账[②]，邹科长哪里教他会，拼命一般地拦说：“今天一定不能教先生会账，些许小费，兄弟敬候了。先生若不赏脸，那就没有交情了。”伯雍无奈，教他会了，又坐了一会儿，邹科长说：“以后咱们要多联

---

① 木铎：周朝时宣布信政令的工具。后世以此代指宣布政教法令。

② 会账：付账。

络，兄弟应当回衙门去了。先生的盛意，也应当向敝所长回禀一番，他一定感激的。”说着，一同下楼，邹科长的自用车已然在门前候着。邹科长坐上车，一拱手去了。伯雍一个人，也不雇车，走进大栅栏，只见行人扰攘，车马喧阗，那些店铺的装饰和行人的衣服，把“奢华”二字，表显得十足。但是这些熙来攘往的人，穿着极美的衣服，坐着极好的车辆，究竟他们在社会上是做什么的？高高兴兴地出来，有什么目的呢？究竟他是有什么职业，做完了什么工作，劳累之余，特意出来安慰自己不成？社会上什么东西是他们创作的？社会上的文明，哪一样是由他们振兴的？他们在社会国家里，究竟是有什么意义？由伯雍看去，一点也不明白。不过看着他们的服装，很觉绕眼增光，男的女的，心里都透着很高兴，一点愁烦样子也看不出。他们的眼光，都注意到那些店头的装饰品，玲珑奇巧最时髦的女舄[①]，在玻璃窗里罩着，颜色鲜艳，式样新颖，不第把那些太太小姐们的眼光勾引了去，便是那些漫无目的、任意闲游的少年，见了这一双一双的裙下物，也颇涉遐想，不觉得留恋观览，不忍舍去。洋货店的钻石手表，金珠店的腕镯指环，时衣庄的衣服，洋衣庄的西服，绸缎庄的彩缎，眼镜公司的克罗克司[②]，哪一样不动人的心呀！青年男女，看了那个，又看这个，完了，又彼此窥视，心里暗自品评谁的装饰适宜，容貌艳丽。由大栅栏走到观音寺，谁不注意这些东西呢？

伯雍因为怪烦闷的，他一道地走回报馆去了，他想起方才

---

① 舄：鞋。

② 克罗克司：Crooks之汉语音译，为英国威廉·克罗克司爵士发明的一种紫蓝色镜片，在日光下显示浅蓝色，在钨丝灯下显示浅紫色，视物清晰，透明度好，应用也很广泛。民国时期，亦是洋货之一种，是一种“鼻尖上的时髦”。

邹科长的言语神情，他不觉地暗笑道："人的言语和行为，怎这样矛盾呀？我在那里，便那样白眼相看。我不辞而别，又如此殷殷慰问，还以小人之心度量我。人在社会上，处世接物，应当这样相率而伪吗？"伯雍这样一想，他对于进取的心，益发冷淡了。歆仁教给他的秘诀，他完全失败了，他觉悟他自己绝对不是在宦途能活着的人，不如把一切念头打消，把自己的思想，暂时搁起，纯粹做个卖文生活，实行一种消极主义，或者能把一切烦恼解除。于清苦中，寻一点乐趣，什么社会国家以内的事，一概给它一个不闻不问，仅仅由小说中，讨点生活上必需的费用。虽然费些脑筋，倒省得生了许多鸟气。从此他除了在歆仁的报馆供给小说，还在别家报馆，担任点小品文字，每月也能弄百十多元钱。歆仁见他把教育公所的事辞了，也不再替他找事，由他自己去活动。

伯雍每日除了办事，便到民乐园去听戏。因为现在捧白牡丹的人太多了，差不多要和梅党有并驾齐驱的形势，所以这民乐园特别地热闹起来，牡丹的名声，比从前大得多了。有许多阔人，见报上这样捧场，也都慕着名来听戏。牡丹的师傅，见牡丹这样大红起来，自然喜欢，对于伯雍诸人，自然表示一种敬意，这时牡丹的父母，也听着信了，夫妇两个，带着一个大儿子，由天津找上京来。他们见了牡丹的师傅老庞夫妇，当然是要办交涉的，结果如何，人人都知道的。因为梨园行，俗谓之无义行，别的行当多少都有点师生义气，唯独梨园行，师生之间，大半都是仇人。譬如一个伶人，收了一个徒弟，合同上写的年限很多，不用说了，甚至还有打死无论的话。年限之内，无论徒弟挣多少钱，徒弟家属，没有分润的权利。徒弟出师时，年限内师傅代置之物，概行扣留还不算，便是旁人所赠之物，也不能携去一件。徒弟若是嗓音不倒，有人帮忙，还能自树。不然出师之后，依然不能生活，所以徒弟对于师傅的恶感，非常深厚，一出师便算断绝关系，没有一个彼此相顾的，所以管他们叫无义行。难道他们跟常人不一样吗？就皆因他们内容、习惯不好，把人都教得一点义气没有了，完全唯利是图。这也是社会上一个问题，应当研究的。

有一天伯雍才起床，只见白牡丹和庞三秃来了，牡丹很有些愁烦样子。伯雍忙问他们说："你们来此做什么？"三秃说："我父亲教我们请您有句话说。"伯雍说："你们先坐一坐，等我吃了饭，咱们一同走。"说着教厨子胡乱弄点饭吃了，穿了长衣，同着二人去了。到了老庞家里，老庞见了伯雍说："不恭得很！好在先生没短[1]帮我们的忙，这次还得给我们办一办。"伯雍说："究竟怎回事呢？"老庞说："请您先坐一坐。"说着向他儿子三秃说："你把你荀大叔请过来。"三秃见说，到隔壁那屋子去了，不一时，带过一个男子来，年约四十多岁，头上小辫还没有剃，一脸污泥，笼罩着他那一张黑紫的面皮，双眉被愁怨之气锁着，益显得他的相貌十分刚猛。他的身量很高，穿一身蓝布裤褂，想由上身便没洗过一次，已被汗泥污透了。他来到这屋里，一声也不发，挺然立在当地。他对于老庞，用一种不满意的神情怒视着。伯雍见了这奇怪男子，心里很骇然的，暗道："这是什么事呀，请我来办？"只听老庞先发言说："宁先生，这位便是牡丹的父亲，他找我不是一次了。"伯雍见说，把那人看了一眼，暗道："他怎会有牡丹这样一个儿子呢？简直是个马贼的材料。"此时不禁把牡

① 短：少。

丹看了一眼，见他白皙的面皮、清秀的眉目，那样的父亲似乎生不出来这样的牡丹。牡丹见伯雍看他，把头益发低了，他小心眼儿里，见他父亲那样落魄，虽然有些惭愧，可是他见他父亲哺得那样可怜，达不到反哺的目的，他那小心眼儿里又十分惨痛，不觉得对于他师傅的刻薄，益发起了一种恨怨之感。此时又听老庞说："他叫荀凤鸣，他来搅我不是一次了。什么规矩，没有你先生不知道的。合同没有满，没有找到我门上的道理。他们若来看看孩子，那我还不许么？无奈来一荡就是钱，哪里有这样的规矩？今天他又来找我，说他儿子给我挣钱太多了，非要一百块钱不可！这不是穷疯了么？别说他儿子没给我挣多少钱，便是挣了千千万，没出师，我也不能给他钱。不过他大老远地来一荡，也不能空手教他回去，盘川是有的。"这时荀凤鸣忽然大着嗓子用他的乡音喊道："你给过俺多少钱哪？俺来一荡，你就往外整俺，俺的儿卖给你咧呀！"老庞说："你的儿子虽然没卖给我，但是有合同的。合同没满，你常来搅我，是怎回事？"荀凤鸣说："什么合同，被你改了好几回哩。今天没钱，俺与你打官司，俺可不能怕你哩，不然你得把儿子还俺。"老庞说："你要打官司，好哇！难道我不敢跟你打官司么？"

伯雍见两人彼此争执，终没个了局，因替他们调楚[①]道："你们无论怎说，究竟是亲家，凡事好办，千万别吵闹起来。据我想，这事不是一半句话能了结的。"因和荀凤鸣说："你先回去，住在哪里了？"荀凤鸣说："在贾家胡同一个小庙里面住着，但是没有钱，俺不能回去，俺的老婆还等俺给她买

① 调楚：调解。

药。她腿上生了一个大疖子，疼得要命，已然不能下地了。”伯雍说：“无论怎样，你先回去，这事我能给你办好。”荀凤鸣说：“他不给俺钱，俺不能回去。”老庞说：“我凭什么给你钱！我欠你的不成。”凤鸣说：“你虽然不该[①]俺的，不欠俺的，你的钱是俺儿给你挣的！”老庞说：“你的儿子不是到了我家就会挣钱的，我教给他艺业，我给他饭吃，合同没有满，当然给我挣钱。”伯雍见他两人还是斗口，因向老庞说：“你先给他几吊钱零花，先打发他走了，我们一定把这事给你办好。他时常来，也不像话呀！”老庞见说，不得已取出十吊钱，交给凤鸣。凤鸣虽然抱着一百元的目的来的，但是见了这十吊钱，他已有些软化了，他不照先前那样怒目而视，他的眼神全移到十吊钱上，他把一百元钱已然忘了，他已然没有比较多寡的心思，他以为这十吊钱便是他生活上最急的希望、最适的物品，他由眼睛里流出一种欲火，伸手把那十吊钱接过去了。伯雍说：“你拿这钱回去吧。明天我们把你们两家的事办好了，不要再这样无结果的纷争了。”凤鸣向伯雍一躬身，果然拿了钱去了。伯雍因向老庞说：“这事老这样也不好，他把十吊钱花完了，还是来，我哪有工夫替你们挡他呢！我想你们非有个改良办法，断不能安静的。”老庞说：“怎样办呢？我们这事是有合同关系的。”伯雍说：“据牡丹的父亲说，你们曾把合同改过。他若真告了，你们的合同如有毛病，法官是不能保护的。你们把合同取出来，我给你们看看，究竟定了多少年呢？”老庞说：“十二年，如今还剩一年零八个月。”说着

① 该：欠。

把箱子打开，取出一纸合同，用东昌纸[①]写的，递给伯雍一看，白字连篇，简直不成说话。可是民间诸事，都用这样不完全的文约，维持着许多旧习惯，有心无心，在这样似通非通的文约里面，不知造了多少罪恶，倾陷多少好人。伯雍看这张文约时，添注涂改的地方很多，也没个图章押着。最惹人注意的，满师年限，原写十年，后改十二年，实在是个疑问。伯雍看罢，向老庞说："这张合同，便是到了法庭，也有争执的。这事你们自己参酌。"老庞说："虽然有改的地方，也是我们两家合意。"伯雍说："虽然那样说，究竟你们手续不完全，但愿牡丹的父亲从此不来。但是他十吊钱花完了，没个不来的。到那时你们没有结果时，我再给你们办吧。"当下在这里说些闲话，伯雍自己回去了。

却说荀凤鸣擎了十吊钱，回到破庙里，没有五天，又光了。他也不想个小生意，他抱定一个老主意，没有钱，便去找老庞。老庞家里，果然应付俱穷了，没法了又去请伯雍。伯雍已然把这事和古越少年、陇西公子、沛上逸民、东山游客诸人都说明了，他们都赞成替他们改约。大家既然捧牡丹，当然替牡丹家属帮忙。伯雍说："改约一定办得到，皆因那天我已替他们下了一个伏笔。再说他们的契约，实在不完全，非改不可。"古越少年说："既这样时，我们公推你和沛上逸民兄，做我们的全权代表，怎办怎好，不怕我们对于老庞花几个钱也成。"伯雍说："对于老庞，不用花钱。你们想法子维持牡丹出师之后，怎样生活便了。你们要知道，他如今倒仓了，梆子戏已然不能唱，二黄戏又没学几出，将来出师，非完全改成二

① 东昌纸：印书用纸之一，产于山东东昌府。

黄花旦不可。”古越少年说：“上回没说过吗？我们替他另请极好的教师便了。你如今就负改约的责任便了。”伯雍说：“这点事我还办得来。若是教我对于外国办交涉，那我就敬谢不敏了。因为我有后援，外交总长哪里找后援呢？所以他们每每失败。”古越少年说：“别说闲话了，你和沛上逸民兄去一趟吧。”伯雍见说，便邀了沛上逸民，到老庞家去了。

老庞见伯雍二人来了，仿佛没有主意的大帅，得了有智的参谋一样。因为荀凤鸣这几天，把他搅苦了。本来要和他打官司，又怕合同上的破绽，真被法官不认可，岂不落个败诉？所以亟待伯雍给他们说和。当下恭恭敬敬请二人坐下。伯雍说：“大概荀凤鸣又来找你，这事非有个妥当办法不可，所以我和刘先生诸人商量，想出一个于你们两家都有利益的办法，你也别说合同上是十二年，他也别说是十年，我想把你们那张不完全的契约废了，由十二年内减去一年，所余的期限，再立个新约。不至满限，牡丹家属不许到你家来。你看好不好？是这样，我们替你办。不是这样，你们自己去办。爱打官司爱告状，那就随你们便吧。”老庞见说，半晌无言，待了半天，才说：“这样办时，牡丹只能跟我八个月了。”伯雍说：“这八个月我以为是最好的时候，第一，牡丹现在已不能唱梆子，学二黄戏，有人替他拿钱。第二，牡丹的戏份，较前陡增。过了八个月，他的嗓子能唱戏不能唱戏，还未可知。所以这八个月于你最有利益。过了八个月，好坏全凭他们的运命了。”老庞见伯雍说得有理，只得就了他的范围。当着二人面，把旧约毁了，由沛上逸民起草，另立两纸新约，一切内容，不消细说。伯雍道：“明天我同着牡丹去找他父亲，谅他没有不答应的道理。”老庞见伯雍把这事给他们办得挺公平，而且白占了八个月便宜。若是经官动府，真不知如何了结呢！所以对于伯雍非常感激，因向伯雍说："明天就求先生带着牡丹，到他父母那里，从此千万别教他来磨我了！"伯雍说："那一定不能了。他的生活，自有人维持，一定不能麻烦你来。"他们又说会子旁的话，伯雍便和沛上逸民兴辞[①]去了，把这事告诉大家知道。

骡马市大街，贾家胡同紧里头，一个小庙里，和尚早已没有了。三间大殿，年久失修，已就圮毁，里面也不知供着什么神，门窗都锁着，灰尘和蛛丝，把那破窗棂都罩满了。檐下有几只灰鸽，自由巢在那里。廊子底下，堆着许多破烂东西，什么烂纸、散碎布屑、旧烂棉花，堆了好几堆。两边厢房，也都破烂不堪。却有许多换肥头子儿的[②]、拣沟货的[③]、挑水的，住在里面，俨然是个花子大院。北京没有一定的贫民窟，可是这种贫民聚居的所在，到处散见。什么废寺和公共所在，差不多都是我们的贫苦同胞自己经营的共同生活，如今穷人更多了，要打算照外国都市办法，划定一个特别区域，收容贫民，那实在是办不到，因为北京城全体，今日差不多成了一大贫民窟了。国家的首都，竟成了一个大贫民窟，也是世界一件奇闻，民国的光彩呀！

在这小庙的西首，另有一个小月洞门，却是一个跨院，里面没有三四丈大，起了一间土房，勉强可以说是一个跨院便了。在这间土房里，荀凤鸣带着他的老婆儿子，便卜定[④]他们的旅馆。他们在这公共旅馆以内，是最惹同居人注目的，他们

---

① 兴辞：告辞。

② 换肥头子儿：一种走街串户、收购物品的人，多用皂角以物换物。

③ 拣沟货：拾垃圾的人。

④ 卜定：确定。

一家三口，由旁家[1]眼里一看，在这破庙里，可称首富。又似外院那些人都是平民，单单他们是贵族了。因为别家都伙住一间屋子，大大小小、男男女女，都混在一起。惟有荀凤鸣一家，单独租了那间土房，占了一个跨院，所以外院那些人，见了他们的阔绰行为，又是惊讶，又是羡慕。对于他们，自然而然起了种种的议论。有的说他们是乡下财主，进城来打官司，却把钱花光了，西河沿的栈房[2]，已然住不了，所以暂且搬在这里，打发人回家取银子去了。有的说，他们终归要穷的，他们不该进城来打官司，他们若是总统的亲戚那就不怕了。有的说，总统哪里有这样的亲戚。有的说，那也难说，总统是胎里红出身吗？古时候还有乞丐做皇帝的呢！薛平贵原先比我们还穷呢，怎会当了皇帝呢？这破庙里，平日不知有多少奇怪的议论，自荀凤鸣一家搬了来，又给他们添了许多谈助。

这日伯雍和白牡丹找荀凤鸣来了。他们到了这破庙时，外面不到一点钟，那些贫民方在院中吃饭，吃的是很难下咽的东西，但是他们吃得很香。他们见伯雍和白牡丹进来，大家都很注意的，把眼神都送在他二人身上。他们不解他二人是做什么的，不过他们以为伯雍二人这样齐楚的衣履、斯文的样子，似乎不应当进这破庙里来，也仿佛这里一辈子也没有他们进来的机会。他们对于白牡丹，尤为注意。此时伯雍很和气地问他们说：“这里有个姓荀的吗？”他们见问，一齐向西边那个月洞门里一指，伯雍和牡丹便向西跨院去了。这里一间小土房，门已破了，窗户用各样破纸糊着，伯雍拉开屋门，只见一部土

① 旁家：旁边。

② 栈房：旅店。

炕，缺了半边炕席。一个妇人，头朝里在一床破被上躺着，以外没别人了。地下放着几件手使的破家具[①]。伯雍因问牡丹说：“这是谁？”牡丹说：“是我母亲。”于是凑到炕沿边，唤了一声母亲。那妇人在睡梦中，听见有人唤她，便慢慢地坐起来了，睁眼一看，是她儿子，她由安慰的眼睛里不觉掉了两点泪。因叫着牡丹小名说：“词儿来了！这位是谁呀？”词儿说：“这位是宁先生，很帮我们忙的。”妇人说：“怎好？这一点的屋子，也没个坐处。”说着把她坐着的破被褥，往炕壁铺了一铺，请伯雍坐下。这屋里空气坏极了，熏得人头疼起来，但是伯雍向常没有阶级的思想，他以为人家能在此睡觉，我就不能在此坐一坐吗？他这样一想，他的脑袋立刻不疼了。牡丹见他母亲委顿的那个样子，因为孺慕之心还没有泯，不知不觉地也哭了。伯雍此时看那妇人时，比荀凤鸣强多了，她的面皮很白皙的，而且眉目很清秀，不像庄稼妇人。牡丹的身体相貌，多半是禀诸母性。

这时他母子对泣了半天，妇人才向伯雍说：“先生带着我们孩子到这里来，一定是有事情的。我已听他父亲说了，说有几位先生正帮我们的忙，但不知老庞家打算怎办？依着他父亲，竟要打官司。现在我们一个钱都没有，哪里敢打官司呢？还是有人替我们说说好。”伯雍道：“这事不用你们发愁了！我们已然替你们办好。”于是把怎样改约的事，和牡丹的母亲说了一遍。妇人见说，由她多年不曾展眉的脸上，露出一点安慰欣幸的笑容，很感激地向伯雍说：“难为诸位先生，替我们这样费心。剩这八个月了，怎样也能熬出来！我这病身子，实

---

① 此语待考。

指望不能享儿子一点福了。多亏你们几位扶持，我还能多活几年。寔[①]对先生说，我们当初也不是极穷的人。”妇人这句话，在伯雍听着，是很信的。因为这妇人的举止和她的容貌，也不像向来受苦的人。此时妇人又说道：“当初我们家里，也有点产业，足以过活的了。只因为我们当家的，就是词儿的父亲，生性不好，最爱赌钱，把一份家业都弄光了。我们在家乡里住不了，因为离着天津近，所以搬到天津去。词儿的父亲，若是好生干，也能混起来。无奈他旧染的毛病，总也改不了，有了钱就要赌，甚至把儿子典与人家学戏。幸亏我有病，年纪也大了，不然他还需把我卖了呢。”说到这里，她的眼圈儿又红了，不住地用袖口抹眼泪，半天又续言道：“一个妇人，摊上一个不成器的爷们，不定几辈子没干好事呢。为他发愁着急，所以终年闹病。若不是有这两个儿子，我也就早死了，跟他混什么劲儿呢！今天一早晨他带着大小子出去了，直到如今，没有回来。他简直一点章程没有。我常劝他，老庞家你不用常去，把他们得罪了，于咱们孩子没利，不如咱们想个小买卖，爽[②]得孩子出了师再说。他终是不听，如今天幸有你们几位先生替我们维持，已然有了出头之日。这真是大可感谢的事！”伯雍说：“这也不算什么，因为这事是我们力量办得到的。若是办不到，便是你们求我们也未必成。再说人生在世上，应当彼此帮忙，替人说句好话，办点好事，究竟比除了自己，什么事也不管的人强得多。我们这样办事，有好多人看着很不满意，但是我们没有旁的事做，人家也不许我们做旁的事，照这

① 寔：同“实”。

② 爽：等。

样的事，虽然有些人看着不对，但是当我们这样办时，仿佛良心上很安适，很嘉许我们能尽人类的义务。我们不能把所有的穷人都救活，也不能教所有可怜的人都得其所，但是凡是我们遇见的，推不开的，我们应当想法子教他们脱离悲苦的境遇。譬如你们这回事，也费不了我们几个钱，便是花几个钱，绝不致破产，也费不了许多力量，不过舍得走几步路，舍得说几句话也就成了。”词儿的娘说：“虽然这样说，你们几位替我们费了不少心，不要听别人的闲话，什么里头都有呼号待救的人，照你们几位所为的事，我想必定是老天爷所愿意的。”伯雍说：“人所做的事，哪能就让天点头？不过各行其良心之所安便了。”这时外面天气不早了，还不见荀凤鸣回来。伯雍便和词儿的娘说：“你的丈夫既不回来，我们也不等他，回头你跟他说明白就是了。过两天，一定有人给拿钱，教他做个小买卖。”说着带着词儿去了。

第六章

伯雍把牡丹仍送在老庞家，交给他师傅，并告诉他们：“荀凤鸣以后绝不再来找你们。”老庞夫妇与他道劳不迭，闲话一会儿，自回去了。才到报馆，只见子玖诸人，正聚在一间屋里，不知议论什么呢。一见伯雍回来，大家向他说道：“你回来了！好极了，现在咱们总理要悬赏寻人啦。你别天天替牡丹瞎忙去，这事要给侦探出来，歆仁说要请咱们吃一桌燕菜席呢！”伯雍说：“谁失踪了？咱们也不是福尔摩斯，哪里去侦探呢？”子玖说：“桂花不知往哪里去了！方才歆仁特意过这边来向大家报告，说桂花已然把牌子摘了，好几日不知去向。歆仁很发愁地向大家说，如果桂花真失了踪，他的精神上一定要受打击，所以告诉大家，替他找一找。”伯雍说：“这事未必属实。因为桂花那里，歆仁没有一天不去，桂花无论上哪里去，哪能瞒得了他？再说他二人的程度，已然到了火候，不久就接出来，哪能有背着歆仁潜逃的道理？大概他与你们开玩笑呢。”子玖说：“真的。刚才我们已到泉湘去打听，果然没有了。遍询跑厅的，没人知道住在哪里去了，都说摘牌是实在情形，听说是不混了，这岂不是实在么？”伯雍说：“这样看来，益发可疑了。据我揣测，歆仁于这案内，定有密切关系，打算给他满街寻人，徒劳无益，还不如立刻要求他请吃喜酒呢。”凤兮听了伯雍这句话，捻着小胡子，连说有理。子玖说："据你的意思，歆仁把桂花接出去了。大概不能。因为他还没得家庭的同意，再说他的亲戚朋友家里，有几位太太，很厉害的，她们近来组织了一个胭脂团，专门反对丈夫纳妾。不但对于自己丈夫不许有这样的情事，便是对于亲戚朋友家里的男子，也是横加干涉。较弱的妇人，管不了男子，她们能替打抱不平，所以近来她们的势力，一天比一天大，把那些老爷们管得笔管条直[①]。不用说纳妾，便是听刘喜奎的戏，也得告谎假。设若查出来，真能罚跪半夜。所以这些老爷们，因为同病相怜，也组织了一个懦夫会，以资抵制。哪里是抵制，不过自行解嘲便了。歆仁对于他的夫人，倒能对付，所怕的是这群胭脂团。若真用武力干涉起来，他真受不了！所以说他此时能接桂花，还没到那程度，但是将来他一定接的。不想正在疏通酝酿时代，桂花忽然失了踪。歆仁发愁着急，也就不足怪了。"伯雍道："这里面疑问很多。我终不信桂花于生意隆盛时代，忽然摘牌不干。若说事前歆仁一概不知，尤为欺人之谈了。"

他们正谈论着，歆仁由西院又过这边来了。编辑部这院，他近来总不过来的，今日却过来好几荡。他的举动神情，真与平常两样了。不过他的张致[②]，多一半是假造的，虽然脸上带一种着急神色，他的眼里，却含着一种得意暗笑的意思。他一见伯雍，便说："你回来了。你替白牡丹跑得怎样？我把桂花丢了，你知道么？"伯雍说："方才听说了。"歆仁说："你得想法子替我找一找。"伯雍说："我替你找着了。"歆仁见说，一怔道："你在哪里找着的？你没有那么大能耐。"伯雍

---

① 笔管条直：笔直，此处转义为驯服。

② 张致：模样，样子。

说："你又求我替你找，你又信不及我的能力，益见你一肚子鬼胎了。你说实话吧！你把桂花藏在哪里了？使这样的诈语，打量谁看不出么。"若是别人，被伯雍这一逼，真能说了实话。但歆仁真会装假的，他依然老着面皮，一点神色不露，仍然说："她真失踪了，我这几天为这事，很着急。假如是我做的鬼，别人可以瞒，我瞒你们做什么？"伯雍说："你既然不瞒我们，将来水落石出，你应当怎样受罚？"歆仁说："何必将来，只就目下，无论谁得着桂花的消息，我都请客的。"伯雍说："好。你留神吧！你的秘密所在，我一定能访着的。"歆仁见伯雍说得这样决心，他真有些疑惧起来，不住地直看伯雍。半天，才说："便是福尔摩斯再生，也无从下手的。"他说了这句笑话，又过他那院去了。

这里子玖和凤兮，见歆仁那样神气，知伯雍所料不差了。子玖最好起哄的，他说："咱们真得好生访一访，若得点头绪，咱们给胭脂团写封密信，看看这个笑话，倒不错。"伯雍道："虽然这样说，也不容易侦得呢。你看歆仁，我已把他秘密猜着，他依然不认账。他若真跟我们说了实说，谁还能给他泄露？他自信他办得很严密，一点风也不能走，但是没有不透风的墙，何况这事！也无须乎秘密。若这样蒙席盖井[①]，终归免不了一场笑话。他不如声明打鼓地往家里一接，胭脂团虽然大兴问罪之师，事已成熟，不过瞎闹一起，所谓反速而祸小。若在外头露了消息，虽然笑话较迟一点，恐怕胭脂团方面要提出条件来。"子玖说："咱们不管。咱们就为看笑话。如今咱们须想法子，如何才能知道他把桂花藏在哪里？"伯雍说："他

① 蒙席盖井：隐瞒。

一定各处都垫了话，谁肯给他泄露呢。最妙的法子，须把他赶马车的宋四买住。歆仁每天上哪里去，他哪有不知的！”子玖说：“有理！那小子脑筋非常简单，给他点酒喝，没有不说的。”伯雍说：“你若打算看笑话，你就想法子买收宋四，但是你的能力恐怕办不到。”子玖说：“我若办不到时节，我便把他送下来，教胭脂团拷问他。”伯雍说：“你未免过于好事了。”

由这天起，子玖果然留了心，时不常地向宋四打听，或是给他点小便宜。无奈宋四执意不肯说，子玖审不出一点基兆[①]来。他真要执行非常手段，他打着哈哈，真给胭脂团写了一封匿名信。那胭脂团的首领，却是歆仁的表嫂邓二奶奶。当歆仁不得第时，他的表兄表嫂，真提拔过他，便是他现在的夫人，也是他表嫂给说的。邓二奶奶，为人精明强干，简直是位不辫的丈夫。她原是大家闺秀，在四川随过几年任，她的语言和习惯，很带点四川派头。她的丈夫邓子如，也是个世家子弟，在前清度支部里当过差。民国以来，因为有点旧势力，依然在政界里活动得很圆满。虽然是个纨绔，所交游的，却是一群议员和些时髦政客。办报的那群人，也与他上得来，都管他叫邓二爷。邓二爷一出门，也是马车等等，仿佛是位政界里的要人。其实他的差使都是挂名的，不过他爱模仿一般新进政客的派头，把局面弄得很大。他看着人家今天置妾，明天弄人，彼此夸耀，他由心里羡慕。他的力量，也能弄一两个人，无奈他的夫人，特别厉害，阃令[②]之严，比专制的军阀还厉害呢！邓子

---

① 基兆：基础。

② 阃令：“妻子的命令”。“阃”之意其一为闺门，如阃闱是指妇女所居的内室。

如慑于雌威，空怀着许多奢望，一件也不敢实行。为听刘喜奎的戏，不知被二奶奶罚了几回！二奶奶诸事大方不拘，尤且不怕人话她嫉妒。她常说："妇人不吃自己爷们的醋，吃谁的醋呢？再说竟教女人守贞节，男子在外面胡闹，置妾买人，就不算什么！天底下没有这样不公平的事！"她不但把她家二爷管得避猫鼠一样，她到处还宣传她的主义，广邀同志，非把有野心的男子，都管过来不可。她的同志，第一是歆仁的小舅子媳妇，蒋抗干女士，她是女子高等学校卒业的，很富于新思想，在女子参政运动会里，是位健将。邓二奶奶所发起的抵制男子不许纳妾的团体，在蒋女士，非常欢迎，她承认此事，是一种社会运动，不光为人家男子，从此务须把纳妾的恶制度打破，才算达到目的。所以邓二奶奶，得若蒋女士这样一个参谋，她的势力益发大了。此外还有刘太太、许太太、史太太、赵太太、王太太、张太太、何太太、宋太大、吴太太，许多位太太。都在她们团体里很有声望的。歆仁的夫人本是邓二奶奶的媒人，二奶奶特别疼爱她，本打算把她也拉进来。无奈歆仁的夫人，是个老实人，不愿意加入。但是只她们这十几位太太，已然镇住了许多男子，所以给她们起了个绰名，叫作"胭脂团"。这日邓二奶奶正和蒋抗干女士议事，商量以后应当怎样进行。忽见一个小厮拿着一封信，在窗外探头缩脑，欲进不进的，自家转磨呢。邓二奶奶一见，忙在屋内问道："什么事？"小厮说："太太来信啦。"二奶奶见说，教婆子接进来，一看笔迹，不知是谁来的。忙拆看时，只见上面写道：

风闻令亲白歆仁先生，新买一妾，匿在某所，御者宋四主谋。可将宋四召来，一问便知。贵团宗旨，鄙人极端欢迎，为将来女权计，不敢不告。如何处治，责在贵团。

拒妾一分子告密。

邓二奶奶把信看完，笑道："我就知这孩子将来要造反的，果然秘密着弄了一个人。"说着把信递与蒋女士看，女士接书在手，俨然是个女政治家，从头看了一遍，向二奶奶说："这告密的人，一定是与我们表同情的，可见我们的主义，已然有许多人欢迎了。乘着此时，我们应当雷厉风行地干一下子，也好教冥顽男子，知道警觉。"邓二奶奶道："这事应当怎办？"蒋女士道："先不要声张。露了风声，他们有防备了。这两天须把宋四找了来，问明他们秘密所在，然后我们出其不意，把他们双双捉住，饱打一顿，教歆仁把那女子赶快遣去。你看如何？"邓二奶奶道："正合吾意。但是宋四这小子，怎样找他来呢？"蒋女士道："你给歆仁写封信，就说你的赶车的病了，明天有要紧的事出门，暂借宋四一天。我想这事从前也有的，他一定不疑惑。等宋四到来，他说了实话便罢，不然，咱们拷问他。"二奶奶说："妙极！回头我便写信。明天吃了早饭，你来帮着我大审宋四。"蒋女士说："大家的事，我必效劳的。"说着教外面套车，回她自宅去了。

赶马车的宋四，是歆仁的一个心腹，关于桂花的事，他真能替歆仁严守秘密。除了和歆仁一鼻孔出气的人，他绝对不泄一字。这天晚上，歆仁把他叫到屋中，说："邓二奶奶给我来信，明天求你给她赶赶车，因为她的赶车的病了。好在我明天也没什么事，你回来一直上那里接我去便了。"宋四见说，暗喜，不但歇半天工，连二奶奶的赏，再加上车饭钱，总得个一两块钱。他很高兴地退出去了，他不知这次二奶奶借他，与往日大不相同。子玖的密信，二奶奶和蒋女士的法庭，他做梦也没想到。次日老早的，便到邓宅去了。一到门房，许多底下人见了他，都说："宋爷来了，有什么事吗？"宋四见问，便是一怔，忙道："这里太太叫我来的，说今天出门，教我给赶赶车。"一个年老的家人说："上头还没传下来，我给你回一声去。"说着进内宅去了。此时二奶奶正与蒋女士议事，老家人在窗外嗽了一声，进来回道："太太今天出门吗？宋四来了。"二奶奶见说，向蒋女士微微一笑。因回头向老家人说："把宋四给我叫进来，我问他两句话。"老家人见说，答应一声"是"，退出去了。到了门房，向宋四说："太太传你呢。你要小心一点，今天的事，我看着透点奇怪。"宋四此时已然有点不得主意，这一进去，不知是吉是凶，可是歆仁纳妾那段公案泄露，他还不会想到。不过他知道二奶奶不好惹，脾气古怪，不知因为什么，就要骂人，所以他见老家人嘱他小心一点，他已然不得主意，因问老家人说："二奶奶是喜欢着，是有气呢？"老家人道："倒没有气。"宋四才放点心，当下随着老家人进去了。

一到堂屋，呀！法庭已然设备好了。只见当地放一张长案，二奶奶和蒋女士并肩坐着，仿佛一位推事、一位检察官，后面站立四个仆妇丫鬟，每人手内提着一柄打马藤鞭。再看二奶奶时，满面秋霜，坐在上面，比大宋的包孝肃[①]还觉怕人。宋四一见这个情形，两条腿不住颤起来，暗道："我的天爷！我犯了什么罪，怎么在此组织了一个特别法庭？这一定是要审判我呀！"只听座上二奶奶向老家人说："我们问宋四的话，谁

① 包孝肃：包拯。

若走漏一字，我便砸折他的腿！”老家人此时也没脉[①]了，只得答应一声：“嗄[②]！”二奶奶说：“把宋四往上带！”老家人只得吆喝着说：“往上站！”宋四此时跑也不敢跑，噘着嘴，上前一步，给二奶奶和蒋女士每人请了一个安，垂手站在当地。二奶奶用极严厉的颜色，问宋四道：“宋四！你家主人，私自纳妾，密营外家，有人告发，说是你的主谋！你们主仆究竟怎样起意办的，还不从实招来？”宋四一听，竟问起这个案子来了，便如晴天霹雳一般，惊骇极了，暗道：“这是谁走的消息呢？”但是他此时于利害关系上，实在不能不替歆仁严守秘密，因往上回道：“回禀二奶奶的话，这事恐怕是传闻之误，我们主人，每日除了到议会去，便是在报馆办公。完了事，一直回家，连八大胡同也不会去一荡。哪从有纳妾和置外家的情事呢？请二奶奶详查。”此时只听蒋女士仿佛原告检察官口吻一般，向二奶奶说：“这厮完全是遁辞！他说他主人不曾到八大胡同去过一荡，益见得事件是由此发生的。他真是欲盖弥彰了！”邓二奶奶说：“这小子到了此地，还不说实话。他一定要与他主人遮饰的！但是我哪能受他的瞒哄。”因把眼睛一瞪，问宋四说：“你家主人给你多少钱，你为什么替他这样严守秘密？说了实话，没你的事。”宋四连连请安说：“回禀二奶奶，实在没有此事。”二奶奶此时真急了，把桌子一拍，说：“你当真不说？我要打你了！”宋四不由得跪在地下，叩头说：“实在没有此事！这不定是谁跟我们老爷开玩笑呢！”二奶奶说：“你真不说。你太怄人了！”因回头向那四名仆妇

① 没脉：没办法。

② 嗄：同“啊”。

丫鬟说："给我打他！"她四个得了命令，一齐跑在当地，把宋四困住，扬起手中马鞭，喝道："你还不说实话吗？我们要打你了！"邓府丫鬟婆子，平日都受过二奶奶的教育，熏陶感染，对于男子差不多都有敌视的恶感。每逢邓二爷违了阃令，这些丫鬟对于二爷，都敢上手上脚地作践，何况宋四？她们更不怕了！所以一听命令，一窝蜂似的，把宋四围住，谁不欲乐乐手儿①！

宋四到了此时，眼前亏要吃上了。他心中一想："我替他守什么秘密，反正他一个人舒服，与我一点关系没有。为他挨打，更不便宜了！光棍不吃眼前亏，我给他和盘托出吧。"当下一边拦着丫鬟说："先别打。"一边向二奶奶说："请二奶奶息怒！小的有招就是了。"二奶奶道："快说！"宋四道："在一年前，我们主人在八大胡同认识一个清倌，名字叫桂花。"二奶奶听了"清倌"二字，因问蒋女士道："那里还有清官吗？在那个脏地方做官，也一定是个脏官了。"蒋女士道："大概这句话，是那地方的市语②，未必是官吏之官。"二奶奶见说，又问宋四道："什么叫清倌哪？"宋四见问，憋得脸通红，也不好解释。半天，才说道："反正是个妓女。"二奶奶说："闹了半天是个妓女呀！后来怎样呢？"宋四说："后来我们主人每天去。"二奶奶见说，怒道："方才你不说你们主人一荡没去过，这时怎又每天去了？看起来就该打你的嘴！"宋四说："真该打的。但是方才我替他瞒着，如今是招供，自然得说实话了。"二奶奶道："往下说！"宋四道：

---

① 此语待考。

② 市语：行话。

“一来二去，他们热了。”邓二奶奶和蒋女士听了这个“热”字，都笑了。二奶奶说：“男子真是贱骨头！这有什么可热的呢？”这一来，弄得宋四更不会说官话了，脑门子蒸笼一般，直往下流汗。二奶奶道：“你说你的呀！”宋四道：“后来桂花一定要跟我们主人过日子，因为磨不开面子，在两礼拜以前，把她接出来了。现在在小安澜营门牌六百零六号住着。这是以往从前的话，并无半句虚言。”邓二奶奶见宋四把供状诉完，遂向那老家人说：“把他带下去，别教他跑了。”老家人见说，向宋四道：“跟我来。”便如司法警察带领囚犯一般，把宋四带出去了。

宋四到了院中，一身汗才落下去，向老家人道：“人家高高兴兴想着来弄两块钱，谁知险被狮子吃了。这也不是谁使的坏，先捉弄我一场。”老家人说：“她们耳目多了，准知是谁干的。这一来不要紧，连我们二爷都要受嫌疑的。唉！实在难说，若不是如今老爷们在外面破格胡闹，也惹不起太太们结起团体来反对。不过我今年六十多岁了，这样新鲜事，简直没见过。她们的闲事也过于宽了，管了自己丈夫不算，还管人家的。”说着到了门房，许多底下人都问：“什么事？你们怎进去这半天？”宋四噘着嘴一声也没言语。老家人说：“没什么事！你们不用打听。”少时，只见出来一个婆子，向底下人说：“你们谁去告诉张二一声，教他赶紧套车，奶奶教我去接白大奶奶去。”说完话，进去了。这里底下人，忙着叫赶车的备车。不一会儿那个婆子换了一身新蓝布裤褂，头上戴一朵小红石榴花，出来说：“车好了吗？”底下人说：“好啦。”她走出大门，只见一头菊花青大马，驾着一辆簇新玻璃马车，在门前停着。赶车的张二，在御台上高高坐着，姿势十分骄傲。

他的心中，似乎比马车所有主还觉满足，仿佛全世界的人没一个能入他的眼。此时另有一个拿车的小伙儿，把车门打开，问那婆子说：“上哪里去？”婆子说：“接白大奶奶去！”说着上了车，“嘣”的一声，车门关了，那马抬起四只乌油黑亮的大蹄碗，嘚嘚地去了。

没有一个钟头，已然把白大奶奶接到。邓二奶奶和蒋女士，把她迎了进去，叙礼落座。白大奶奶是个极稳重的人，平日向常不爱出门的，今日见表嫂和兄弟媳妇派车去接她，知道必有要事，所以赶忙着来了。此时二奶奶向她说：“你成天在家坐着，泥佛爷一般，什么事也不管，惯得你们爷们造了反了！”歆仁的夫人一听，当时怔了，忙道：“他天天到议会里去，怎会能造反呢？”二奶奶道：“傻妹妹！你的男子，背着你弄了一个人，你还不知道吗？”歆仁的夫人见说，轰的一下子，头都昏了，既而打了一个寒战，不觉得乱颤起来。她的颜色，便如一张白纸，眼泪也落下来了，半天才说道：“他真弄了！他真弄了！他跟我说了好几次，我始终没答应，无奈他天天磨我，我只得赌气和他说：‘你爱弄便弄，别跟我说。’谁知他真弄了！他真弄了。”说着便咽呜地哭起来。二奶奶见歆仁的夫人一哭，她虽然以为很可怜的，但是她见白大奶奶这样窝脓无用，又未免有些看不上，因说：“你哭什么！这都是你惯的他。你不会打他吗？你不会骂他吗？他把弄人的事，敢跟你说，可见他眼睛里没有你，你被他降住了。”白大奶奶委屈着道：“教我也没法子。我总不肯抓破脸，再说他是好生央求我的，不是说同院议员都弄人了，就是说人家都说他惧内，竟奚落他。又是什么现在当议员的，都有妾有马车，如今他马车虽然有了，就短一个妾，与人家比上，未免相形见绌，仿佛不弄个人，他的差使不好当了。今日跟我说，明日跟我说，我听得都腻了，所以我赌气和他说道：‘钱是你挣的，你爱弄就弄吧！’谁知他真个不客气起来了。”二奶奶见说，冷笑道：“还是你老实。若是我，他八个胆子也不敢。我就不解这群议员，都是由哪里赶来的？没有眼睛的国民，怎会举这样一群玩艺儿呢？”此时蒋女士在一旁说道：“就凭这群议员，弄得乱七八糟的。女子参政运动，更不容缓了。假如女子也有选举权，总比一般无知的老百姓强得多，万不至给二斗高粱就卖给他一票。”二奶奶道：“他们的议员，不定是怎来的呢。他们家里也未必有二斗高粱、一石小米，多一半是穷光蛋，仗着是学堂或留学出身，适逢其会的，被推得当了议员。论理一个男子，逢着这样一个机会，应当怎样为国为民，大展抱负。谁知他们八辈子五[①]没见过钱，小庙没见过大香火，一脑袋黄土泥还没洗干净，在北京城也要混叫字号。乍得几百块钱月费，烧得他们五脊六兽[②]的。真是小人发财，如同受罪！一到议会，除了飞墨盒子[③]做军阀政客的走狗，没有旁的能耐。一出了议院，便是花天酒地，胡闹一气，填补他们八辈五的穷根子。他们仿佛初世为人一样，下辈子不知又变什么，没日子乐了。你看他们胡吃混穿瞎吵嚷，哪里有一点大国民的气象？如今都有点钱烧的！袁世凯要做皇上了，不知每人给他们多少钱，所以又都竞争着置起妾来。其实他们都是山南海北的怯老赶[④]，脑袋一个个

---

① 八辈子五：祖祖辈辈，历代祖先。

② 五脊六兽：心里不安，不是滋味。

③ 飞墨盒子：用笔墨。

④ 怯老赶：不合时、缺乏知识的人。

生的就点范围的也有没[1]，不是活活的笑话吗？”蒋女士笑道：“你的嘴也过于损了，也未必是人人这样。”二奶奶道：“问心无愧的，当然说不着他了。大凡骂人的效力，只及于可骂之人，譬如无线电，不是任一无线电台便接得着的？必得性质相合，程度相等，才受得了电波。我的话哪能人人都说在里面！好的当然不在此例了。”蒋女士道：“你先别骂人，究竟这事应当怎办？”邓二奶奶因指着白大奶奶向蒋女士道：“她是你们家姑奶奶，当着你问问她，应当怎办？究竟这事与她有利害关系的。”此时歆仁夫人，仍眼是泪汪汪地说：“事到如今，我有什么主意！你们替我想法子便了。”邓二奶奶道：“依我之见，没旁的法子，就以武力解决。因为我对于男子，有无礼的事情，没别的，只有一个字，打！不打，他们是万不怕的。”蒋女士道：“你的手段我非常赞成，对于男子，你要不打他，他慢慢地就要打你。平和手段，决回不了他们的心。”

白大奶奶见她两个皆主张武力解决，心里又颤起来，因说道：“可别把他打坏了哇。”二奶奶笑道：“还没打呢，你就先心疼。难怪他不怕你了！我的男子，时不常挨打，也没见打坏他哪一经[2]。打自己男人，当然有个打法，哪能打坏呢！再说此事是你生死关头，你今天也咬咬牙，长一点勇劲，这回饶了他，下回他又要弄一个，到那时，你干生气，活着不是，死了不是，那罪可就不容易受了。不如你今天也给他一个厉害，教他就了你的范围，以后诸事他皆随你手转了。何况有我二人帮着你，当然要占上风的。”白大奶奶一听，由她那柔和的性

① 指头脑不清楚。

② 经：处。

质里面，竟会发生一种猛鸷的思想，仿佛鸦片烟鬼多日不曾过瘾，一旦扎了一针吗啡，精神十分畅旺了。她不由得把柔润的酸泪止住了，脸上忽然现出一种惨厉之气。她连连说道："我今天不能饶他了！你们须帮我一个忙。"邓二奶奶说："那是一定。别说你自己觉悟了，不然时我也不能饶他，总能与你出气的。"说着叫过一个婆子说道："你到外面，教他们把家里的车和蒋先生的车都套起来，另外叫一辆，我们这就出门。然后把宋四叫进来，我分付他话，快一点！"婆子见说，出去分付。不一时宋四进来了，二奶奶说："你没走漏消息呀？"宋四说："小的天胆也不敢！"二奶奶道："谅你也不敢！我们这就找你主人去算账，回头你和张二赶一辆车，头前带路，到那里如果没有人，你抵防①着！去吧。"宋四低着头去了。这里二奶奶分派了六名婆子丫鬟，每人各带一柄藤条马鞭。此时外面车辆已然齐备，邓二奶奶、蒋女士、白大奶奶，带着六名女马弁，很有声势的，分乘三辆马车，出南城去了。不到两小时，已然到了小安澜营，车不能走了，纷纷地下了车，教宋四头前引路。那里左右邻居，见来了这三辆马车，许多妇人，以为是看亲戚的。有许多妇女和小孩子，都站在门前看。

歆仁自宋四去后，他由朋友处借来一个赶车的，吃了饭到国会去了。其实他叫一辆人力车，也可以去了，再说人力车不是他没坐过，皆因既置了马车，再坐人力车，便有些不舒服了。况且拿坐马车的身子，再坐人力车，恐怕和街上众人一样，显不出是国会议员，那有多可耻呀！所以他一定要坐马车的。将来他有了汽车，那马车又不爱坐了。他在议会胡混了半

① 抵防：提防。

日，挨到散了会，又到党部里看看。这里有几位同志，一个是山西李酉民，一个是山东姜辛侯，一个是云南钱伯甘，一个是蒙古伯颜索图。这四个都是新纳的小星[①]，他们每日虽然不得不出来一荡，毕竟都是忘八吞扁担，归心似箭。此时可巧在党部里都会着了，歆仁一高兴，约他们到他那新筑的温柔乡里玩一玩，可是都得带着如君[②]去，他四人哪有不赞的。正要小小地开个窑变赛会呢！当下各自到了自家公馆，载了美人，和歆仁一同到了小安澜营。

桂花自被歆仁接出来，她的体态丰姿已然变了，童稚的孩气，渐渐揉搓没有了，成了一个极漂亮的少妇，眉目之间，把天生的憨意拭去，添上一种情波四溢的神气，而且有些骄矜之状，因为歆仁每每对她说："家里太太是有病的，她万活不长的。"所以桂花听了这话，很高兴，仿佛不久自己就声明是议员夫人了，而且能当总长夫人。她的年龄虽然不大，可是她的骄气，已然不可向迩[③]了。随她服事[④]的人，还是她姨娘黄氏。这个人尤能长桂花的骄惰，这个妇人她总不想她自己是什么身份，哪一样足以骄人？她纯粹以势力观人的，有势力有金钱，无论怎样，她也说他是好人。无势力无金钱，便是天好，她也说不好。对于妇女，尤是有她自己的批判，戴金镯子、穿绸缎的，她便说好。布衣的、守本分的妇人，或是贫寒的妇人，她正眼也不睬，并且有轻视凌践的意思。所以这条巷里住民，没有一个说她和气的，而又无可如何，因为她家总有坐马车的

---

① 小星：小妾。

② 如君：小妾。

③ 不可向迩：不可名状。指到了无法挽救的地步。

④ 服事：服侍。

来，知道她家必定是个阔人的外家了。

歆仁和他的朋友，并姨太太们，到了巷口，便下了车，赶紧把车都打发走了。因为此时歆仁还以此地为秘密的所在，生恐有人注意，传到胭脂团耳朵里便不妙了，所以他谨慎的。他们慢慢地走进院中，黄氏一见便笑道："今天是什么风，怎的来了这些贵客？我们姑奶奶一个人正闷得慌呢！问我好几回，老爷怎还不回来？这可热闹了，快请进来吧。"桂花这时真闷得慌呢，见他们大家来了，拍着巴掌乐起来，说："你们怎会凑到一齐？我正盼有人来呢。"那几位姨太太也都笑着把桂花拉住说："这些日子没见你，你倒胖了！"桂花说："还胖了呢！再这样圈着我，我就要瘦了。"说着他们都落了座，歆仁教黄氏吩咐厨子备酒，完了又和大家说："咱们怎玩呢？"有的说打牌吧，有的说打剖克[①]，当下分了两场，不爱看牌的去按风琴，反正都是在窑子里学的那点能耐，依旧都施展起来。他们此时一心只有个快乐，把所有的事都忘了，而且他们不知道有个祸事，已然迫在眉睫。他们正在兴高采烈、赏心乐事之际，只听外面有人打门。这正是黄氏的小心，她每逢歆仁到这里来，一定要关门的。她正在厨房和厨子预备酒菜，听见有人打门，她便跑出来隔着大门问道："谁呀？"只听外面答道："开门！我是宋四，来接总理来了。"黄氏听是宋四，才把门开了。

谁知这一开门，她就怔了。只见三位太太，带着许多婆子丫鬟，来意很是不善。黄氏此时已然明白了，知道这几位太太，一定是为歆仁来的。她忙问道："你们找谁的？"宋四

---

①剖克：扑克。

说：“总理走了吧？”说着使了一个眼色。黄氏见了，忙道：“刚才走的，这时已然到家了。”邓二奶奶哪里容得他们捣鬼，不容分说，上前便给黄氏一个嘴巴，骂道：“贱老鸨，说什么！走了我们也要进去看看。”说着带着大家，一窝蜂，闯进去了。黄氏见了，只在院中跺足，又问宋四说：“怎回事？你这是由哪里带来的？”宋四说：“别说了！回头你自知道。”这时上屋里已然打起来，又见那几位来宾，男的女的，便如雀避鹰鹯，纷纷地都跑了。歆仁也要跑，早被二奶奶一把抓住，说：“你跑哪里去？”忙教两个婆子把门把住。这时桂花可吓坏了，小脸儿焦黄，浑身乱抖的，站在室隅那里。歆仁见跑不了，只得大着胆子说：“你们无缘无故地闯入民宅，张手打人，毁坏器具，是何道理！我要喊警察来，把你们索走，须知我们当议员的，要受法律特别保护。你们这些无知妇人，实在可恶极了！”邓二奶奶笑道：“你动不动就拿你议员头衔压人，须知无识的小民，受得了你们欺负，太太们却不怕你们！”蒋女士也冷笑道：“他还讲法律呢，宠妾灭妻，是法律所许的吗？狎妓赌博，是法律所许的吗？男女混杂，密筑淫窟，是法律所许的吗？我们还没告发你，你倒吓虎[1]起我们来了！”这时白大奶奶一见桂花，已然气得瘫软了，一个丫鬟，忙掇过一把椅子，扶她坐下。邓二奶奶此时正欲发挥她的雌威，因向歆仁说：“你今天被我们捉住了，还有什么说的？”歆仁说：“你们捉住什么？这是我的自由！你们敢侵害人的自由权，真是要造反了！”二奶奶冷笑道：“你还懂得自由呢！民间自由，被你们侵害得一分没有了，你们管捣乱叫自由，管阴谋叫自由，管包办选举叫自由，管挑拨政潮叫自由，管贪赃

①吓虎：吓唬。

受贿叫自由，管花天酒地、纵情恶煞叫自由，管自行己是叫自由。除了你们自己的私欲，你们还懂得什么叫自由！你们知道你们的自由不愿意受别人的侵害，你们知道别人的自由也不愿受你们的侵害吗？现放着你不管别人生死，在外面横行恶欲，难得你还说出自由二字呢！你的媳妇，有甚亏负你的地方！你不能上学，她典卖簪环供你上学。你没事做，她求亲赖友给你找事。你想想，你所以有今日，是不是你有贤内助的好处！古语说得好，贫贱之友不可忘，糟糠之妻不下堂。怎么？你如今才运动上一个议员，你就上天了！以前于你有利的，如今你看着都讨厌了，甚至帮助你成家立业患难相共的发妻，你都看不入眼了！不是嫌她老了，便是说她有病。她的病不是你气的吗？不用说，你们男子得志，都应当这样喽！这样一来，够多美呀！男子汉大丈夫，原来是为姬妾舆马活着的。有了这个，便算达到人生目的吗？依我看，你们都不是载福之器。原没那大根基，硬要霸占伟人豪杰的地位，你们都是造孽呢！给旁人开道呢！你们将来都有大祸的，可惜还不醒悟。如今我也不跟你说别的，你既弄了这样一个人，你把你媳妇置于何地？”

此时白大奶奶已然哭得不成声，连连指着歆仁哭道：“负义人，负义人，你干的好事！你今天把我杀了就是！我活着也没什么滋味了。”歆仁究竟有点手段，不枉他在国会里当了一名议员，“奸猾”二字，总算会活用了。他原先本打算用几句强硬的话，把她们虎[①]住，以为她们都是妇人女子，能有多大知识。谁知二奶奶和蒋女士，都是女界英雄，早有觉悟的人。蒋女士的新知识，二奶奶的旧阃威，都是很有程度的。他心里一

① 虎：唬。

盘算，今天要打算把她们战胜，那是很不容易的，而且环顾左右，都是娘子军的联军，连宋四都降顺她们了。至于黄氏和桂花，虽然是自己人，她们能有多大能力，不但不能反抗，免了她们的打，就算万幸了。不如用一种柔和手段，把她们哄走，以后再设法吧。歆仁想到这里，便拿出能屈能伸的精神，向二奶奶道："嫂嫂以大义责我，小弟虽然惭愧，却很感激。如今既把事做错，嫂子看应当怎样处治呢？我没有不从命的。"二奶奶道："你既知错认错，我们也不为已甚，你先给你媳妇磕个头，认了错，然后听我发落。"歆仁道："我已然认错就得了，当着这些人，我怎好与她磕头呢？"此时那些婆子丫鬟都笑了，一个个打趣歆仁说："大爷舍得给旁人磕头，怎么舍不得给我们大奶奶磕个头呢？"歆仁说："我给谁磕头，被你们看见了？这头我是不能磕的。"二奶奶道："你既然不愿磕头，请个安也成，这是我最低的要求了。你要知道，我们的目的，是来痛打你一顿的。你若不赔罪，那是愿意挨打了。"歆仁被逼不过，真给他媳妇请了个安说："太太别生气了，都是我的错。"白大奶奶见他这样一溜哄，一肚子气，渐渐云散了。二奶奶方才给她打的无形药针，至此已然失了效力。二奶奶见歆仁已然给他媳妇赔了罪，因和他说道："你既然知错认错，我也不难为你。"说着用手把桂花一指说："那个丫头片子多少钱买的，明日把身价退回来。限正午十二点交到。我替你媳妇储蓄着，做她一笔零花。这事大概不能办不到！"歆仁说："哪有身价？是朋友送给我的。"二奶奶见说，把脸一沉说："明明是你由班子里讨的，怎说朋友送的。再说既是朋友，就不应送这样的礼物。究竟多少钱买的？快说！"歆仁道："五百块钱。"二奶奶摇头道："不对。我听说弄个人，都得万八千的。如今我给你做个公平价钱，三千元。明日要给我送到。这个丫头，就今日赶了出去，与她断绝关系。我天天总要派人查你。如再有藕断丝连的事情，那时我们就另有办法了。”歆仁说：“你的条件，未免太刻[①]了！”二奶奶道：“一点也不刻！这还便宜你呢。”歆仁说：“就这么办。从此我也要学好了。”

二奶奶又命婆子把桂花叫过来，二奶奶的威风话白，桂花在一旁已然领教了。如今见二奶奶唤她，捏着一把汗，蹭了过来。二奶奶先把她看了两眼，然后把脸一沉。桂花不由得浑身战颤起来，只听二奶奶道：“你小小年纪，不知自爱，为娼为妾，视为固然，天生来的是贱骨！如今我告诉你，你及早离开这里，再要拿出惑人的手段，我定要抽你的筋！”桂花一听，吓得只有乱抖，一句话也说不出。二奶奶发落完了，和蒋女士道：“这事这样办，对不对？”蒋女士道：“很对。但是以后还须随时调查，不然我们前脚走了，后脚他们依旧不改的。”二奶奶道：“那是一定，我们的主义，哪有不彻底实行的！”此时外面天气已然不早了，歆仁又献殷勤说：“我请你们吃饭去吧，不然就在这里吃。”二奶奶道：“我们不吃你的饭。你不要使这小手段，你打算拿饭堵我们的嘴么？”歆仁说：“没有那心，我怕你们饿。”二奶奶道：“我们回家吃去，你可记着，三千块钱，明日正午以前要送到的！”说着吩咐婆子道：“看车在门口没有，咱们走吧。”一个婆子出去了，少时回来说：“车等着呢。”二奶奶便和蒋女士、白大奶奶，带着许多婆子丫鬟，似乎奏凯而归的大将，得意扬扬出门而去。宋四追

① 刻：苛刻。

过去问道："我还跟了去吗？"二奶奶道："你跟去做什么！你从此别给你们主人出坏主意就是了。"当下三辆车，一扬鞭去了。

接坊[①]四邻看着她们来去的神情，很纳闷的。这里歆仁看着她们去了，又恼又恨，顶好一个欢会，被她们给搅散了。那些同志，也不知跑向哪里去了。若没别人，还好受一点，如今这个现象，都被朋友领教了去，实在难以为情。但是这个风声怎样走漏了呢？最可气的是宋四把她们领了来，我平日白恩养他了！想到这里，不由得气往上一撞，赶紧跑到屋中，只见桂花把头扎在黄氏怀里，咽呜地哭呢！歆仁一见，更难受了，连连喊了两声："宋四！宋四！"宋四见喊，愁丧着脸进来了。歆仁一见，怒道："你为什么把我的事告诉那个夜叉？我白恩养你了！这点事都不能替我瞒一瞒。"宋四说："哪里是我愿意告诉她！我一到那里，二奶奶就教人把我看起来，少时便把我叫进去。她竟设了一个大堂，和舅奶奶把我好审。我执意不说，并且告诉她们我家主人决不会有这样的事，这不定谁造的谣言呢！她们哪里肯听，竟教许多婆子丫鬟，用马鞭子将我好打，一个牲口都怕那东西，何况是人？也是我受刑不过，只得告诉她们。此刻我屁股还疼呢。我本打算给您送个信，谁知把我监视得很严，一点消息也出不来。这里头我不但没使歪心，还挨了一顿毒打。我的委屈跟谁诉去呢？"歆仁道："究竟是谁使的坏？"宋四道："那谁知道！反正必然有跟你开玩笑的。"歆仁道："今天晦气极了，弄得心里不痛快不说，还被她敲了三千元的一笔竹杠。"这时只听黄氏由那边说道："大

---

① 接坊：街坊。

爷呀！你给我们一个主意吧，桂花已然吓坏了，浑身直发烧。这样看起来，我们还是混事去吧。将来再跟着摊人命，我们可受不了。”歆仁说：“你们别忙别忙，我有办法。”黄氏说：“还有什么办法？现放着来了这一群太太们，你就无可如何，把我们娘儿俩，打的打，骂的骂，你也不会替我们出一口气，你是堂堂议员，连我们娘儿两个都不能保护，还不如在窑子里混着舒服呢！”歆仁说：“你这话把我想拧[1]了！我今天所以不和她们计较，正是为你们。假若我和她们闹到底，更没个了结了，所以把她们哄走，再商量咱们的事。”黄氏说：“依你怎办呢？”歆仁说：“你今天先把桂花带到你家。这里是住不成了，我在别处再找房子，然后我再求人说和，自要能把桂花接到我家，便不致有这样的危险了。这里头最捣蛋的是二奶奶，但是她已然敲了我三千元的竹杠，以后当然不至那样激烈的。至于我们内人，她差不多是个木头人，别人都拿她做傀儡，好敲我的竹杠。如今目的已达，当然没有第二次了。我就知道这件事省不了钱，果然是被她们察觉了。”黄氏说：“那末这里我们今天不能住了？”歆仁说：“不但你们，今天我也得回家的。”黄氏说：“既这样时，回头我们就走。这真是想不到的事！早知如此，还不如不出来呢！”因又向桂花说：“好孩子，别哭啦！有姨跟着你，一点委屈也不能教你吃。”在头些日子，这里何等火爆，名花美酒、麻将剖克，几位议员，在此时不常地开心取乐，真不亚如洞天福地。今日不知怎的，冷冷落落，一点生气也没有了。黄氏听了歆仁的话，果然把桂花带到自己家中，反正她有个老主意，五千元的身价，她已然使

① 拧：错，相反。

了，存在银行里，要想往出退，那是不能的。歆仁若是还要桂花，她便同着去受用。若是不要了，她照旧带她去混事，里外都没有她的亏吃。歆仁见黄氏把桂花带走，他益觉得这里一点趣味没有了。他便嘱咐厨子，好生看着这点东西，叫宋四把车赶来，自回报馆去了。

大凡一件好事，人总不注意的，而且也不愿意传说。至于是一件笑话，知道得便非常快了。这件事由宋四口里，慢慢地跟那些馆役说了，由馆役口里又传到几位先生耳朵里。大家听了这个笑话，都鼓掌大笑起来，可是张子玖心里有病，若不是他一封匿名信，也惹不起这场风波，所以他对于歆仁，非常谨慎起来。可是歆仁也没疑惑到他身上。次日歆仁果然写了一张三千元的支票，给邓二奶奶送去，又打发人在僻静所在，找了一所房子，预备迁移。邓二奶奶见了支票，对于这事，未免有些冷淡，竟自无形搁浅了。

第七章

在我的书中，总也没提秀卿了，但是她的性格，在一般读者，已然明白了。她虽然是个妓女，却与普通妓女不一样。她为什么坠落在火坑里，在前面我已然略微说过了。她多少是个有思想的人，可惜她没受过教育，想不出别的道儿，所以不得不飞蛾投火一般，掉在这里头。这也不怨她，第一她的家境寒微，无力去受教育。第二是社会国家的毒刻，连男子的教育还没人管，谁顾得到女子呢？再说自革命以后，北京土著的人民，一天比一天困苦，家里有女儿的，除了学戏便是下窑子，仿佛这两行倒是一种正常营业了。秀卿只有一个寡母，已然五十多岁，还有一个小兄弟，才八九岁。她若不想个法子，一家三口就得眼睁睁挨饿。她实在想不出别的法子来。北京的社会，也不许贫民清清白白地活着，非逼得你一点廉耻没有了，不能有饭吃。秀卿生在这样的社会里，已是不幸极了。她不下窑子，哪里还有挣饭吃的道儿呢？她自操了这个营业，没有一天不蹩气[1]的。她的性质，实在不适于这种营业。久而久之，她便自己造成了一身大病，她简直成了肺结核的瘸疾[2]，她只用大烟提着她那口气。论理，她的姿色和言谈，真是不可多得

①蹩气：使气之意。

②瘸疾：季节性的流行病。

的，也有许多人赶着与她要好，无奈她的脾气非常执拗，当她脾气好一点时，她什么人也能周旋。不知何时犯了她的脾气，想起她的不得意，她便把所有逛窑子的客人，都看成蛇蝎一般的人，由心里头仇视。她每每地咒诅那一群人，对于议员和政客，尤为特别嫌恶。她说："我到窑子里了，我失了贞节了，你们一个一个地跟我瞎献殷勤做什么？钱也舍得花了，衣服首饰也舍得做了，甚至几千几万地要往出接[1]吧。当我母女走到火坑边上，失足欲坠的时候，社会上怎没有一个人援一援手呢？假如那时有人周济一下，我也不至坠往靛缸[2]里面。如今人家一身清白没有了，成了公共的玩物了，便是救了出来，已是不完全的人了。大凡救人，须在没有失足以前救，掉在山涧里再救，便是不死，已然摔得股折臂断了。何况他们原没有救人的心，只不过为图自己快乐便了。哪有一个为人的人呢？"她每每这样想，虽然有些偏激，她一肚子的苦痛，也可以想见了。她所以得了这样不治之疾，和她事由不好的原因，都是由她这种偏激的思想造成的。秀卿的思想，终是改不成了。秀卿的生命，在这不仁的社会里面，也就很有限了。

自那日在酒席上，歆仁诸人把秀卿给伯雍架弄上，原打算取个笑话。不想秀卿的怪癖脾气，竟尔[3]把伯雍看中了。若论伯雍，也是个很韵籍[4]的青年，不过生性诚实，免不了有点呆气。在一般的妓女，最不喜欢这样的人，多少须有点纨绔或官僚臭味，她们看着才中意。秀卿偏与那样的上不来，所以一见

---

① 接：借。

② 靛缸：染缸。

③ 竟尔：竟然。

④ 韵籍：蕴藉。

伯雍，便有些对眼。后来伯雍又到她那里去了几荡，二人一谈心，彼此的志向，都明白了。秀卿益发把伯雍看得重了，知道他万不是一个浮泛的青年，他是要在社会上做事，要给人类做事的，不过他目下一点能力没有，也没有识得他的人，所以他终不能不在社会上埋没着。但是他对于贫民，对于不幸的人，向来表示一种同情的。尤且对于娼优里面不幸的人，更是特别怜爱。他说社会上所以有这些不幸的人，都是社会自行暴露他们自己的罪恶，所以他恨不得把社会上不幸的事，一口气都吹没了，教社会上所有的人，心里都是风平浪静地过他们的太平日子，谁也没有一点不平的事，才称了他的心。但是他的力量，万是办不到的了，他不过怀着这个空想，在社会上送他的愁牢日子便了。伯雍这些意思，秀卿似乎都知道的，她所以不拿伯雍当众人看待。至于伯雍之看秀卿，不但可怜她，而且钦敬她。现在讲气骨的人，太少了！打算在现在的社会里面吃一碗饭，这“气骨”二字，谁还敢讲！恐怕你今日讲气骨，明日便入枯鱼之肆[①]了。不想秀卿以一个坠溷的人，她到了[②]不忘她的气骨。她天字第一号的姨太太，不是当不上的。马车汽车，不是坐不着的。珍珠钻石，不是戴不上的。以她的姿首，取这几样东西，真比穷酸措大卖几篇文字、挣一碗饭吃，太容易了。但是她竟不取，把能供应她这些东西的老爷们，都给得罪了。她这是什么意思呢？往坏里说，便算一种精神病。往好里说，这正是她的气骨了。伯雍对于她的气骨，虽然钦佩极了，可是又不愿她老持着这种态度，每每劝她及早打个主意，不差

① 枯鱼之肆：语出《庄子·外物》，指无法挽救的绝境。

② 到了：到头来，最后。

什么的，也可以随了去。无奈秀卿的性质，终是改不了。有力量的人，也都怕她不好驾驭，没人敢吐口话，她的前途益发暗淡了。她固然把伯雍相中了，但是她绝没有嫁伯雍的心，她知道伯雍已然娶了妻，而且知道他是力主一夫一妻制的人，再说他如今是自顾不暇的时候，勉强嫁了他，不但于自己没利，而且害了伯雍。所以她虽然有心，到了不会说出口来。

伯雍认识秀卿，日子已然不少了，但是他们到了是精神上的结识，绝没有买卖式的肉欲。伯雍到她那里去，无非是解闷，是谈天，彼此做个谈友。秀卿也知道他的心理，知道他的境遇，对于伯雍，向来不会说过一句秽亵的话。在旁人都以为他二人必定是俗所谓热了，其实他两个无非偶然性质相投，成了忘形之交便了。近来伯雍替秀卿很发愁了，因为每去一趟，秀卿的病态，仿佛厉害一次，不第血色没有了，而且瘦得很难看，咳嗽呼吸，都有些不利。伯雍知她病深了，劝她赶紧入病院。秀卿只说没什么多大病。其实她岂不知她的病是很厉害的，她不过只是挨日子，她把社会厌烦透了，她心里此时似乎以弃绝人世、长眠地下，倒是一件很干净的事。她的责任，她未尝不想，但是她以为人活着，可以有责任。死了，天大的事也管不着了，不过她活一天，对于她的老母幼弟，要管一天，死了之后，她也就不能管了。这种思想，虽然没什么，可是于她的病，很不利的。她这不是往开通里想，简直是自杀的决心。所以伯雍劝她看病，她只说不碍的。其实她正欲借着病症的毒手，了却她的残生，消灭她的烦恼。她的病也遂一天比一天沉重，甚至不能混事，回到自己的寓所。

有一天伯雍才吃了早饭，正欲和大家商量看白牡丹的戏去，忽见一个馆役进来向伯雍说：“宁先生！外面有个妇人找您。”伯雍见说，一怔，暗道：“妇人找我做什么？”因问那馆役道：“像个做什么的？”馆役道：“像个跟人的。”伯雍说：“你把她叫进来。”馆役出去了，不一时，把那妇人带进来。伯雍一看，却是跟秀卿的李妈。伯雍忙问她道：“你来做什么？你没看你们姑娘去？她好一点没有？”李妈道：“更不好了！据我看，她挨不过一个礼拜了。”伯雍道：“这样厉害么？”说着教她坐下。子玖诸人，听见李妈来了，也都来问长问短。大家见秀卿病得很厉害，也都很表同情。此时伯雍问李妈说：“谁打发你来的呢？找我做什么？”李妈说：“我们姑娘教我来请您，到她那里，大概她与您有话说。”伯雍道：“这样看来，由她回了家，你依旧跟着她，你倒是很有义气的。”李妈见说，眼圈一红，扑簌簌落了几点眼泪，用手巾擦着眼睛道：“我不跟着她怎的？她并没把我待错过一点，她是血心热胆的人，我也得拿血心热胆待她。再说她的娘，现在只会哭，她已然落了炕[1]，我不在跟前，谁服事她呢？我已然跟她说了：‘你好生养着，你活一天，我跟你一天，谁教娘儿们好一场呢？’是她今天早晨跟我说：‘我自觉着不成了，我很想伯雍，你把他给我请来，我有话跟他说。’我想她认识的阔客也很多，她都给得罪了。便是不得罪，也不好去请。您与她是最知心的，所以她直到临死，还不忘您。您能与我去一荡吗？”李妈把话说完，依旧是眼泪汪汪的，伯雍此时已然呆在那里，他的心中，不知是怎样难受。他竟不料秀卿一病至此。旁边的子玖和凤兮，也不照平日那样说笑，他们听着也怪可怜的，忙教伯雍穿了衣服，随着李妈去看看，能治时，他们给她

① 落炕：病危将死。

荐位先生。伯雍见说，才能动转，忙着穿好衣裳，向李妈说："走吧。"

这时正是八九月之交，秋意渐渐深了。他们出了门，伯雍因为心里发颤，觉得外面很凉。他们出了巷口，忙着叫了两辆车，拉到南大街，出巷入巷，都是李妈告诉拉车的。伯雍一见，都是素所没走过的道，栉比的小房子，不知其数。间或还看见三两处三四等的下处。伯雍暗道："这是什么地方呀？不是什么天桥西、大街南、河儿里头[①]就是这儿呀。她为什么住在这里呢？"正想着，车又入了一条小巷，李妈教车停住了，伯雍给车夫每人一吊钱，车夫很感谢地去了。李妈指着巷口头一个门说："就是这里，请进去吧。"伯雍一见，这个门比别家还整齐些，是个清水脊的如意汉门，却是倒下台阶，街上的地比院里足高三四尺，院内有面木头影壁，转过影壁一看，却是小小的一所合房[②]，三间正房，带两间耳房，左右各有三间厢房。院内也有几盆草花，渐渐地都枯萎了。只是有许多妇人，有在院中洗衣裳的，有才起床，在院中晒被褥的。看那样子，大概都是做娼妓营业的，内中大概有领家，有跟人，有姑娘，因为天气尚早，还没到班子去。这院子虽然不大，住的人实在不少。这时李妈向伯雍说："我们在上屋住，请到上屋吧！"原来这三间上房，是秀卿和一家同业的伙住了两间，秀卿占了一间。此时屋中似乎知道伯雍来了，只见一个小孩子，生得很清秀的，把帘子打起来，让伯雍进去。到堂屋里一看，一铺后

① 河儿里头：指天桥西市场、前门大街南首的天桥贫民聚居区，此地地势低洼，又有明沟，故臭气充溢、环境恶劣。

② 合房：四合院。

炕，光着炕席，地下堆着许多破东西。左手另有单间，大概是秀卿的病房了。那个小孩子，很机灵地又去打里间帘子，里屋较外屋干净多了，桌子板凳，应有尽有，不过是旧破些，也是一个后炕。只见秀卿在炕上躺着呢，铺盖的倒是她在班子里用的铺被。在她枕头旁边炕沿上，坐着一位老妇人，是旗下打扮，不过发饰改了。她正在那里抹泪，见伯雍进来，赶紧站起来相迎，勉强把泪咽住了。李妈说："这位就是宁先生。"老妇人道："常听秀卿说，今日屈尊了，请坐吧。"又叫那小孩子道："崇格！看看水去。"小孩见说，往外就跑。李妈说："你别去。看烫了手，等我去吧。"李妈随后也出去，张罗茶水。

适时伯雍看那老妇人时，年约五十来岁，一点也不像乐户[①]中人。伯雍暗道："她一定是秀卿的母亲了。方才那个小孩子，想必是秀卿的兄弟了。"这时李妈已把茶泡了来，给伯雍斟了一碗。她们虽然在地下张罗伯雍，可是把心思眼神都注在炕上秀卿那里，便是伯雍，也不住往秀卿那边看。此时秀卿微微一动弹，似乎知道伯雍来了。只听她在枕上叫了一声："李妈，伯雍来了吗？"李妈说："来了。"这时伯雍忙追了过去，斜坐在秀卿枕边，低声唤她道："秀卿，我来了。"秀卿把眼睛一睁，看看伯雍，又闭上了。伯雍见她已然瘦得不成样儿，只有一张雪白的皮肤，包着一把瘦骨，腕子上还戴着她那对金镯子，圈口已然大了许多。她的头发蓬蓬的萎乱一堆，已然一点光泽也不见了。在伯雍还可以想象她的旧容颜，若在别人，一看，简直是个活骸，带气的髑髅。伯雍凄然道："这些日没见她，怎病得这样了？你们没给她请个医生看看吗？"

---

① 乐户：古代从事吹拉弹唱的隶属乐籍的艺人。此处代指妓业。

秀卿的娘抹着泪道："怎么没看。无奈一点效验也没有。人家都说她是痨病，不能好了。唉！我们娘儿俩，都赖她活着，如今一病至此，眼看不中用了。倘若没了她，教我们老的老、小的小，怎样活着？"说到这里，又哭起来，李妈也在旁边直抹眼泪。此时秀卿又把眼睛睁开了，有气无力地叫着她娘道："母亲，不用哭了，不碍的，我死了你们不能饿死。"她歇了一会儿，伸出一只极白瘦的手，拽住伯雍的手说："你来了。这个地方我本不应当请你来，但是我信你一定肯来的，因为我再没有第二个地方请你来说话，没法子只得请你到这里来。这里是个极浊恶极污秽的地方，通共有一千余户，都是操皮肉生涯的。细想起来，怎能到这里来？但是这里虽然污秽，里面所包容的，不光是罪恶，而且有许多悲哀可怜无告的惨事。我深望有仁心的，及那些议员和大政治家，还有位居民上的人，都到这里来看一荡。但是他们这辈子也没有到这里来的机会了。即或他们来了，也未必能发见什么罪恶和可怜的事。他们的脑子，也不过说这里是下等地方，不可来便了。他们听得见这里有呻吟的声音吗，有叫苦的声音吗，有最后的哀鸣、半夜的鬼泣吗？大概他们在三海[①]里、国务院里、象坊桥的议场里，做梦也梦不到这里，有许多不忍闻见的惨象。他们永远没有机会到这里来了……"

秀卿说到这里，呼吸已然有些不利，她竟咳嗽起来。半天，才咯出一口痰。李妈忙把痰盂递了过去，她娘在旁边劝她道："不用说这些了，歇一歇吧。这不是咱们应当说的。"秀卿咳嗽完了，又歇了一会儿，因向她娘说："多说两句话不

① 三海：北海、中海、南海合称三海。

要紧，我还痛快痛快。”遂又向伯雍道：“我在这里已然住了两三年，什么无人道悲惨的事，都听着看着了。我本打算搬开，无奈房子是很难找，她娘儿俩又没个住处，没法子只得将就着，不想我还是死在这里了。你知道阴曹有地狱呀，这里大概就是地狱了。不过阴曹地狱，专收恶人，这里却专收无告贫弱的可怜女子。这却是教人不平得很。”伯雍道：“天下不平的事多得很，这里仅仅是一斑，我劝你不必想这些个了，还是养你的病吧。”秀卿道：“我这病已然没有指望了。虽然是我自己作践的，也是社会杀的我。如今乘着我还能说话，所以把你请来。我要拜托你一件事，我想你能替我办的，若与别人说，也不过付之一笑便了。”伯雍道：“什么事？自要我力量来得及的，一定替你去办。”秀卿道：“论理不应当把我的事托与你，但是我信你或者能办。”说到这里，便翻着眼睛望了望她娘说：“崇格呢？”她娘道：“在院子呢。”秀卿道：“把他叫进来。”旁边李妈见说，来到院中，把崇格叫进来。这孩子见她姐姐叫他，便站在她姐姐的枕头前面。秀卿看了看她这兄弟，又指着她娘和伯雍道：“我死之后，没法子，就以她娘儿两个累君了。”伯雍见说，由眼睛里不由得流出泪来，说：“你的病不至于死，你怎竟说这样的话呢！倘若你有个不讳，我必替他娘儿两个想法子。”这时她娘和崇格，连李妈都哭起来。伯雍心里也是万感攒集，落泪不止。此时又听秀卿道：“我这兄弟，今年才九岁，他很聪明的，若生在相当财产人家，好好教育教育，不但能成佳子弟，而且能成好国民，可惜投生不对，他的前途很危险了。我打算求你给他找个孤儿院或贫儿院什么的，把他寄顿起来，饿不死也就完了。日后你若有了地位，再照顾他便了。至于我母亲，身子倒还结实，你也给她找个慈善人家，做个佣妇，不至落在长街流为乞丐，就算了我的心事。这两件事，在我以为很麻烦的，但是我不愿麻烦别人，我愿意麻烦你，因为你决不至以救人的事当作麻烦事。可是你也不必过急，因为他娘儿两个一时不致饿死，我虽有点亏空，我一死也就完了。至于我这点东西，还能变卖三四百块钱。除了我的棺材，剩下的还能够他娘儿俩过些日子的。你自要慢慢给他们找着吃饭的所在，便是我死了也感激你。”伯雍见说，流泪道：“这事不用你托我，现在还有办社会义举的慈善人，我不过跑跑道便了。”秀卿道：“虽然这样说，你不受些麻烦，着些苦恼，也办不成的。如今你能慨然应允，你知道感激你的不是我一个人。”伯雍道：“用不着你们感激！若说教我拿出多少钱来，我此时实在办不到。若尽点人力，我似乎还来得及。你好生养病吧！不用胡思乱想。你说的话，我都记在心里便了。”秀卿道：“我的心事，已然托与你，我觉得很释然。这里不是你久在的地方，你还是回去吧。你也不必来看我，好坏总有人给你送个信。”秀卿说了这半天话，她实在觉得累了。她也再没什么可说的。她的眼睛，已然不愿意睁着，似乎把一切世态，都看得厌烦了。她唯有闭着眼睛，才觉得心里舒服，所以她把眼睛闭上了。

这时秀卿的母亲、兄弟和李妈，兀自啼泣着。这间屋里，被愁惨、悲哀、失望、痛苦给充满了。伯雍被这些景象一围绕，他的心房震得要碎了，他的神经紧张得要断了，他几乎要发狂，他差不多要大声疾呼起来，他以为人类社会到了这步田地，再不容漠视了，所有的人们，都应当振作一下子了，都应当血战一场了。他又想道：“事情不能仅会勉人的，须要自己觉悟，自己力行，社会上的事，是由个人单独做起来的。有了个人的单位，才能有群众生活。我由今日起，便要做我对于人类应做的事。这个老妇人和这个小孩子，便是我做社会事业的发轫之始。”他想到这里，他很毅然决然，仿佛社会上一切不仁黑暗的事，被他一下手，便立刻光明起来。他绝没想到他的能力是如何薄弱的，他似乎忘了他是没能力的人，他觉得仿佛有一种神通大力，附在他的身上。这时秀卿又把眼睛睁开了，只见伯雍还在她枕旁呆坐着，她只得又催他道：“你怎么还在此坐着？你走吧，你走了我倒舒服。”伯雍这时似听见没听见地自言道：“可恨人类的悲剧，演得够看了，怎不来一出火炽风光的喜剧，给大家展展愁眉，破破啼痕呢！”秀卿又催他道：“你走吧。我请你来就为这事，如今既已说了，你走吧，这里没什么大意思的。”伯雍说：“我走。我做我的事去。”说着便站起来，又低下头去看看秀卿。秀卿也用极安慰的眼睛望了望他，口里仍说道：“走吧。”她说完这句话，把眼睛又闭上了。

过了一个多礼拜，在陶然亭的附近，南下洼那里，有三尺新坟。坟前供着许多鲜花，还有一个短碣，镌着“女友秀卿眉史埋骨处”。一个老妇人，带着一个小孩子，在那里哭了好几天，那就是秀卿长眠之所在。

第八章

自秀卿死了之后，伯雍益发觉得忙了。他天天总要出门的，及至回来，便独自一个，坐在他那间小编辑室里，不知想些什么。同事的人，也不知他天天出去办什么，问他时，总说没什么事。其实他这几天竟为秀卿的娘和她那小兄弟忙了，他打算把他娘儿两个，不要分开，总是教他母子相依着，还有点生趣，所以他这几天竟在外面给他娘儿两个找地方。他的立意，总想在公馆里给人佣工，较比女工厂等强一点。伯雍自到城内，也认识许多人，还有歆仁给他介绍的朋友，实在不老少，但是他平常日子，都与人家很疏远的。他为给这娘儿两个找个安身立命所在，无论怎样，他得替他们去奔走。无奈他跑了好几天，一点头绪也没有出来，差不多他所求的事，都被人拒绝了，便是不公然拒绝的，也都说现在不能再用人了，有机会再说吧。更有以伯雍所为，近乎多事的，虽然未曾当面指陈，背地里也说他的举动不对，都说："在窑子里认得的人，死了便死了，还管她的遗族。要管就应当自己拢了去，自己不能管，却教人家管，他有多明白呀！"不这样说的，又嫌秀卿的娘，是在南城外住惯了的，她家既操贱业，品行一定不端，雇她当个婆子，恐怕于家庭妇女无益，所以也不敢用的。这倒难怪人家这样想。即或有不在乎细节的，就图一个干净会做饭的人，又嫌她有小孩子，雇一个人来两个，多赔一个人的饭，过于不经济，所以也是不愿意的。可是伯雍所跑的这几家，都是在政界里很活动的人，不用说，一个妇人和一个小孩子，就他们的局面言，再雇七八个人，也不嫌多，而且也有余力。不过他们不能不提出几件拒绝的理由，以明他家用人是很谨慎的。但是他们拿钱由窑子里接姑娘，就不管他们于家庭妇女有无利益了。他们也知道好人自是好人，不过自己用人，不愿意教人家行了一点志愿，所以明明有力量收容，而且有正当的使用，就皆因伯雍一说实话，事情便根本不能成立了。在伯雍的意思，以为把实在情形说明了，足以使人兴起好义之感，社会上有这样可怜的老幼无告的人，有点力量的，原可以收养他们。何况他们并不白吃饭，也是仗着自己劳力活着，绝不是不做事光吃饭的勾当。打量出去奔走两荡，一定有雇用的。谁知一连七八天，反倒头绪全无了，所以伯雍很觉烦闷。

伯雍为这娘儿两个，不能不改变方针了。他以为普通的人家，绝不能成功的了。他靠得住的朋友家里，又皆没有雇人的能力。他想着把他们位置在工厂里去，做手工、学实业，也是人类谋生的正途呀。所以在他理想中，以为这事是很正当而且很有道理的，但是他想了半天，始终没想出哪里有女工厂，尤且不知道哪个工厂对于女工是很优待的。他简直不知哪里有工厂。在北京，这种组织是极感缺乏的。但是他到了想起一处，他曾听说东城禄米仓①，已经改了被服厂，里面雇的女工很多。他想这是很适当的所在，但是厂里内容，他一点不明白，也不知一个女工，每日能挣多少钱。他打算到那里先参观一荡，然后再想法子，把他娘儿俩送进去。他主意拿定，吃了早饭，便

① 禄米仓：明清时期储存官禄米的仓库。

往东城去了。他到了禄米仓，外面不过两点来钟。他到了传达处，取出一张名片，要见厂长。一个听差的说：“厂长今天没来。”伯雍说：“别位执事也行。我是特来参观的，因为我是报馆的记者。”那听差的见说，让伯雍在此候一候，很不满意地进去了。少时出来说：“里面请。”把伯雍引到一间接待室里，一个四十多岁、黑而且胖的人，正在那里候着。二人见面，彼此一躬，通了姓名。那人姓冯，字元甫，是这里的总务科科长。他很恭敬地把伯雍让在上手。伯雍说：“听说贵厂办理很善，所以特来参观。”冯元甫道：“还不到完善地步，而且又是官办的，经费很是不足，所以报纸上对于本厂，说了许多闲话，皆因他们不明我们的苦衷，所以误解的地方很多。你先生今日特来参观，我们是欢迎极了。”说着请伯雍到工厂去参观。伯雍不看则已，一看了做工的那些女工，他益发地烦闷起来。她们这工厂，是利用旧有仓房因陋就简改造的，光线和空气，皆感不足。两三千女工，一个个都是形同乞丐，褴褛不堪，还有怀里揣着乳儿，在那里做活计的。她们都在当地坐着，现在天气已觉寒了，她们都觉很瑟缩的。她们每人手里都拿着一件军警的制服，手不停针地在那里做，她们使她们的针线，非常灵活而且敏捷，但是她们那可怜的窘态，实在令人不忍长久地看着她们，所以伯雍看了一周，也就同着冯元甫出来了，仍到那间接待室里坐下。伯雍这时却想起经济学上的原理来了，他以为这些可怜妇女，所得的都是忍苦报酬，因为她们忍苦的程度很大，她们的报酬也一定很优的了。因问冯元甫道：“她们每人每日能挣多少钱呢？”冯元甫很郑重地答道：“铜元六枚。”

伯雍听他挺响亮地挺正确地说出“铜元六枚”四个字，很诧异地问道："她们只得六枚么？一小时是一天呢？"冯元甫道："中国哪有按时给工资的工厂！自然是每日六枚了，而且还得交出相当的工作，最低限度，是制服一套。"伯雍道："她们每日做几小时工，才能够上领工资的程度呢？"冯元甫道："至少得十二小时。"伯雍道："十二小时么？我看里面还有不及成年的女子和那些乳妇，十二小时的工作，不伤她们的健康么？"冯元甫听伯雍问到这里，已然露出不喜欢的意思。他沉着脸问伯雍说："先生大概在外国留过学吧？"伯雍说："在东洋留过几年学。"冯元甫道："幸亏先生在东洋留学。若在西洋，更不知染上什么样的新思想呢！外国虽然有保护劳动者法律，焉能在中国施行！饶着十二小时，还累不怕呢。若教她们做八小时的工，她们准能上天了！"伯雍道："虽然这样说。对于未成年的幼童，也应当特别待遇，她们都是后继的国民。再说十二小时的工作，苦痛不能说不小了，仅仅给六枚铜元，她们也不能生活呀！"冯元甫见说，把他方才沉板的脸，忽一舒展，却变成冷然的笑容说："听先生的话，我们也很佩服的，但是未免偏重理想，不顾事实。先生以为做十二小时工，得六枚铜元报酬，是很不平的一件事。可是我们这厂子自开办以来，女工是一天比一天增加的，甚至有来托人情的。原先规定是只用五百女工，如今却增到二千多人，可是经费和工资，并没有添一文。我们这里抱定添人不添米的宗旨，庶乎可以无形限制一下，谁知希望来做工的，依旧踊跃。早先五百人的工资，如今却被二千余人分占了。当然是报酬不抵所苦了。我们为这事，也禀呈过陆军部，便是部里也没办法，只说她们既愿意做，只可听她们的自由。拿她们的骨头，扎她们的肉。增加工资，是办不到的。先生你看，不是我们不替她们想法子呀！她们如今倒拿义务当权利了，每天不知来多少人，甚至有出怨言的，说站门岗的巡警拣认识的往里放，我们没法子，只得备了一种号签，每日清晨在门外散放，领着号签的，才许进门。先生你看，她们这样抢着来做工，不是本厂有心虐待她们呀！”伯雍道：“她们为这六枚铜元，做什么这样竞争呢？哪里挣不了六枚铜元！”冯元甫道：“先生这话又是理想了。一个妇人女子，在哪里能给六枚铜元？如今穷人太多了！除了老天爷慈悲，把她们全收回去，算她们灾出难满。若打算由国家社会维持她们，那是很难的一件事了。”伯雍道：“贫民的生活，不由国家社会维持，谁还有这个能力？先生怎说出这样无责任的话呢！”冯元甫道：“先生！你是没在政界里待过，所以不明白里面内容。政界里每年所弄的钱，还不够内部自己用的，哪有余钱办民间的事！现在已然二千人吃五百人的饭了，再过几年，便要一万人分配一百人的饭了。穷人怎能不一天比一天多呢？就以本厂而论，每一个女工做十二小时工，才得六枚铜元。论理没人干的，但是每天还是很拥挤的，可见在北京挣六个铜子，是很难的一件事。她们得了这六枚铜元，先能买一斤杂和面①，她家男人再拉一天车，挣一二十枚铜元，一家子可以不至挨饿了。所以六枚铜元，虽然不叫钱，到了一般穷人手里，也就不无小补了。”伯雍道：“她们天天这样活着，也过于苦痛了。”冯元甫道：“所以没法子，就得等天收了。”

伯雍此时呆了半天，一会儿又把头低下去，半晌，自言自语道：“这里这样难！也就不教他们来了。”冯元甫听他这

① 杂和面：由两种以上的杂粮混合而制成的面粉。

话，似乎不是光来参观，还有别的目的，因问道："先生打算往厂里荐人么？不妨有个通融办法。"伯雍道："我有个朋友，新近故去了，遗下一个母亲、一个兄弟，我想把他们荐到这里来做工。不想这里这样困难！"冯元甫道："既是先生朋友家族，我们不妨优待，多给工资。"伯雍说："给多少呢？"冯元甫郑重其事地道："八枚。"伯雍："八枚么？"冯元甫道："正是。多增了三分之一。"伯雍道："多谢先生厚意！我与他们商量商量去。"说到这里，他道了一声"打搅"，兴辞去了。冯元甫把他送到门外，以为今天把这人应酬得很好，得意非凡地进去了。

伯雍由被服厂出来，他的烦闷愈加浓厚了。他原先还只为那两个无告的老小发愁，如今见了这些可怜的女工，听了冯元甫的主张，仿佛北京城所有的穷民，都成了他的心病了。他一边走着，一边想，也忘了雇车了。他想一想那些女工劳动十二小时，仅仅获得六枚铜元的报酬，而她们所制造的成绩品，便是一点生产事业不做在国家社会里横行无忌军人丘八[①]所穿的制服。当他们穿上这身制服，他们绝不想一想，这是无数可怜的贫女，为了六枚铜元的代价，替他们制成。他们穿了这身制服，居然跻登社会上最高的阶级。也就因为有了这身制服，他们便能把给他们缝制服的人，看得没有一条狗有价值。制服的效力，到了他们身上，便如给虎添翼。可是当那些制服在女工手里，挨着冷，忍着饿，含着眼泪，一针一针，给他们做成时，仅仅有铜元六枚的代价。伯雍在路上走得觉着累了，他才雇了一辆车，拉到报馆。馆里已然一个人没有了，只有一个馆

① 丘八："丘""八"二字合在一起为"兵"，旧时指军人。

役看家。他们大概都听戏去了。因为这些日子，白牡丹很见起色，新学的皮黄戏已然有七八出了。可是这几天伯雍为了秀卿的事，他久已没听戏了。如今他更烦闷了，他也无心去看戏，他到了他那间小屋里，无精打采地倒在床上。自秀卿死后，直到今日，他为一个老妇人、一个幼童，奔走了半个多月，不但没一点成效，处处都失败了，是他不热心呢，还是社会冷淡呢？他简直不明白所以然了。但是他不因为他屡屡失败，灰了他的心，他决意依旧往前进行。他到底要发见一个足以收容他娘儿两个的所在，他不信偌大一个北京，就没有一个济贫慈幼的机关。他既萌了这个思想，他的精神立刻又振作起来了。

他忽然想起贫儿教养院来了。那是一所官立的机关，局面很是不小的。他每每听人说，那里每年用钱很多，院长一缺，是很美的差使。但是伯雍自到城内，还没到这里参观过一回。他想："这里一定是很适当的了。"他决计次日到那里去一荡。次日早饭后，他仍照每日出门时间，雇辆车，到贫儿教养院去了。不到一个钟头已然到了。这里所占的地基，足有二三百亩，院墙非常地高，乍一看，好似一所监狱。坐北向南的一个天然石和洋灰造的大门，也是非常坚固，两扇铁门，下半是铁板，上半是铁栏，用黑油漆着，尤觉坚牢无比。那两扇门，并未开放，只用半扇虚掩着。一个巡警在门里荷枪站着，不时地由门上铁栅往外看，又往里看，仿佛防备人出入。伯雍一看这个光景，他很觉害怕起来，因为他看这里总像个监狱，一点慈善意思也表显不出来。他以为拉车的把他拉错了，但是他细看门楣石上所镌的字，明明是"贫儿教养院"五个大字。他只得下了车，付了车钱，随着取出一张名片，走到门前。门里那个巡警，见他是要进来的意思，忙在门内喊道：

“找谁？”伯雍赶紧止住步，由门缝把片子递进去说：“烦劳通禀一声，我是到贵院来参观的，而且有个小孩子要送入贵院的。”那个警士见说，又看了看那张名片，用力把那半扇铁门拽开，让伯雍进去，把他带到一个亭子式守卫兼传达的小屋里，向一位穿巡官制服的人说明伯雍的来意，仍去站门岗去了。那位巡官四十来岁，倒很和气的，和伯雍说了半天闲话，才拿了那张名片，进去回话。

这时伯雍站在当院，往北一看，却是一所洋式楼房，建筑得倒还体统。在楼房的右手，另有一带走廊，不知通到哪里。因为被五间中国式的厢房遮住，只能看见它的起点。此时那位巡官已然由那所楼房里出来，向伯雍一点首说：“请这边来。”伯雍见说，忙着走到楼房的门前。那巡官把伯雍让到一间待客室，当地放着一张长方桌，蒙着一块黑漆布，两旁共放八张椅子，此外别无装饰，不过渐就熏黑的墙上，贴着许多警察制度的图表。伯雍进来这半天，一个普通人还没看见，所看见的都是警察。他心很疑惑的，暗道：难道这里都是警察办事么？教职看护等人员，都是警察么？他正疑惑着，只听外面廊子里一步步革靴响亮，既而又咳嗽一声，门一响，一位穿高等警官制服的先生进来了，那个巡官忙向他一鞠躬，指着伯雍向那人道：“这位便是来此参观的宁先生。”又向伯雍说：“这位便是我们院长。”说罢向二人各鞠一躬，自去办勤务去了。

这位院长是北京人，他为人很精明的，而且长于交际，深通宦情。在光绪时代，曾到东洋警监学校留学了二三年，归国之后，便入了民政部，是北京警界中的老人。他现在还在内务部和警察厅里有差使，而且还兼着贫儿教养院长。因为这个机关，是直隶于警察厅的，他既在警监学校留过学，所以他很迷信警察制度，尤且以为改良监狱的组织是很完美的，所以他无论办什么事，都拿点警察意味，不然便是监狱式的组织。因为他脑子里总是对于这两项观念特别深厚。他常说北京的警察，在世界总算是第一的，如果北京所有的事情都归警察办，那一定有特别的成效。诚然，北京的警察，真有令人可佩服的地方，但是若说所有的事情，警察都能办，那真是一种迷信了。

院长和伯雍一对面，便很和气的，而且带着满脸笑容，向伯雍说："久仰！听说您也在东洋留过学，是哪个学堂？我已然忘了。"伯雍说："在早稻田大学留学过几年，近来因为奔走衣食，学业已然荒废了，不但不敢提起，连那留学的招牌也不敢挂了。"院长仍是笑道："先生过谦！先生过谦！"说着他二人对面坐下，这时有个十二三岁的小孩子，给他们倒来两碗茶。伯雍看那小孩子时，脸上油黑，眼皮红赤赤的，似乎害眼[①]才好，身上穿一身灰布裤袄，尺寸很觉不合适。伯雍以为是他们雇的人，原来也是院内贫儿，每日轮流当差的。他二人在待客室里，说了一会儿闲话，伯雍才问到院里内容，院长很得意地说："我们这里收容约有一千余名贫儿，分学科和工科两种教育，教员固然都是外聘的，管理员我就不另聘人，因为什么呢？厅里有的是警察，反正他们也得出勤。我把他们调在这里做勤务，比在街上出勤强多了。他们既然愿意，而且又省许多管理员的薪水，再说管小孩子的勾当，最难有秩序。普通管理员，总失之于放任。你要知道，小孩子若不严厉取缔，他们万不会老实的。我的警察，他们都是惯于维持秩序的，所以

① 害眼：眼病。

我这贫儿院和别的私立的大不相同。他们一点秩序不讲，我这里是专门讲秩序的。不信回头你到那边去参观，足见余言之不谬。”伯雍道：“小孩子天机活泼，喜动不喜静，你先生把他们都诱导得有了秩序，真可谓煞费苦心了。”院长见伯雍这样一恭维，他很高兴地说：“小孩子的勾当，委实不能省心的。咱们到那边看看去吧。”伯雍说：“好！但是你先生没有公事吗？求别位执事带着到那边看看便了。”院长说：“不用。他们此刻正忙呢！兄弟同您去一荡。”自从这里开院，大概参观的人很少，今天伯雍特来参观，所以院长很高兴的。说着他们出了这所楼房，顺着那个走廊，往西行去。里面房子很多，他们先到学堂那边去看。讲堂有十几处，但是教员很少，讲堂里有有教员的，有没教员的，可是每个讲堂里，都有八九十个贫儿，另外有个巡警，在堂里维持他们的秩序。这个巡警班长，非常有权力，他能强制执行，所以那些小孩子都很听他的话。有教员来上堂，他们也是呆呆坐着。教员说的是什么，他们差不多都不曾领会。教员下了堂，贫儿依旧不许动转，那个师位，忽然便变了巡警的岗位。巡警一上堂，贫儿的秩序，益发整齐了。他们没一个敢离位的，他们便如一群猴子，被猴师用鞭子打怕了，他们除了眉眼敢动弹，浑身上下，都直塑在那里。他们的不自由，在未发育的身心所受的束缚，多么可怕呀！他们的灰色裤袄，没有一个穿着合体的。他们似乎都有一种共通的病症，一百贫儿里面，足有八九十个害眼的。他们的头顶上，长癣的很多，但是这院里是有一名医官的，这个医官，就是全院卫生的代名词。因为教人知道他们这里也知道卫生，所以雇了一名医官，薪金听说每月十五块钱，管两顿饭，所以这位医官，很感激的。贫儿多病，也就不足怪了。

院长同着伯雍，每个讲堂都参观了。那些贫儿见了院长，有什么表示呢？论理当然敬他、爱他、亲他，便拿他当作自家慈母才算对呢！因为全院儿童都赖他一人保护，吃饭、穿衣裳、受教育、学手艺，全是由他一人熨帖而安排的，他们离开他们的父母，孤零零地装在这贫儿院里，没人体贴他们，安慰他们。能体贴安慰他们的，惟有院长一个人。那些贫儿哪能不亲爱他呢！但是由伯雍眼睛里一看，他们见了院长，不但看不出一点小儿见了慈母的意思，反倒觉得悚然不安起来，一个个矜持的脸上都变了颜色，他们觉得院长是很有权力的人，能死人能生人的，而且他们又以他为极尊贵的人，少微有点轻慢，或是用不正的眼光一看，立刻就能得罪他。在一群贫儿心中，拿院长当作有超人的威力，是一个不可亲近的、不可轻慢的伟大人物，所以一见了他，他们的心理状态，立刻便起了变动。他们极力保持他们的镇静，但是因为心房震荡不宁，他们的态度是非常可怜的。此时院长很得意地向伯雍说："您看他们的秩序好不好？不但贫儿院无此秩序，便是普通的小学校，也无此规矩呀！"贫儿的秩序，大概是院长最得意之笔。但是越是他得意之笔，越是伯雍看了害怕的地方。他不解为什么都把儿童圈在教室里，一步也不许动？顶大的院子，顶大的操场，为什么不教他们自由游戏？这点用意，伯雍费了半天脑筋，也想不出所以然来。总而言之，伯雍到各处一参观，除了由警察的力量，对于千余名小孩子硬造出一种不自然的秩序以外，没一样看着不奇怪的。寝室的不卫生，传染病的流行，运动器具之虚设，没有一样以贫儿为前提的。除了寝室里长条大炕，是与贫儿有直接关系的。操场，他们不能自由进去。运动器具，他们不能自由使用。乐器，他们也不能自由吹弹。他们一天二十四小时，除了睡觉，便天天圈在教室里。他们急得害眼，丧失儿童的天机，消磨了他们的聪明，都是监狱式的秩序造成的呀。

约有一点多钟，伯雍把大概情形都看明白了，他已然不愿再往下看。他本打算把秀卿的兄弟送在这里，他一看这里的办法，他实在不敢把人家清白无罪的儿子送入监狱里来受罪，所以他心里的事，并没和院长说，便辞了院长出来了。他这次的失意和烦恼，比参观被服厂还觉不快。他对于那娘儿两个的前途，愈觉得没有头绪了。

第九章

伯雍由贫儿教养院出来，他对于官立的贫儿院，很觉失望的，他见了那些贫儿所受的待遇，他为后来的国民无端发生一种悲痛之感，他由贫儿教养院，联想到禄米仓的女工厂。他知道北京的贫民，一天比一天多了，由贫民制造出来的儿子，当然也一大比一天多了。虽然没有正确的统计，但见北京生活一天难似一天，贫民的数目，一天多似一天，而他们的生活，又未至于断绝情欲，自行制限生育，人口的滋生，是不能免的了。按着马尔萨斯《人口论》的定例，人口的蕃殖[①]，非常快的。再过几年，北京的中产阶级，也都变成贫民编户了。到了那时，贫儿的数目，不更多了吗？贫儿的教育，不更困难了吗？到了这时，中下阶级都变成贫民，只有少数上级社会的人。不用说组织国家，便是北京一个都市，满街都是花子乞丐，只有少数富人，能做得起什么事业来？他们不想法子均贫富、兴教育，组织共同生活的国家，只不过定几条章程，创立一个有名无实的机关，收容几百几千贫儿，用警察看守他们，用警察抑制他们。他们在贫儿院里，不亚是个犯罪的小囚，知识一点没增，人格一点没有，一旦由贫儿院里放出来，于他们自己有利益吗，于他们家庭有利益吗，于他们的社会国家有利

① 蕃殖：繁殖。

益吗？在当局的人，以为每年费许多公款，收养许多贫儿，已是天高地厚之恩了，在院里还想自由么，还想受完美教育么？但是贫儿院的目的，不是光为收容贫儿，使他们不致饿死便算达到目的的。须知他们也是国民，国家既然收容他们，就不应分出贫富强弱的观念，应当给他们当国民所应具的知识和职业。贫儿教养院，不是给官立的机关做事的，是给那些可怜的贫儿做事的。知道这个意义，那便是救世主基督的用心，不但贫民一天比一天少了，便是贫儿的教育，又怎见得不如膏粱文绣的纨绔子弟呢？

伯雍一边思想着，一边往回走。他走到东单牌楼底下，他要雇车，但是他因为一心的思潮，他把雇车的事忘了。他一直出了宣武门。刚一过桥，只见赶驴市那里有一圈人，不知围着看什么。他一时起了好奇心，走到近前一看，却是一个贫寒的老人，蹲在墙根底下，低着头，一语也不发。他的衣服很褴褛的，他头顶上还带着小辫，他的头发已然灰白了，脸大概许多日没有洗了，他的额纹由上面一看，便如一块小鱼鳞板，皱得很深。在那老人的左右，一边站着一个男子，各约三十来岁。在左边那个，一张黑黄脸，配着他鼠目狼腮，一望便知是个地痞，穿着打扮，带着一身土棍的恶习。右边那个，身量很是高大，十月天气，他还穿着一件灰布大褂，看那样子，仿佛是那土棍的跟人。这时只听那土棍模样的人，不干不净地问那个老人说："你是怎样？你到了没钱吗？你别不言语呀！你当初借钱时说什么来着？恨不得管我叫祖宗，如今真个装起孙子来了。今天有钱则罢了，如若没钱，我碎了你这老忘八蛋造的，你当是还在前清呢？大钱粮大米吃着。如今你们旗人不行了，还敢抬眼皮吗？你看你这赖样子，骂着都不出一口气，你是有钱没钱哪？你今天再没章程[1]，我便教我伙计送你一个地方去。”此时那边那个大汉，狗仗人势似的，也和那老人直发威。其实他也不过乍得一碗饱饭，竟忘了他身上的寒冷，与那老人只是一线之隔的，就皆因有个光棍在他旁避站着，他居然也有威严发作了。这时伯雍在人圈外边，看了这个情形，他是气极了，暗道：“便是要账，也不许这样暴横！何况无情无理地辱骂人。”他不由得气往上一撞，分开众人，进到圈里，向那光棍厉声问道：“你是要账呢，你是骂人呢？他该你钱须不该你骂！何况你又把旗人都拉在里头。旗人现在虽然没有势力，你有权利可以任意辱骂么？”伯雍这一来，不但使那两个小子各吃一惊，便是四围站的人，也都一怔。

这时那个光棍舍了那个老人，立着眉毛，撇着嘴，向伯雍来了。他做出一种恶态，向伯雍说：“我们向他要钱，你管什么！”那大汉见主人过来，他也扑来了，伸手要抓伯雍。伯雍向他胸前推了一掌，瞪着眼睛喝道：“站着！你还敢打架么？”伯雍这一瞪眼，那大汉竟自馁了，再不敢动。伯雍回头又和那光棍道：“你问他要钱，我固然管不着，但是你为什么涉及旗人呢？”光棍见伯雍这样一问，他把伯雍仔细一看，他心里已然起了狐疑，他连忙改口道：“我并没说什么呀！我当初也是旗人。”伯雍道：“你未必是旗人。你当初也不过认个干老，改个名，白吃一分钱粮的假旗人。如今钱粮没了，翻脸便要骂旗人。但是你也不过是个街溜光棍，放几个印子钱，欺负无能老实人，混一碗饭吃，我跟你理论什么？但是我看那老人很可怜的，他该你多少钱呢？”光棍道：“连本带利，算来

① 章程：主意。

已是两块钱。”伯雍冷笑道：“我当多少钱！两块钱，也值得动这个阵仗，还带着一个打手。”说着由衣兜内取出两块钱，走到那老人面前说：“老者！你是该他两块钱么？”老人这时已然站起来了，泪眼滂沱地说：“当初借他一块钱，两个多月还不上，如今他竟说本利两元了。”伯雍道：“不管他！这是两块钱，拿去还他。”光棍见了那两元钱，什么话都没有了，带着那个狗，进胡同去了。这里那个老人，对于伯雍千恩万谢，问在哪里住，姓什么。伯雍道：“我是有忙事的，没工夫与你说话。我走了。”说着分开众人，走了。那个老人，兀自追着他请安道谢的。围观的人，口里纷纷议论着，也都散了。旁人的话，说的是什么呢？他们自然有说伯雍办得对的，也有说多事的，也有说两块钱哪里花不了，竟被他们骗了去，他们简直是活局子[①]，成心弄这把戏骗人的，年轻好义的人，一定会上他们的当。这种说法，究竟对不对，谁也不得而知，在伯雍不过自行其心之所安便了，何况排难解纷、救人周急等事，都是目击现状，忽然发生一种恻隐之心，或义侠的观念，刻不容缓要施行他良心的使命，哪有工夫还能判断事情之真伪，和行为的细细[②]呢？假如有一个人，对于一件悲哀可怜的事，自己无力管还罢了。若既不能管，而却说出许多深通世路的话，不是什么局诈[③]，就是什么念秧[④]，那不是奖励人居心冷淡，以不好义勇为为有识见了么？天下的事，骗人的很多，有专门欺君子的，有专门欺小人的，吾人宁为君子因义而受欺，勿为小人因

---

① 活局子：事先设好的圈套。

② 细细：细节。

③ 局诈：设圈套骗人。

④ 念秧：骗局。

利而受骗，何况悲哀可怜的人，愤懑不平的事，触目生感，立刻要行，哪能狐疑不定地判其真伪是非呢？自然要认为真而不为伪的，藉使[1]他们是一种骗局，我们原本就没打算贪图什么，自行其良心之所安，真伪也就不必计较了。

话说伯雍，回到报馆，他觉得少微痛快一点。他自问方才行的那点事，尚属他良心所许的，这点小事，若出在有钱的人，原算不了一回事。但是有钱的人，车马簇拥的，很不容易遇见这样的事。两块钱在富人，虽不拿当什么，可是他们只能抛在花天酒地，至于大街上耳朵不能听、眼睛不能见的事，他们一辈子不能遇见的。因为他们一出门，便装在汽车里，风驰电掣地而去。他们有多快的眼睛，能看见穷人的眼泪。有多快的耳朵，能听见穷人的哭声。所以贫富两阶级，直到天荒地荒，也是没有因缘接近的呀。伯雍是个极没钱的人，他那钱囊内，大约只有那两块钱了，他能罄其所有，替一个无告的老人还了一笔恶账，所以他自己觉得心里痛快了许多。吃晚饭的时候，子玖和凤兮诸人都回来了，他们一同吃了饭。子玖便和伯雍说："这几天你戏也不听，胡同也不逛，不知有什么事，忙得你这个样儿？有许多人直打听你。我们说他自秀卿死了，老没有逛。难道你真为秀卿不逛了么？"伯雍说："哪有这个道理！我这几天有点旁的事情，把娱乐的事全忘了。这几天外头有什么谈料么？"子玖说："别的新鲜事没有，我们的新闻，这几天也很缺乏材料。只有一件事，你应当知道的，歆仁已然把桂花接到家中去了。"伯雍说："真的吗？刚闹完几天，能有这事吗？"子玖说："可不是真的呢！平常日子歆仁回家多

① 藉使：即使。

晚，这几天你没见他老早就回家么。他的目的总算达到了。”伯雍说：“这事也真奇怪，邓二奶奶和蒋女士，这回怎不帮白大奶奶的忙？前次兴师问罪，闹了一个马仰人翻，如今又许他接到家中，这不是虎头蛇尾吗？语云：女德无极，妇怨无终。论理妇女的行事，当然比男子有耐久性。怎么堂堂胭脂团，也竟弄成五分钟的热气了？”子玖说：“你不知，这回邓二奶奶无意中敲了歆仁一笔竹杠，听说不是五千便是三千，蒋女士大概也分润一点，所以她们都软化了。”伯雍见说，笑道：“这都是你那一封告密文书的好处，无端教歆仁受一下子敲。”子玖道：“虽然这样说，他应感激我。若不亏我，他敢宝马香车公然载着桂花家来家去吗？”伯雍道：“这样你倒是他的功臣了。可是你得抵防[①]着，前回胭脂团大兴兵的纪念，他若知道是你的导线，他该怎样罚你？”子玖道：“他知道也不要紧了。因为有这一举，反倒把他的愿促成了。但是他原先为什么瞒着我们，还教我们替他做侦探？我所以捉弄他一下子。如今他已是公然纳宠，咱们还是得要求他请客。”伯雍道：“你直到如今没忘这顿饭。”

说到这里，凤兮因和子玖说：“牡丹的事怎样了？你不是要跟伯雍说么？”子玖说：“对！几乎忘了。”因和伯雍说：“牡丹这程子[②]阔了，古越少年他们大家打听你竟忙什么，也是为这事，他们已然不得主意，是依旧进行好，是撒手不管好？”伯雍忙问道：“究竟什么事呢？”子玖道：“什么事？你们瞎热心把牡丹捧起来，又替他请先生学二黄戏，还替他改

① 抵防：提防。

② 这程子：这阵子。

订合同，如今牡丹和他师傅的态度全变了。说句俗话，简直把你们甩了！你知北京有个伪君子维大爷呀，这人最是好名不过的，到处要立石头刻字，起了许多名字，有叫劝石的，有叫谏石的，有叫苦石、甜石、药石的，花了许多钱，没人正眼去睬。他关于北京市政的事和公益的事情，也都似乎很热心的，什么事都要挂一个名，唯恐人不知道他。其实他有的是财产，若打算留不朽的名誉，或是创立公民学堂，或是筹设贫民工厂，这些事业都是北京人民所需要的，他却一处也没办。不是立石头，便是到各机关上去奔走，恨不得教大总统都知道有他这样一个人才如愿呢！他的心意，简直竟打算在上的人知道他，绝不是实实在在教社会一般公众知道他的行径。也真算有料估[①]，他那几块石头，虽然没博得公众市民一声喝彩，各部首脑和大总统真知道他了，如今他阔得很，大总统给他一个政治顾问，听说他将来有财政总长的希望呢！”伯雍听到这里，忙拦子玖道：“你说了半天，这维大爷是谁呀？”子玖说：“你连他都不认得？他是个基督教徒，兼着一个洋行买办，在交民巷一带，很出名的。他若本着基督的宗旨，纯粹以自家财力精神，办点社会上义举，真能留个小名，不必自己去立石头，将来一定有人替他立铜像。可惜他迫不及待了，而且又要尝尝政治舞台的滋味，所以千方百计地，发卖他的名声。如今果然仗着几块顽石的力量，他也算政界中一个要人了。”伯雍道：“是了，怨不得我看了许多石头，都刻着格言。我还记得有一块石头上刻着半句岳武穆的话，什么‘文官不爱钱，武官不怕死’……下半截没有了。那时我很吃惊的，我想这首格言，力

---

①料估：估计。

量全在下半截，如今单单刻上‘文官不爱钱，武官不怕死’，这不爱钱和不怕死，究竟为什么呢？这位刻格言的先生，也过于荒唐了，可见‘天下太平’四个字，他们是看得太轻，以为是不必要的。不要太平，天下真不太平了。当时我看了这半截格言，冠冕堂皇，刻在石头上，我很以为不是吉兆，谁知就是这位先生干的！但是你说了半天，难道他与白牡丹生了什么关系么？”子玖说：“不是他。他如今倒不干这样的事，他第一愿意人说他有道德，他无论怎样，也不听戏逛窑子，生恐人说他没道德。可是他有个兄弟维二爷，与他的性质便大不相同了，这孩子也曾追了些日子梅兰芳，但是他的势力哪里抵得过马二爷[①]，他不得已而求其次，日来直追白牡丹。听说他已然入腿[②]了，给牡丹做了几套衣裳。老庞家当然要拿他当财神爷，所以古越少年和陇西公子诸人，都很有气，说：‘我们捧他，打算教他成名优，没教他当像姑。’他们这两天直找你，就为研究一个对待方法。”伯雍听了笑道：“这位维二爷也太不自重了。白牡丹在前些日子，是没人理的孩子。维二爷是北京著名富豪，拿一个富豪，追一个穷孩子，有什么意思呢？他不怕丢了他的身份么？”子玖道：“若在半年前，当然没有人理牡丹的。但是自你们不顾性命地一捧他，他的名声近来已很大了。你不知道北京近来出了两种人，是专门把持戏子的，第一种是文士派，第二种是纨绔派。文士派当初都是逛惯了像姑下处的，如今虽然没了这行营业，他们风流的习惯，依旧改不了，

① 马二爷：所指为冯耿光。参见穆儒丐小说《梅兰芳》。

② 入腿：入港。

所以他们对于唱小旦的后起角色，但分[①]有点姿质，他们便据为己有。但是他们哪里有工夫去物色人，他们也不懂戏，小孩没成名以先，他们绝对没有赏鉴的能力，不知道谁能成名，可是他们有个老法子，每天看报，他们见哪个孩子捧的人多，他们便按图索骥，到园子里一看，果然不错。他们便请人去说，愿录为弟子，或是认为干儿。他们都是老名下[②]，又有钱，谁不喜欢拜他做老师呢！戏子一到他们家去，别人打算再瞻颜色，那就很难了。戏子从此也就知道有他们，再也不想想替他冒汗作文章的人，是由一个小泥孩子的时候，捧到这步田地的。梅兰芳、姚玉芙、程艳秋[③]、小翠花、尚小云、白牡丹，不是都是这样起来的么？第二种纨绔派的人，更不懂得听戏了，可是他们非常喜欢戏子，他们的指南针，也是报纸上捧角的文字，他们纯粹是耳食，听见人说好，他们以为必是好的，便千方百计地想法子侵占。你们当初若不捧牡丹，说得那样天花乱坠，这位维二爷做梦也梦不到他身上。如今他已然不费一笔一墨，把你们的壁垒，用金钱的魔力打破了，所以他们几位很有气。难道你没个法子么？”

伯雍听了笑道：“原来我们大家一片热心，反倒为渊驱鱼，为丛驱爵[④]了，只是我也没法子呀。再说白牡丹也不是我们买的，我们也没有权力不许别人到他家去，所以这个醋，是不能吃的。如今虽然有个维二爷到他家里去，表面上也算是捧场，自要不妨害我们成全牡丹的苦心，使牡丹犹有饮水思源的

①但分：只要。

②老名下：老名士。

③程艳秋：程砚秋。

④为从驱爵：“爵”通“雀”。

感情，谁不可以引为同志呢。”子玖说：“你虽然这样想，恐怕别人各有一个心，再说这些事情，根本上便寓着竞争好胜的性质。结局，有钱的要占胜利，没钱的要干鼓肚子[①]。”伯雍道：“财色虽然相连，也存乎其人。我想感情的势力，比金钱的势力大。这个证验并不远。你能说已死的秀卿，是个金钱势利鬼么？”子玖道：“你能说别人的心，也跟秀卿一样吗？”伯雍道：“这个……”子玖道：“哪个呢？人心绝对不一样的，譬如你以为秀卿孤行己意，是很可钦佩的。可是还有人说她该死，死得教人一点也不可怜。怎能说人的心理是一样的呢？小人无论到何时，也不以小人自居。可是他们总疑惑别人全是小人的。君子虽然不以君子自居，可是总以为别人也是君子。其实全都错了，小人心目中以为是小人的，未必是小人。君子心目中以为是君子的，也未必是君子。人心究竟不是一样的。何况捧娼优的勾当，那存不利于孺子之心的，一定先说别人不怀好意。我们穷书生，尤且招人忌恨，人家总以为一般穷念书的，一文不花，只凭一篇臭文章，要得大便宜，真是癞蛤蟆想吃天鹅肉。这样的诅咒，我想终不能免的。你保得住维二爷不跟牡丹一家说这样的话吗？他拿现洋和时髦衣服一招，你们的文章，便半文不值了。”伯雍道：“何至于此。你这话简直是骂人呢！再说牡丹也不至这样无良心。洋钱虽然可爱，也不至把我们全忘了哇。他此时正是求人帮忙时代，维二爷到他家去，自然在欢迎之列。若说因为一个维二爷，把我们全行弃绝，从此不理，天下没有这样的人！再说我们也没不花钱哪！请教习，改合同，安置他的父母，苦心也用得不少，这是富豪

① 干鼓肚子：生气。

肯办的事吗？”子玖道：“你们所办的，虽是于牡丹很有利益，据我看，牡丹必不以为德，因为这些真正于他有利的事，他小孩子家如何体贴得出，自然以给他钱花、给他做衣裳的当好人了。至于牡丹的师傅，我想更不感念你们，或者拿你们当了汉奸，说是破坏他生意的坏人。你想牡丹不是他儿子，他能真心爱他吗？这二年正是好时候，你们把合同硬给缩短一年，他如何不恨？如今只有八个月了，他不指着牡丹挣几个外钱，等待何时？便是把牡丹牺牲了，也不足惜了。”伯雍道：“你这点见解我倒信，若说牡丹丧了良心，我万不信的。”

这时外面已然不早，他们应当办稿子了，于是便把话头止住，到他们编辑室里去办稿子。他们办稿子，真是轻车熟路，一点也不费事的。伯雍自到报馆，他的手眼较比快多了，而且他也把新闻记者操笔的秘诀，学会了许多。有个题目，便能敷衍一大篇，而且剪子使得非常利便，比理发匠不在以下。他自入报馆，简直学会了两种副业，预备将来可以改行：第一会使剪子，可以改理发匠；第二会使糨糊，可以改裱糊匠。也因为事繁人少，经济困难，迫得编辑先生不得不利用剪子、糨糊。他们把稿子办完，子玖、凤兮邀伯雍出去走走，子玖说他前些日子在茶室里新招呼一个姑娘，请伯雍看看去。伯雍这几天烦闷极了，他也要出去疏散疏散，遂向子玖道：“你依旧还是那个逛法？你认识的那姑娘，不是很好吗？怎么你住了一次，就不去了呢？照你这样逛法，差不多和渔色一样了。春风一度，即别东西，哪里会有感情呢？如今不知怎的，又挑识一个，过后又完了，教姑娘瞧不起呀！”凤兮听了，在旁边笑着说道：“子玖的脾气怪极了，他总以为人家认识的姑娘比他认识的好，真应了那句俗话：儿子是自己的好，老婆是人家的好。他自己又没眼力，譬如一个姑娘，人家不教他招呼，他偏要招呼的，及至别人招呼上他所不愿意招呼的，他也不知因何，又看着好了，他立刻能把他认识的姑娘下了。便是昨夜才住了局，到了第二天，便转眼若不相识，他变着法子要割朋友的靴腰子[①]。便是同在一院，他也行得出来的。你看他这嫖品有多们低呀！”子玖见凤兮说出他的毛病，笑着拦道：“算了吧！算了吧！人家就有这一点毛病，总要给人家往外说，花钱逛窑子，谁不找好的？我不管是朋友认识的不是，什么窑宪嫖律等等，我一概不懂。自要姑娘教割，我就割，管别人痛快不痛快呢！”凤兮道：“那末人家帮着你挑人儿，你为什么老不认可？何必等着朋友招呼上了，出之一割，才有趣儿呢？”子玖道：“喜欢这样么。要不人家就送我一个梁山泊号，唤作‘操刀鬼曹正’。我就喜欢割么。”凤兮因向伯雍笑道：“你听听！他自己承认他是操刀鬼。方才他说新挑的那个人，也是朋友认识的，他给割了。现在他正想法子住局呢。一局之后，也就没关系了。不定哪个不走时运的姑娘，又被他招呼上，他的德还没缺够呢！”子玖说：“别骂人了。正经咱们走吧，回头落灯了。”说着穿了衣服，一同去了。

他们径到了全乐茶室。因为子玖是实行家，所以总逛茶室的。再说茶室与班子只差一级，近来室内装饰也很改良，经济困难一点的，自然都趋向茶室了。子玖新认识的姑娘，叫金宝，是才下车不多日子，而且是个乍出手，是京北的一个乡下孩子，眉目很清秀，皮肤也很白皙的。她的双足，转文叫双翘，或是裙下物，或是莲、瓣，名词很多，我就管它叫脚或

① 割靴腰子：指旧时妓院里嫖客夺取熟人的相好。

足，不便用别的名词来渲染，省得教人看了肉麻。总而一言之，她的脚裹得很小，看那样子，不是被人拐来的，便是人贩子运来的货物。金宝对于招待上还很生疏的，但是她的脸上倒有些笑容。大凡乍出手的妓女，把惊恐过了，总是爱笑的。她所以好笑，一则是因为孩气未退，一则是因为看了许多客人，什么样子的都有，实在有教她发笑的地方。金宝这几天大概把惊恐时代过了，她看着谁都是笑嘻嘻的。不过有时由她那笑靥里，忽地一皱眉。她为什么要皱眉？也就不得而知了。

娼妓营业，我总想是人生最苦的一件事，尤且不是道德中所应有的事。人类不文明的事，当以此行营业为第一。可是在窑子里做营业的姑娘，似乎一点也不发愁，而且还嘻嘻地笑，我就不明白她们的心理了。据我想，她们究竟是苦楚多，乐趣少，甚至和囚犯一样，失了全身自由。若真犯了罪，投在监里，还无得怨。妓女究竟犯了什么罪，竟把人权给剥夺了？当事的一点也不以为怪，这真是人群社会里面一件很奇怪的事。

茶室的组织，和班子太不一样了，里面闹闹哄哄，一点也不见安静。不但游客乱吵，便是那些人肉的货物，能行动说话的货物，也是鸡猫喊叫地乱吵。他们男男女女，一点形迹也不拘，这大概也是自由恋爱的表显。所以不能认为自由恋爱的，大概因为当中有个金钱的关系。所以有钱的便能得着恋爱，没钱的仍不能自由。我说幸喜还有金钱上的限制，若是社会上男男女女，没有钱也能这样，那简直不叫自由恋爱，真成了混沌世界了。大凡男女的结合，第一须要有道德，第二要合法，第三要知识平等，第四要有单纯洁净的爱情，不这样结合的，都近乎有点野蛮。娼妓营业，究竟不能说不是野蛮的勾当呀。

金宝在我们这屋应酬一会儿，移动她的小脚，扭着屁股又往别屋去了。她的客似乎很多，也皆因她乍出手，所以挂上这些客，便似买鲜货一般，人人都要占先。这时子玖很得意地向伯雍说："你看金宝怎样？"伯雍说："不错。但是为什么不入班子？到茶室里来做什么？"子玖道："你这又外行了。乍出手的姑娘，不经过大阵仗，便入班子，那是不行的。茶室里什么客头都有，最能练习胆量和手腕。再说衣服首饰，也得完全，才能入班子。他们向常是这样办法，买来的人，都要经过这层阶级，就仿佛打过前敌的军马，经过大炮，后来就不害怕了。等她历练出来，衣裳首饰也有了，就该升级了。"伯雍见说，笑道："你倒成了老在行。但是老鸨的手段，也过于毒恶了。"

他们在此混了一会儿，外面已然不早，他们只得回去。不但他们回去，同时回去的人也不少。伯雍因为心里有他自己的事，对于这游逛的事，很觉无味了。他仍是要给秀卿的娘和秀卿的兄弟，寻着相当的地方。他打算再到一个私立的孤儿院，或者比官立的完全一点。他忽然想起龙泉孤儿院，是个和尚办的，近来很发达的。他决计明日到那里去看看，谁知他一夜不曾睡得安稳，次日一觉醒来，已然午错[①]了。他吃了早饭，才要出门，不想古越少年和沛上逸民前来找他，一定和他商量白牡丹的事，他不能出门了，只得和他们打听牡丹近来究竟是怎个态度。古越少年说："大概靠不住了。我们白费心了！我从此要不管他的事！"可是沛上逸民依然是一团热心，不主张撒手不管，因为大家把他捧到这个份儿上，也不容易，如今忽然决裂，未免为德不终。再说他们的态度，还未明了，也不能因为一个维二爷，便派他们一身不是呀。伯雍说："这话也对。

① 午错：指刚过正午的时候。

不然咱们到他家里看看，这维二爷究竟怎样一位人物？也要知道，也不能以他是富豪子弟，便怀着无限野心。万一他是我们的同志，于牡丹出师后，也不无小补的。”沛上逸民很是赞成这个意思，但是古越少年已然灰了心，终是不高兴，后半天，估量牡丹把戏唱完了，伯雍和逸民便到牡丹家里去了。牡丹见了他们，向常是不客气的，今日不知怎的，有点客气了。或者是他长了两岁年龄，学着说客气话，或者他心里真有了别的意思，把平日真挚的心理掩住，也未可知。他说完了几句客气话，他的眼睛，却时时看他桌上陈设的自鸣钟和许多玩物。这些东西，都是头些日子没有的。

伯雍见他光看那些东西，便问他道：“这些东西是你新近买的么？”牡丹见问，低着眼皮，微微一笑说：“我怎配呢，是个有钱的朋友送的。”伯雍听了这话，把逸民看了一眼。逸民也一皱眉，这时老庞和他老婆也过来了，他们向来是粗布衣裳，那个妇人尤为污烂，她的袜子每每和地皮争色的，如今也是缎鞋洋袜子了。他们过来大概不是来应酬伯雍和逸民，不过为显一显他们已然大非昔比。老庞向他二人只一点头，很有老板的派头。坐下之后，不说别的，只说一声：“二位没听戏去吗？”倒是他老婆没滋没味地说了许多闲话，既而又说到维二爷怎样好，怎样舍得钱，虽然是词儿的造化，我们也跟着沾光。老庞虽然拿眼睛直看她，她仍旧说个不了，又是什么维二爷怎样喜欢牡丹，怎样送了许多东西，怎样请他吃饭，又是什么还要送给他一架铁床，床帐子也是什么材料的：“我听说帐檐子上还有绘画题诗的，你们哪位明儿给画一画题一题。”这时牡丹在一旁说：“题画做什么？挺白净的，别给弄脏了。”又道：“不题也好，正经这几天应当糊糊棚，等床来了，好配合。二爷来一荡，就说道房子不好，他将来还须给咱们找房呢！梅兰芳芦草园的房子，不是说马二爷给置的么？这位二爷难道不能跟他赛赛吗？人家有的是钱，可不照小家子主儿那样啬刻。我说话放着，他将来一定给咱们买房的。”这妇人只顾忘其所以这一说，几乎把伯雍和逸民给熏坏了。他们简直不能在此坐着了，他们觉得这屋里空气变了。他们正要走，只见进来一个车夫模样的人，说：“二爷教我接牡丹来了，此刻在致美斋等着呢。”老庞夫妇和牡丹一听，恨不一时就去才好，但是头两天古越少年和沛上逸民，也曾约牡丹吃饭，却被拒绝了。当天当着逸民的面，忽然维二爷派车来接，若是立刻就去，未免怕逸民多心。若是辞了，又恐怕得罪二爷。再说平常日子，二爷一叫就来，何以今天不去呢？这妇人到了这时，才悔方才说的话过于不检点，这时才明白过来，所以她只得教拉车的等一会儿。牡丹恨不得撵伯雍二人赶紧走，他好去陪侍他那二爷，没法子催人走，只得教他师娘给他拿衣裳。伯雍还不明白这个意思？因笑着向逸民说：“咱们走吧，别等人催呀！”那妇人也溜哄着说：“坐着吧，说哪里话！便是牡丹外头有应酬，我们也不敢催你们呀！”伯雍道：“你们不便催，我们只得自己催。我们真得走了。”说着和逸民竟去了。

他们走在路上，逸民直发牢骚，愁得他什么似的。伯雍倒好笑起来，因与逸民说：“逸民！我从此要改行了。”逸民说：“改什么行？”伯雍道：“书不必念了，学问也不必学了，诗文也不必作了。我打算要到黑河沙金场去，或是当两天马贼，非发财不可了。金子是现在最要紧的东西，有了金子，实在比肚子里装几车书强。书和金子，永远不能并立的，也是永远反对的。有金子，无论谁都喜欢你。肚子里一有书，那恨怨和嫌忌便招多了。我不算，就说你们，给他作了多少诗文，到了没一张铁床有价值！才说题题帐檐子，他恐怕脏了他的帐子，便是书画不值钱，何至抵不过一架铁床？还作诗作文作什么，赶快捞金子去吧！”逸民说：“现在的社会，真教人萌这种妄念，但是我们哪里会捞金子？哪里去当马贼？我们依旧还得仗着几本破书活着。不过我心里所愁的，倒不在乎有钱没钱。我此刻很替牡丹发愁的，他对于我们变心，我也不恼，本来他没有学问，一定要见异思迁的。不过他这阵正当用功，二黄戏还没学几句，嗓子已然靠不住。如今再和这位二爷在外面一胡闹，他简直要坏。不想我们维持他这一年多，好容易有点起色，忽然被这位二爷给扰乱了，这真是牡丹的不幸。”伯雍道：“你既这样说时，我们有个反躬自问的见解，即使牡丹为这位二爷所误，也是我们大家过于热心的毛病。假若没有这些人捧，一定还是无名的孩子。既是无名的孩子，野心家便想不到他。他自然除了唱戏，没别的念头了。大家既然给他登了广告，便难免生意到门，已然为强有力的所得，你打算再说不要做像姑式营业，不用说别人不听，连他自己也要闻之生厌了。所以我想从此以不捧的为是。对于未成名的角色，更不必存一分奖掖后进的心，因为你一把他捧起来，反倒把他害了。”逸民说：“这倒是实话。我们由这件事上，也得了许多教训，对于牡丹的事，也只可置之不理了。”

不言他二人很不痛快地发着牢骚回去了。却说牡丹家里，自伯雍二人去后，老庞对于他老婆直埋怨说：“你这人太没心眼儿！怎么当着他们，二爷长二爷短地说了这一套。他们都是小人，没有许多话跟他们说，来了让他们喝茶，没有旁的话，把他们干[1]走了，也就是了。何必跟他们说那些话呢？咱们又不是吃的他们的饭，很用不着他们。再说二爷也不喜欢那样的人，你倒跟他们瞎说起来，你还没有牡丹强呢！倒是他干得他们很好。”数落妇人一顿，又教她给牡丹换衣裳，打扮起来，果然很好看的，令人很想当初韩家潭[2]的意思。牡丹到了致美斋，二爷同着几位朋友，都等急了。一见他来，心里才喜欢，问说：“你怎这半天才来？”牡丹说：“别提了。家里来了两个讨厌的人，腻了半天，才走，所以来迟了些儿。”二爷说：“又是那几个人吗？明儿告诉你师傅，不教他们进去，就说我说的。”当下他们大家要菜，也教牡丹要了一个菜，兴高采烈的，吃喝完毕，他们一同到牡丹的下处，玩了一会儿，各自家去了，牡丹依旧到馆子里去唱戏。次日，古越少年诸人，开了一个会议，把捧牡丹的机关解散了，替他雇的说戏先生也解雇了。从此他们在学校里用心读书，不过一个礼拜出来听一回戏。

---

① 干：慢待、冷淡。

② 韩家潭：此处暗指像姑。

第十章

伯雍这几天虽然很烦闷，但是他在社会上打算奋斗的心，打算勇为的心，依旧是强烈的。他一点也没灰心，他也不因为他一点实力没有，抵抗不过社会上痹麻[①]的心理，便息了他为人的念头。他的力量，虽然不能做出很大的事业，把精神体魄完完全全地牺牲给社会，但是他以为救一个老妇人和一个小孩子，使他们得着相当安身立命的所在，似乎是不算十分为难的事。在伯雍虽然这样想，但是他去一实行，他却感出许多困难，使他一团热心，几乎要冰冷了。这也皆因北京社会事业过于不完全，不但女子职业没处去学，没处去用，连养老济贫的事业，也是很缺乏的。虽然有几处官公私立的所在，多一半是有名无实，甚至有不拿贫民当人的。反利用他们的赤贫，使他们营一种人类所不能堪的悲惨生活。他尤且不愿使秀卿的母亲和兄弟，也沦在无情的地狱里面，所以他这些日子，把私人的家庭和官公的慈善机关，都走遍了。除了使人寒栗以外，一点要领也没得着，所以他觉得这事非常困难了，假使他是个有力量的人，何必如此麻烦呢？也就皆因他没有力量，所以才这样困难。但是他无论怎样困难，他还是替他们去奔走。他是傻子呢，是热心呢？也就在旁人的公断了。

---

① 痹麻：麻痹。

伯雍在前天便打算到龙泉孤儿院去，因为旁的事没得去，今日他决定去了，所以忙着吃了饭，便雇了一辆车去了。这孤儿院是附属在龙泉寺里面的，规模虽不完全，却是纯粹慈善性质。一个和尚肯办这样的善举，也就很不容易的了。伯雍到了这所孤儿院，取出名片，求门上禀了进去，这里倒是很开放的，一点也不麻烦，门上人便同着进去了。院中也很宽广，特别为孤儿盖了许多房子。因为龙泉寺是著名大寺，树木很多，又与陶然亭昆连[1]，所以空气很好。伯雍到了院中，只见一个老和尚，和几个媬母[2]，正带着一群孩子，在院里游戏。还有一个小孩子，似乎是病了，那老和尚对于他加以一种很慈祥的抚慰。和尚断不宜有家族的思想和家庭的组织，但是这龙泉寺的方丈，他对于许多小孩，俨然是很慈爱的父母。他当真不图名利，果能真真切切地拿那群孩子当他的儿女？照他这样家庭式的组织，也是很难得的呀！比瞎念经固然强，比那些秘密组织家庭的和尚，其为功罪，更不可以道里计了。

此时那个门上人，走到老方丈面前，说一声“有人来参观”，并把伯雍的名片递过去。方丈接过一看，忙站起来，叫过一个媬母，看着那有病的小孩子，连忙过来招待伯雍，让到一间接待室里。伯雍因向方丈道：“久闻贵院办得很有成绩，今日一来参观，二来有个小孩子，是朋友的遗孤，要送入贵院，尚望大师慈悲收留。贵院如用媬母，这小孩子的母亲，也可同来的。不知贵院应用如何手续？”方丈见说，把伯雍看了一眼，慢条斯理地说：“敝院完全是个私立，经费很感不

---

① 昆连：相连。

② 媬母：保姆。

足，全仗庙产和诸位善士布施，所以不敢扩充。收养的孤贫孩子，只限于真正无人照管的，方才先生说，这小孩子是你朋友的遗孤，你先生也可照管他了。”伯雍说：“话虽如此，现在我是给人作嫁、自顾不暇的时代，我的力量，实在不能养活人。我此刻若再养活别人，我的家族更得分着挨饿，所以我不能不求慈善机关替我帮忙。我为他娘儿两个的事，已然奔走半个多月，直到如今，不得要领，所以前来麻烦和尚。看如来的面上，收留了吧。等我别处有了机会，一定领出的。”方丈见说，沉吟半天说：“小孩子我勉强收下，妇人你给她去找旁的事，我这里已有五六个媬母，暂且不能添人。是这样时，你把小孩子送来。不然时，你便另想法子吧。须知，一个孩子，一年费用已是不少，我这正是破格的办法呢。”伯雍见说，连说：“只可如此，这一来大师已然慈悲多多了。”当下他求和尚带他到各处参观一遍，如寝室、教室、食堂、运动场等等，尚属合法，比贫儿教养院那种监狱式的办法强多了。参观完了，伯雍辞了出来，他心里觉得少微舒畅一点，他虽然没打算给秀卿的兄弟寻个享福的所在，其实也没处寻，可是也不能教他去受罪。小孩子固不可老早地享福，但是也不能由小时便受罪，丧失他们的天机，这个孤儿院虽然说不上完全，幸喜空气尚好，和尚又是个爱小孩子的人，决不至拿人家孩子当肉卖的。而且在这孤儿院里住些日子，离了他母亲，还可养养他独立不羁的精神。所以他觉得很有理，心中未免痛快了些儿。

他由龙泉孤儿院出来，也没回报馆，便一直到秀卿的母亲那里。李妈已然不跟着他们了，因为她得自谋她的生活。秀卿的母亲，带着小儿子，有秀卿剩下的那点东西，虽然不至挨饿，也愿意赶紧有点事，就皆因有这小孩子，所以总没有相当的事情。他们也不知伯雍替他们忙得怎样了，今天伯雍一来，秀卿的娘便知道事情必有些眉目，忙把伯雍让到屋中，说："大短[①]的天，先生又是忙身子，还为我们的事外头去跑，我们实在过意不去，您这是行好呢！将来我们变驴变马，也要填还的。"伯雍道："说不到这上头，你们又没有亲的厚的，秀卿既然有一句话托付我，我便得替你们尽心。其实你们在这八大胡同以内，不能活着么？我想秀卿一定不愿把她兄弟沉沦在黑暗世界，将来也不过养成一个下流东西，那是于你们一姓将来很有关系的。为今之计，固然应当教崇格去上学，但是小学校都不寄宿，每年花费也不少，所以我打算给他找个工读两便而且是个慈善机关才成，把你们娘儿两个都送了去才好呢。"秀卿的娘听到这里，接言道："是呵！非得有这样地方才好呢。"伯雍道："可惜我去了几处，都不相当。今早我到了龙泉孤儿院，跟那里老和尚一说，得他允许，只收留一个小孩子。我见他那里办得还完善，倒是个慈善性质，里面也有先生，不如先把崇格送入院里，有他安身之处，剩您一个人就好办了。便是找个佣工的地方，没有孩子牵挂着，也容易找，所以我来与您商量，愿意这样时，明天我作保，便把崇格送了去。"秀卿的娘见说，一想："这个倒是好机会。"忙道："我想这事倒很好，一则孩子有地方，腾出我的身子，也好求点事，就求您明天把崇格给送了去吧。"伯雍道："但不知崇格离得开大人离不开，倘若离不开，那可麻烦了。"秀卿的娘道："这孩子倒离得开我，再说那里尽是小孩子，他也不能闷得慌。"正说着，崇格由外面进来了，他才与接坊家孩子玩腻

① 大短：白昼短。

了，所以回来看他娘。一见伯雍，笑嘻嘻地给请了一个安，他的眉梢眼角，有许多地方很像秀卿。伯雍见了他，不觉想起秀卿来了，心里一酸，险些落下泪来。这时崇格的娘，向崇格说："你不应当再往外跑了。宁先生已然给你找了一个学堂，明天把你送上学去了。"崇格见说，用他一双很澄清的眼睛，望着伯雍说："真的吗？"伯雍说："真的！你去不去呢？那里小孩子很多，而且还唱歌练体操什么的。"崇格说："好极啦！我去我去，我就愿意上学堂。"伯雍说："这个学堂比别处更好，许多同学，都在一处睡，不回家的。你离得开母亲么？"崇格说："那也行，反正我的娘能看我去就成了。他们能不教进去吗？"伯雍说："哪能不教进去！你娘自然有工夫便看你去，你如今是小国民，将来要做大国民的事业，不能老在妈妈怀里活着。"伯雍这样一说，崇格更觉得高兴了，他恨不今日就去才好。伯雍说："今天不成了，明天早晨去。"

秀卿的娘见崇格如此踊跃，也很喜欢，但是自家儿子，一天没有离开过，如今为生活起见，竟至把他送入孤儿院里，也是一个不幸的孩子呀！想到这里，未免有点伤心。伯雍已然看出来了，因安慰她道："这不算什么呀。也不是从此看不着，中国人每每家族思想太重，一步也舍不得离开，那真是有害无利的事，家里有财产还可以，若是一点财产没有，还要求家族团聚，那实在是坏事。我有个朋友，他只有一个孩子，还不到十五岁，他竟求一位牧师，带到美国留学去了。他家里也有相当财产，难道说不愿意他儿子在膝下承欢吗？他只怕他儿子将来成个废物，所以把眼前的欢乐牺牲，教他儿子成一个有独立精神的青年。崇格明儿虽然离开您，连北京都没出一步，和在眼前不是一样吗？"秀卿的娘见说，向伯雍道："我并非是舍不得他，这正是很好的机会，不过老娘儿们总有点想不开。等崇格大了，他若能自立，一定不能忘您的好处。”伯雍道：“一个小孩子，把他放在好地方，挨着好人，一定会好的。若是在八大胡同长起来，那就完了。顶好的思想，将来也不过是开窑子。”一句话说得秀卿的娘也笑了，伯雍便乘这时告辞，嘱咐他们预备预备，明天便把崇格送了去。秀卿的娘答应着，把伯雍送到门外，才带着崇格进去。

次日龙泉孤儿院里，又多添了一个小孩子。不用说，自然是崇格了。崇格的性情，尚不顽劣，老方丈倒很疼爱他，他离开南大街胡同里的浊恶空气，另换一种向来不曾吸收的新鲜空气，他那未发育的心身，当然要受无穷的利益。这里此刻尚说不到使他成完全国民的顶好的所在，但是他借着这个阶梯，从此不至坠落，上帝给他的聪明智慧，绝不至被胡同里浊恶空气完全扫去了。

伯雍把崇格送入孤儿院，似乎完了他一点心事，也似乎对得起秀卿在地下的幽魂。他不是贸然给寻一个所在便算了的，他也是奔走了许多日择选的结果，才肯办的。但是他还有一件事没有完，便是秀卿的娘，应当往哪里安置了？他回到报馆，偶然见营业部收了一件广告，上面写道：

> 本宅欲雇佣仆妇一名，年龄在五十岁以下、四十岁以上者方妥，但须性体和平，喜爱洁净，能做饮食者为要。庸资[①]从丰。希望者，到圆恩寺胡同门牌零号来问。

① 庸资：佣资。

伯雍一见这段广告，他心里一动，暗道：“这事秀卿的娘可以做呀。第一她的年龄合式，第二她很清洁的，至于做饭，她大概没有不会的，但不知这家是个做什么的？怎雇老婆子做饭，不雇厨子呢？他既登广告招人，又限条件，佣资一定相当的，必是个中产以上的人家，人口必不多。我须赶紧告诉秀卿的娘，教她明日随着广告登出日子，赶紧去问。如果把她收下，那好极了。若是去晚了，恐怕被别人捷足先登。”当下他把广告上地名门牌记下来，吃了晚饭，便去告诉秀卿的娘。秀卿的娘见伯雍又来了，知道必然有事，还以为是孤儿院有什么没办完的手续。及至伯雍说出招女工的事，她才放心，而且她也以为这事很相当。伯雍说：“明天您吃了早饭就去，别人便是见了那条广告，也不能这样快，这事占八成是您的了。”秀卿的娘说：“要没有您帮忙，我哪里知道这些事呢。明天我一定早些去，成不成我给您一个话。”此时伯雍把住址条交与她说：“寻不着时，可向警察打听。”嘱咐完了，他才回到报馆来做事。他觉得这个担子将要卸了，比昨天更觉轻快了。他单等明天秀卿的娘，如何报告，不在话下。

次日午后两点来钟，秀卿的娘到报馆来找伯雍，她脸上很有点满意之色，伯雍一见，知她事体必然成了，忙把她让到自己那间屋子。坐下之后，问她说：“您去啦吗？那里是怎个人家？事情成不成呢？”秀卿的娘道：“我去啦。事情已然说定，让我后天上工。因为我的零碎东西，也得归掇一天。那家只有夫妇两位，另有一个使唤丫头，老爷已有四十七八岁，姓褚，倒是本京的口音，说是在内务部也不是哪部当差。太太看去不过二十来岁，可是她自己说已然三十了，看那样子，还是新娶过来不多日子，好俊缥致[①]的一位太太呢。她说话也很和气的，她说就愿意人干净，脏了是不行的。她一见我，就说这位妈妈倒还干净，不是讨厌样子，她已然中意了，既而又问我家里有什么人，怎会知道这里用人，我说家里没人了，只有一个小儿子，已然送在孤儿院里，所以到这里来。是一位先生看了报，教我来的。她说：‘你也是个苦人，你就在我这里忍着吧，每月给你五块钱。’当老婆子挣五块钱，在北京很不容易呢！她是特别体恤我。她还说：‘老爷朋友很多，时常打牌什么的，每月零钱也能挣不少呢。’这不是一件极好的事么。”伯雍见说，也替她怪痛快的，不想无意中，倒遇见这样一件俏事，因向秀卿的娘道：“这事我听着倒很相当，您就去试试去。如果不成，咱们再想法子。”秀卿的娘道：“我小心伺候人家，没有不行的。再说那位太太一见我就投缘，哪里会有麻烦呢！我今天一来到这里告诉您知道，二来给您道道劳，这些日子为我们的事，您太费心费力了，不但为死了的，还为了活的，如今把我们娘儿两个都成全了，哪能不来道道谢呢。”伯雍道：“这又算什么，不过我多跑两趟便了。”秀卿的娘道：“虽然这样说，谁肯为我们跑道儿呢！您这里也怪忙的，我也该回去归掇归掇东西去了。等我日后有工夫，再来看您吧。”说着很高兴地去了。

说书的利用这点工夫，要把褚宅的事先说一说。在一个月以前，圆恩寺胡同里面，并没有这家人家。褚老爷究竟是做什么的，也没人知道。不过据他自己说，他是在内务部当差，究竟是科员科长，是司长参事呢，也没人知道。但是他很有

---

① 缥致：标致。

钱的，他搬到这里不几天，就娶了这样一位太太。当结婚那一天，也没有多少亲朋，但是多少也来几位贺客。这位太太是孀居不满一年的人，听说还上过几天学堂，多少染一点文明气息，所以把中国从一而终的礼教，看得很不值什么。她前夫也是在部里有差使的，娶了她不几年便故去了。这妇人娘家姓田，如今已是没人了，当她由婆家出来，复归母家，她母亲还活着，而且也利用她再醮，好再得一份财礼。谁知还没寻着主儿，田氏的母亲已然死了，只剩田氏一人，还有个随使丫鬟，过她那单独日子。但是她绝不寂寞的，因为她手里尚有一点积蓄，是先夫背着父母兄弟给她的，她如今便拿这钱，在东安市场里走逛，一则开心，二则也要物色一个男人，即或自己物色不着，以她的容貌，还怕没人注意。可巧被这位褚先生见了，日子一长，未免向人打听她的身世，却好是个讲自由没有拘管的妇人。褚先生也是个没娶过亲的人，他以为娶田氏是很容易的，若是黄花女儿，而且还有家长，那就难了。他的欲念一萌，他的老婆真娶到手了。

他回到下处，赶紧求一位惯与他办事的婆子去提亲。媒婆子是有名的叫王铁嘴，无论说多少话，她总不吐一口唾沫。她受了褚先生的厚托，当真地去拜田氏。田氏日来的生活，虽然还觉着很阔绰的，其实她已然空虚了，她急于欲售，总没有一个相当的，她正暗自着急呢。不想王铁嘴来了，她与王铁嘴向来是不认识的，但王铁嘴是串百家门的人，她那张铁嘴，又是能说会道，几句话，早把田氏哄乐了。她说："太太没出门么？这几天怎么没到东安市场去逛？听说梅兰芳要在吉祥园露戏了，太太可以听听去。他近来排了几出什么古装戏，九城的太太们，谁不预备着去看！只是我们受苦的人，便一辈子也看不着梅兰芳了。”田氏说：“梅兰芳也不过卖他那几件行头，究其实也没有什么好看的。我倒赞成杨小楼，但是你素常没到我家来过，今日忽然而来，只怕是有什么事吧？”王铁嘴见说，笑道：“太太真好见识！目下有一头好亲事，有人求我向太太来说，但是据我看，他有点妄想，不过我说出来，成不成太太不要着恼。”田氏见她为说媒而来。与她日来心事，有点暗合，忙教使女兰花去泡茶，既而又向王铁嘴说：“这嫁人一事，我久已没有这念头了，因为我头一次嫁人，便是一个顽固家庭，一点也不得自由。目下不比从前，这嫁人一事，更得谨慎了。所以有许多人替我介绍，我都谢绝了，但不知你所说的是什么样人家呢？”王铁嘴说：“若论这个人，是很难得的。他不但有钱，而且还在内务部里有份差使。他现在虽然有四十多岁，还是初婚，这岂不是很难得的么？”田氏见说，笑道：“哪有四十多岁的人，还有初婚的？你这是冤人的话了。”王铁嘴道：“一点也不冤人。太太不信，过门之后，慢慢打听，他要娶过亲，老身甘心认罚的。他实在是个多情的男子，不然他早娶亲了。他看世上女子，都不入他的眼，也不知哪天，大概是鬼使神差，在东安市场，他看见太太，便如中了魔一样，害了一场单思病，派人四下打听，才把太太的底细打听出来，所以求我来说媒。这里头似乎有点天意，他虽然不免有些妄想，太太也须看破些，老这样也不像话，孀居不是孀居，姑娘不是姑娘，日子也不是容易过的呀。”田氏道：“虽然这样说，我箱底里还有点东西，便是再花五年六年，也不致挨饿。即或我日后嫁人，也不能全赖男人活着，我依旧保持我经济的独立。但是你方才说的那人，他姓什么？究竟有多少财产？家族有几个人？他打算娶我，他能履行我的条件不能？”王铁嘴道："太太说吧，要求什么他也不能驳回。"田氏道："第一，得有五万元以上的财产。第二，不但我不做妾，以后永不许有纳妾的行为。第三，人须文明，不要老腐败样子。第四，须另居，他家无论有多少家族，不能合在一起。第五，须允我自由，不许当奴隶似的防着。"

田氏说完这五个条件，因向王铁嘴道："你既与他来提媒，这几件事，你大概估量得出来，究竟他办得到办不到呢？"王铁嘴见说，笑道："这些事尽在老身担保，不用本人答应，我敢替他画押。第一，他的财产，不敢说有几百万，三二十万，总该有的。第二，他半生没娶过亲，哪里有妾？他只看中太太一个人，别人都没看在眼里。无论到何时，万没有纳妾的非举了。再说男子纳妾不纳妾，全在太太们手段如何，以太太这样人物，还不能玩男子于股掌之间。他日后唯有拜倒于石榴裙下，还有心纳妾么？第三，他虽没出过洋，没留过学，人倒文明，他的辫子早就剃了。第四，他现在孤身一人，哪里有家族！这个不成问题。第五，他既然是文明人，当然主张男女平权，不自由的事，万没有的。这五件我都替他答应了。至于他的籍贯姓名，也不能不说明的，他的原籍，究竟是哪里，老身不曾问过他，也不便与他瞎造，他是北京生的人，目下只在他们铺子里住。他本身姓褚，名叫褚维宗。如果这事成了，他立刻便租房子，好事马上就办。太太想，哪里有这样通快[①]事呢！"田氏道："听景不如见景，我二人究竟要对相一相。"王铁嘴道："那更好了，我回头便告诉他。太太

① 通快：痛快。

以为在哪里见好呢？”田氏道：“这样大事，在不及[1]地方不行，你回去告诉他，教他先在六国饭店请我吃顿饭吧。”王铁嘴说：“那他求之不得呢。”当下她二人又说会子闲话，王铁嘴告辞而去，把田氏的话都告诉褚维宗，乐得维宗眼睛连缝都没有了，他一生还没到过六国饭店吃一顿饭，他只知那里是极有趣的地方，而且也是极秘密的地方，只是他一荡也不敢去。不想这正在进行中的老婆，点地要在此处对相对看，而且要扰他一顿大餐，虽然不曾去过一荡，也要冒险去一次的，不然被这妇人要小看我的。他未免去打听吃六国饭店的规矩，都打听好了，教王铁嘴去邀田氏，他二人在此一饭，事情便成了，说话便娶了过去。二人对于王铁嘴都有赏赐，他们在蜜月期中，虽然都是轻车熟路，更有一番特别滋味。因为褚维宗，虽然零碎成过家，这室家之乐，究竟不曾享受过。他大有平地登天之概[2]，对于田氏一切供应，无不尽心竭力。田氏见他于花钱上，毫无吝啬，也信他是个很有财产的人，这一点是田氏最满意的地方。他们登广告招女工，是他们结婚一个月以后，因为几个老婆子，都不随田氏意，所以才想出登报招佣的法子。

① 不及：不好。

② 概：慨。

第十一章

秀卿的娘，在家中把破烂东西归掇归掇，把衣裳铺盖也都拆洗干净，喜喜欢欢地去上工。田氏见她比前天来时更觉干净许多，自是喜欢。秀卿的娘，关于一切饮食，伺候得特别周到。不第田氏很满意，便是褚维宗也以为这个老婆子雇得太好了。秀卿的娘，除了工钱，每日买菜还能剩个角八七的，再说褚老爷也有时约来几位同寅[①]的打个小牌，零钱，隔几天总得一块多钱，所以秀卿的娘非常高兴，于做事上，更形细腻了。不过有一点可注意的地方，褚老爷虽然有几个朋友，总不见有太太们来。她知道，如今的太太是很阔绰的。假如今天来老爷，明天来太太，那零钱不更得的多了么？怎么这几位老爷竟不带太太来呢？她也曾于伺候酒饭时，向那几位老爷没话找话说，哪天同着太太来或是说请太太来，那几位来宾只是笑，不然就说以后一定来的，可是终不见来一荡。田氏也请过几次，总不见有位太太来。她对于这几位老爷，又都不甚投缘，不但对于这些人不投缘，便是对于褚维宗也有些讨厌了。好在结婚不多日，不便在辞色之间形容出来，但是她也不便[②]在家里陪着他们玩，她自然有她的去处，什么东安市场、中央公园等处，天天

①同寅：同僚。

②不便：不至于。

要去的。她有时教褚维宗同她一处游玩，维宗总不愿意与她同走，田氏未免说他些腐败话，说："公母①俩，同走同游，是世界的公例，有什么不方便！"田氏虽然这样说，心里也有时利用他不一块走②，因为在公园或市场里，她近来很有点自由行动的勾当。她怕维宗疑惑他，每晚对于维宗，加了许多殷勤，乐得维宗要上天。他以为田氏对于他爱情深了，并且以为他这格局的住宅，多情的眷属，真不亚洞天福地极乐世界了。便是秀卿的母亲，也以为投着这样的主人，寻着这样的事由，实在是很幸福的了。她每日计算她的收入，由一月推到一年，由一年推到十年，她算计她于十年以后，能有二千余元的积蓄，她再托可靠的人放一点债，十年以后，更不知有多少利了。她又想她小儿子崇格，于十年以后，已是二十多岁的汉子，有宁先生替他维持，不但有了学问，而且一定有事做。"我积下的钱，给他娶个媳妇，置点产业，我就该养老了。"她如此一想，她觉得她的前途，非常有希望，她也不觉得做事苦，也不想已故的女儿了。她如今一意只预备她十年以后的事，她的本分、她的志向，实在是令人钦佩的。

伯雍自秀卿的娘得着这样一个相当的事情，他这几日很觉舒畅了，他以为虽然没给他娘儿两个寻得一个极有幸福的地方，但是他们也不至受罪。死鬼秀卿托付我一场，总算给她尽到心。以我这样一个没有实在能力的人，能够替一个老妇人、一个小孩子寻着这样的寄身所在，也算傻难为的了。在他娘儿两个没有栖止的时候，伯雍不第心里不踏实，仿佛肩上担着两

① 公母：夫妻。

② 指利用单独出行的机会。

件物事，总也放不下，连出门娱乐的心思都没有了。他必定给他们找着地位，仿佛才完了心事，才对得起长眠的秀卿。论理秀卿与伯雍并没什么特别关系，伯雍的境遇如何，她也不是不知道，便是伯雍真维持不了，或是松懈不为，难道还怕鬼责么？不过秀卿于临终时，特地把伯雍叫了去，托付一场，总算是个知己，绝不是利用。假使秀卿会利用人，她可以不死，而且也可以当一任一品的姨太太。皆因她不会利用人，所以才有那个结果。在伯雍也绝不多心她把困难的事情无端加在自己身上，反倒以为秀卿教他办这点为难的事情，意思是教他练习人类互助和社会服务的本分，所以他一定要替他们奔走去。如今辛喜娘儿两个都有了安身立命的所在，他卸了重担一般的舒服，也有了精神和子玖凤兮诸人去娱乐。子玖这几日又不到全乐部金宝那里去了，因为他已然达到目的，又到旁处胡闯去。伯雍虽然说他逛法不对，但是他的性质如此，也是改不过来的。

伯雍自到报馆，他每月总要回家一次，因为回家是例事，所以不会替他记述。但是他每次回家，都要使他发生一种不安的感情，并不是他家庭里有什么问题。他的家庭，实在是很完全的，不但他的父母是慈祥无比的人，便是兄弟姊妹，以及妯娌之间，也都彼此情感相通，没有各怀心志的。所以使他不高兴的，是他本处住民，生活一天比一天困难。他家乡的人民，本来都没有恒产，全赖旗营生活。革命以后，旗营先不济了，并附近的村民，也大受了影响。伯雍回家一荡，总是看见穷人一天比一天多，早先很兴旺的村镇、很隆盛的旗营，眼看着凋敝衰残。好几百年的大槐树，原先是成行成列，一眼望不到边，如今都伐倒了，一株也不见。山上的树木，也都砍了，山林秀气，一点影子没有了。山上到处露出红色的黏土，仿佛生了遍体的疮瘢。那乾隆时代的建筑物，如同碉楼、教场、官衙，渐渐地都被穷民拆卖了。不第官有的东西都拆毁了，连村间私有的家屋，每一个月里，总要拆卖几十间。原先屋瓦鳞鳞，被多年的古槐和稠密的枣树隐蔽着，远远一望，碧森森的，真有点雄伟的气象。如今却不然了，到处都是破房基、碎瓦砾，仿佛才遭兵燹，又仿佛被了极大的火灾。其实这个地方，一次兵灾也不会受苦，只因为受了革命的影响，生活一天不如一天，不必待大兵和土匪来烧掠，那地方上的人民，为维持他们暂时的生命，不得不把多年的建筑物拆毁，来换几个钱。拆了公共的不算，还要拆自己的，都拆完了，依旧不能生活。历来的革命家，多半讲究破坏主义，究竟这“破坏”二字怎样讲，我直到如今怀疑。据我想，破坏绝对不是破坏有形的东西，可是到了实行的时候，便没分别了。譬如野蛮人，无论到什么时候，总要发挥他们野蛮性质。当鸦片战争的时候，英法联军，乘中国多事，闯入北京，把三山胜地全给烧了。他们的野蛮行为，在历史上终归不能消灭的。革命党倡为破坏之说，其实腐败政治，不曾破坏一二，反倒教会了无业的人民，恣行破坏手段。顶好的建筑物，而且是历史上纪念的东西，你要说这个不应当拆，拆毁了也卖不了几个钱，他们一定不听你的话。他们唯一的理由，便是饿。只这一个“饿”字，比土匪和大兵厉害得多。什么应保存的东西，也保存不了。大凡革命的国家，都是由破坏而建设的，但是破坏很容易，一句话便破坏了，可是再言建设，就不能那样容易。一百年二百年，不定建设得了建设不了，甚至有终归不能建筑的，所以我说革命家是以少数人之激烈思想，向全国人民生活范围以内，故意地开一个大玩笑。他们和赌局的赌棍一样精神，红不红自己并没有把握，不过孤注一掷，好坏尽凭天命。所以革命手段，无论如何，总带点野蛮和匪棍的臭味，所以我认定革命手段不是人类应当极端崇拜的思想，因为办理国家社会的事，实在有比革命手段胜强百倍的。何况这种手段，最危险的毛病，无非叫人民都陷于破产的悲境，不得不向野蛮境域退化了去。于人类福祉和古物的保存上，实在有至大的关系。伯雍所以每次回家，总有些不快之感，实在因为目击这样凋敝的惨象，使他忍不住唏嘘，禁不得浩叹，尤觉令他感慨不置的，有许多大田园、大茔地，旧主人都衰败了，所易的新主，尽是军阀中人。这一点，更使人不能忘革命家的厚赐了。

伯雍因为替秀卿的娘忙了些日子，这一个月里，并未回家。这些日子，因为把他们的事都办得有了成绩，身子也清闲点了，他便预备了几天稿子，告了两天假，回家望望老亲。他的父母见了他，自然是喜欢，他拿出由城内买的甘脂[①]，教他嫂子打点好了。晚饭时率领他兄弟姊妹，陪着二位老人一喝酒，立刻几间破屋子，都充满了和平愉快的喜气。他的脾气，最喜欢家庭的和乐，他不但爱他的父母、兄弟、姊妹、子侄，连他家所饲的猫狗小鸟，他也对于它们各有一分感情。他说人生的幸福，以家庭的乐趣最为真挚，旁的乐趣，都是虚假漂浮的，没有一件是真乐。要享真正幸福，除了在家庭里找，哪里也寻不出，便是极有权力的执政者、极有财产的资本家，无论享用怎样厚，若是没有完美的家庭，终不算有幸福的人。因为人要得着极甜适的安慰，非有家庭不能安慰的。社会上无论做什么的人，他最后的休息，必得在家庭里才觉得分外安适。伯雍既

---

① 甘脂：豆腐。

有这个思想，他的家庭观念，比那些务外的人特别强烈。他见了他的父母，他觉得父母便是他幸福的根源，他觉得他父母喜欢，比什么宝贝都难得，也知道父母天天喜欢着，是家庭中全体人口幸福之所系。至于兄弟、姊妹、妯娌之间，也愿意他们天天喜欢着，各人尽各人的本分，无论什么事，都要以天真相处，不要互存一点心机。伯雍既然有这样的思想，他的兄弟、姊妹，与他是同细胞的，无论有任何不相同的思想，骨肉间的爱力，总是先天赋得来的，所以他们一点破裂嫌隙也没有，都是浑浑厚厚，依旧是父母中的幼儿一样。至于媳妇，也是德行人家的姑娘，所谓不是一家人不进一家门，都是家庭幸福中的要素。

伯雍每次回家，轻易不到哪里去，除了家人共话，便是在山顶上闲眺，因为他是山居的人，他总对于山水有感情的。他在城里报馆做事，实在囚拘得要死。他一回家，一定到山上饱吸空气。但是他原先登山，无论看哪里，都很高兴的，如今登山一望，反倒使他愁牢不堪。原先在山上往面前一看，目力所到，都是极茂盛的树木。由枝叶扶疏处，隐隐约约地看见几处屋瓦。好多的房屋，都隐在浓绿的树下。现在不但没有那些树，连房子都和大炮轰没了一样，一片一片的砖石碎瓦，竟望不到边。有那少微勤俭点的人家，就破房基内收拾收拾，种些谷类，还觉得好看一点。但是破房基内种谷，究竟是衰亡的表征。

伯雍在山上看了半天，这拆毁的遗迹，他的思潮不由一处而来。那万年不毁的碉楼，征服金川的纪念，如今都拆得七零八落了。那些伟大的建筑物，武功的标识，都是二百余年以前，有三千所向无敌的健儿，以汗马功劳和疆场上碧血换来的。如今他们的子孙，不第不曾博一点可纪念的东西，反把祖先的纪念拆卖了。他往西一望，旧日演武的教场，已被农商部占有，作为农林场了。他们派来几个废物，一事不做，专门地欺压平民。他们以为占了这一点地方，便是战胜民族的权利，而中国农林大业，也似乎兴办起来了。其实他们所占的不过巴掌大一点地方，内外蒙古的牧场，鸭绿江的森林，他们便不要了，他们也没工夫去要，而且没有胆子去要。他们占了一个教场，侵害许多贫民的产业，便算厉行农林政策了。

教场里的圆城、演武厅、马城、梯子楼，依稀还存着。尤且令伯雍感慨不忘的，是那碑亭以内的记功碑。洁白的石头，刻着满汉蒙藏四种文字，一部征服金川的历史，都在上面刻着。同时建设这样记功碑的，不知有多少地方！喜马拉雅山巅上，也有这样的记功碑。中国人于十八省以外，又多添了二分一的疆土，可以移植懋迁[①]。如今人人都视为固有，也就忘了开辟这些疆土的、增大中国版图的是什么人了！伯雍睹物伤情，简直不胜今昔之感。他默默问那些纪念物说："你们没有一点法子救这些穷人么？"仿佛那些纪念物答道："我们现在还朝不保夕，哪里管得许多。"

伯雍已然不愿再看这些残破的遗迹了。他慢慢地由山上下来，幸喜他家后院，有一株大杏树，还有一株山桃。前院有一株槐树，一株榆树，还有一株茂盛的灵椿，还有他父亲手植的一株松树。此外还有几株枣树，依然是旧日模样，所以他不用费事，便认识他的家门。若照旁处一样，也拆毁了，连他自己也许不认得他的家了。他到了家中，很觉不痛快，因问他父母

① 懋迁：贸易。

说："房子拆得太多了，将来上哪里住呢？"他父亲说："这真是没法子的事。但是近来也有几位慈善家，提倡许多慈善济贫的事，每一贫户，可以得些钱米。再说静宜园已被一位慈善家由皇室借出来，打算开一个女学，办一个贫儿院，将来还要开办工场什么的。贫民有了工作地方，每日可以糊口，自然不至把房子拆卖了。"伯雍道："房子立着才值钱的，他们为什么拆了卖呢？"伯雍的父亲道："在城市里，房子固然很值钱，但是他们搬不了去。他们知道在乡村的房子，没有人租，不能指着它吃饭，只得把砖瓦木料拆下来，卖与人家。三间房子的材料，剩到卖主手里，不过四五十元钱，还有不到此数的。凭这样的房子，不管是官的私的，但是由老上辈到如今，已然住了二百多年，便是修理费，每间房子不知花多少钱了。如今一文不值半文，竟自拆卖了，真是可惜的事。可也难怪，谁教赶上这国破家亡的末运呢！幸喜出来这几位慈善家，虽然是杯水车薪，究竟不无小补。这里虽然有几处官立的小学，少大[①]一点的姑娘，都不愿意去。他们听说西山园子要开女学，将来还有女工场，有许多姑娘愿意去，她们虽然受穷，向学的志气还没有颓丧。这位创办女学的先生，自号万松野人[②]，是天主教会中人。他夫妇两个，都很信主的。教会中人，怎样不及，道德思想，也比没宗教的人强。何况他夫妇两个，都是很有学问很有道德的，多少有名的人，都肯帮他们的忙，所以他们一定要办这个善举。他们还要约我出来帮忙，反正我也是在

---

① 少大：稍大。

② 万松野人：英敛之（1867~1926），号安蹇斋主、万松野人，天主教徒，满族正红旗。1902年，创办《大公报》。后又创办辅仁大学。

家里闲着，帮他们办一办，也是我的义务。你的妹妹，虽然在家念一点书，究竟没程序[①]。那学堂开了，我打算把他们也带了去。”伯雍道：“这是好事！你老人家就帮着他们办一办吧。”老人家又道：“他们此刻正在开办时代，明天你不妨到那里看看。这个园子，若不整理一下，做个废物利用，再过几年，园子里的树木，就要没有了。那些园户，见清室退政了，他们把这园子简直据为己有，每日不知盗卖多少东西。那多年的古柏，他们也一点不爱惜，天天要伐倒几株。势败奴欺主，世界上最要不得的人，便是这些有奴性的鼠辈。主人有势力，他们便倚势凌人。主人一衰败，他们便先下手分肥。他们的性质，不该杀么？当万松野人由皇室借得这个园子，附近园户，哪里答应，他们不管人家拿这园子做什么用，与地方上有什么关系，他们就知道不能自由盗伐树木了，群起和万松野人反对，甚至有拿刀在路上等他的，打算一吓他，他就不敢办了。谁知万松野人一点声色不动，向他们首领说：‘你们若好好跟我说，山上柴草，依旧许你们打，因为我不得不体恤你们。树木，无论大小，一枝也不许动。如果不听我话，那我就没法子了，只得用非常手段，求游缉队把你们尽数驱逐，到那时不要后悔。’那些园户知道反抗是无益的，所以都就了他的范围[②]。如今不第树木都保住了，而且还要把旧有的地方整理起来。你明天到那里一看，就知道他们的目的是很大的。”伯雍说：“这样办法，是很合理的。因为皇室的废园，在清室已没力量整理了。委之无良心的园丁，非毁平了不止。赠予民国，也不

① 此处指没受过系统的教育。

② 指答应了万松野人的条件。

过被强有力者独占了去。最好借与民间慈善团体，办点社会公益的事，不但能把古迹保存，而且还有逐渐复兴的希望。清室此举，总算是很贤明的。不过慈善大家，得了这样有山有水、树木葱翠的离宫，真得兴办义举，若为自己享受打算，那就有负此园了。”他一家谈了半天的话，天已不早，乡间不比城市，晚间没有可去的地方，惟有早睡。

次日晨起，伯雍要到西山园子去看。他吃了早饭，便溜达着去了。十月天气，小阳时候，又在山阳，暖和得很。这个地方，冬令不十分寒，夏天不十分热，由那太行山的余脉，成一个半环形。环口正向东南，把北京城环绕在内，仿佛做了个影壁。西山麓下，大寺名园极多，王公世胄的坟园不计其数。所以以风景而论，西山一带，为北京近郊之冠。静宜园与名刹碧云寺毘连。辽金时代大概就有这个园子，因为碧云寺是当初耶律楚材的墓地，前清康熙时代，除了圆明园、畅春园、净明园，以静宜园的风景最为有致。建筑物以布达拉一处，最为富丽宏大，形式一本西藏与印度之大寺，屋瓦皆青铜制，蒙以赤金。每逢四月柳絮乱舞的时候，前清皇帝必要向静宜园行幸，以避柳絮。慈禧太后时代，犹举行之。庚子以后，该园又被外兵所毁，无力经营，只有一颐和园为慈禧太后不时临幸所在了。

静宜园和圆明畅春两园，于咸丰年间，同时被英法联军所焚，京师人谓之火烧三山。清室精华，在这时代，已然付之一炬了。当时洋人烧这三处离宫，一点意识也没有，也不为抢东西，不过为报林文忠公烧他们鸦片烟的仇恨，故意毁了这三个园子，以遂他们野蛮人报复的恶欲。作书的小时候，常听老人传说，静宜园被洋人烧毁时，那布达拉大寺，烧了多少日子，不曾完全烧了，所以在庚子以前，那金瓦依然还有，每至朝暾[1]甫上，照得金光灿烂，庄严无比。不曾烧毁时，可以想见了。当英法联军去后，这园子已成一片焦土，可是有许多樵人入园樵采，无意中竟发了大财。他们怎样发了财呢？因为静宜园被焚之后，这个园子已然废了，附近村民自由进去砍柴。他们在那蔓草荒烟之中，山风过处，每每听得草地上叮铃乱响，起初还不注意，后来有人拨草寻觅，只见有许多烧卷的铜片，被风吹得相击乱响。他们拾归家中，也有当碎铜卖的，也有存在家中不介意的，后来才有人知道那是纯粹的赤金。因为布达拉大寺的青铜瓦，包的都是一二分厚的赤金，被火一烧，金叶子与铜分离，烧成焦卷，滚了满地。它们不愿在荒草寒林里受那枯寂，所以都被人拾出来了。但是这布达拉一共有九九八十一间，工坚料实，所以不曾全毁，别的地方也有不曾烧的，以后重加修葺，依然是清室一个消夏的离宫。庚子那年，八国联军入京，英国人知道布达拉还有许多金瓦，他们带着印度奴隶兵，把布达拉的金瓦全拆了去。别的东西，也搬去不少。静宜园经这二次的浩劫，完全毁坏了。这里的禽兽，以仙鹤梅花鹿为最多，如今也都灭绝了。

伯雍到了静宜园，宫门还照从前一样，门前两个大铜狮子，兀自在那里做这荒园的守卫。围墙有许多处坍塌的了，只见好多工人在那里修补。伯雍走到宫门左手一个角门，只见门旁悬一块牌子，写着“静宜女校筹备处”，有几名香山汛守备衙门的游缉队，在那里守卫着。伯雍取出一张名片，求他们往里传达。他们把他引进去，里面旧有的亭台楼阁，多半剩了遗

[1] 朝暾：初升的太阳。

迹，实在不易复旧。只有一个小院落，还有几间较好的房子，大概是三山郎中[①]办事的地方。静宜女校，就在此处筹办。那位万松野人，见有客来，忙迎了出来，把伯雍让到屋中。他的夫人也出来款客，他夫妇两个，都是很和蔼的人。万松野人，身量非常魁梧，当初他练过武，能举三百斤的石头，后来弃武学文，到处访友求师，成了一个极有学问的人。他的性质，不喜仕进，可是有许多显达的人，都仰他的大名。他的事业，也皆因有许多显达的人帮忙，所以能行点素志。他在二十年前，于报界很著名的，如今报也不办了，专门要办慈善事业，而且还要阐扬天主教的真理。他从前就喜欢西山的风景，近来皆因静宜园一天一天地毁弃，附近的旗民人等，又非常地穷窘，所以他立志要在此处办一点事业。现在虽然是才入手，但是直接间接帮忙的人很多，将来一定能成功的。伯雍是本地乡民，当然对于万松野人夫妇的热心，要道谢的。万松野人说："人类办人类的事情，不但没有彼此的分别，地方的界限更不应当有。不过有知识的人和有财产的人，总须把精力使在穷困的地方，不但教人有饭吃，是要紧的事，教人受教育学真理，比吃饭还觉要紧。目下虽国人不能吃饭的太多了，而不能受教育的尤为可怜。无奈我们有多大能力呢？也不过寻一个我们素所知道的地方，办一点小事业，尽尽心，也就是了。我的意思，本地方的人民受这样的困苦，我们当然救济的。这静宜园是中国名胜，皇室的离宫，也应当设法保存，所以我求几位王公，把这地方借过来，预备将来容易发展。但是里面过于残毁了。现在我把见心斋、韵琴斋、梯云山馆，都略加修葺，其余别的地

① 三山郎中：清代管理香山、万寿山、玉泉山的官员。

方，慢慢地修理，只是苦于经济，将来是否能偿素志不能，就不可知了。”伯雍说：“先生的善举，实在令人钦佩。但不知预定的计画[①]，办到如何程度，才算达到目的呢？”万松野人说：“预定计画，固然有，那就得看将来的经济了。这静宜女校，是入手办法。将来还要设立一所慈幼院，贫民学校、贫民工厂，也要设立几处。目下女校已然筹备就绪，不久要招生。慈幼院，现正在募款项，将来一定成立的。至于工厂，便不能预定何日成立了。”伯雍道：“本处穷人，日见其多，大有朝不谋夕之势。虽有几处粥厂，也是有期间[②]的。济贫的妙法，无如以工代赈，他们既得工资，地方上又兴办许多生产事业，每月一长，本地成了工业地，生计也就不必发愁了。所以我希望此地以兴办工厂为最大的急务，还求先生向诸位大资本家筹商，把工厂一项提前开办才好。”万松野人道：“工厂一定要办的。但是道德比吃饭要紧，先由女教入手，这正是根本的办法呢。”伯雍听了这话，也就不敢多言了，因为自己一个钱没有，自己的志愿，勉人去办，不但讨人嫌，而且自己也觉惭愧，当然以“是是是”为谈话的终结了。万松野人很高兴的，同伯雍到重修的地方看了一遍。以全体而论，工程虽不过千百分之一，金钱大概已花了不少。

伯雍由静宜园回到家，他父亲问他说：“你见着那位先生了？他夫妇都是很和气的，他们将来能把西山园子兴旺起来，加上现在物质文明，比原先还能好。”伯雍说：“一定。但是园子虽然好了，我们的营子村子，势必拆干净了为止。许多贫民窟，围绕一所别有洞天的名园，也是人世间一个奇观哪。”

---

① 计画：计划。

② 期间：期限之意。

第十二章

伯雍在家里住了两天，仍然回到报馆去做事。他到了报馆，歆仁正盼他回来呢。听说他回来了，教馆役把他请到后院。歆仁一见伯雍，便说："你又回家了！外面的事，你一点也不注意。现在要考县知事了，你为什么不去报名？你的资格是很合式的，所以我盼你回来，赶紧到内务部报名吧！"伯雍说："这样的事，我哪有不知道的，但是我没意思考。现在袁项城虽然组织了一个强有力的政府，但是他倒行逆施的事情很多。这次考县知事，哪里是为百姓求亲民之官，不过为网罗无聊的小官僚，做他歌功颂德的奴隶便了。我的资格，只为留学生三字，不得不列入资格一项之内，可是向来与官场一点因缘没有，如今妄冀功名，难免自讨没趣。登庸[①]试验，可以不便尝试了。"歆仁说："你还是这样固执不是！便是在前清科举时代，谁也不敢说必得，无非撞大运。升官发财的事，无非是个撞。旁人为自己的事，一点门径没有，还要往里硬钻。怎么你有了机会，反倒不去做呢？你直到如今，所以不能阔，都是因为你过于不活动了。你想想，自有考县知事的消息，全国都轰动了。不但各现任知事，都来应考，凡是有相当资格的，不远千里，目下都麇集[②]都门，比前清乡会试还热闹，就苦了没资

① 登庸：指通过科举考试得到任用。

② 麇集：群集。

格的人。你既有资格，为何不战一下子？”伯雍说：“现在求官，要打算由考试仕进，那真是可怜到家的人了。何况他们的考试，无非是一种手段，一点诚意没有。不然为什么要规定出保免的例外呢？”歆仁道：“这正是当局的苦心，现在军民长官，谁没有几个县知事？若是一律考试，未免要得罪人。项城是什么样精明人！他万不肯把旧部所用的人，全行入考。可是保免试验的，究在少数。试验及第的，才算正式的县知事。”伯雍道：“不然。据我看，试验是假的，保免是真的，照老袁这样会做人情，将来的县知事，还能有中央一个人吗？地方上我一点援系没有，便是儌幸[①]中了，也是瞎闹。目下我在社会上卖几篇文章，也能挣几十块钱。民国的官，不做也倒罢了。”歆仁说：“不行。你的思想终归是挨饿的，弄个知事当当，一年至少可以剩一两万块钱。你此刻正是为贫而仕，所以我还是主张你去考。再说这次考试，是个特典。我们报纸上，也应当有极详细的新闻。你入场去考，不但为你前途打算，为咱们的报纸，你也应当辛苦一荡。因为新闻记者不许入场参观，你去入场，真是官许的访员了。”伯雍道：“你既这样说时，我还可以去一荡，中不中先不必管，咱们报上我管保有几天好新闻。但是报名费须得两块大洋，我此刻一文没有，怎办呢？”歆仁说：“回头你到账房去支，有我的话，总要多借你几块使。”当下他二人又说些闲话。歆仁依然是懒洋洋的，觉得很劳倦。他有时竟神不守舍地说出许多无意识的话，其实他的脑筋，一时也不能清闲，他无论何时何地，总把精神飞越到政海里去。他非常善于揣摩，他虽然是有党的人，他绝不株守

① 儌幸：侥幸。

一党一系。他的妙诀，无论哪党哪系当权，总要保持他相当的地位，所以他的心思，比别人特别地劳累。他一回到报馆，或是回到私宅，他的精神每每透着特别颓宕，甚至有时说谵语一般的自问自答。若不然突然问人一句话，他自己不知说的是什么。其实他的心思，没在此间，依旧在汹涛猛浪的政海里，一沉一浮地支撑。他二十多岁的人，弄得一点元气没有，足见他的精神体魄，是怎样消耗了。

他虽然有时迷迷惘惘，仿佛是很傻气的，但是他对于他自己利害的事，向常一点也不傻气的。他每逢透露傻气时，甚至自言自语地说谵语，那正是他用极缜密的心思，研究他自己切要之事。以他所办的报纸而论，每月比别家总要省许多钱，但是报上材料，却比别家热闹。因为他能用极廉的代价，雇用几个编辑，而且手笔都不错。再说他能临时求人，或是应常调查的事，编辑员不愿意去，他能想法子教他们去。比如这次考县知事，他知道伯雍有资格，他便愿意他入场去考。他的目的全在得新闻，好与别家竞争，至于伯雍是否得中，中了之后，他给维持不维持，都不是他心中切要的事。自要有了场内新闻，他便心满意足了，所以他盼着伯雍回来，好怂恿他入场，及至伯雍应许去了，他的心事，已然如愿了，所以他的精神，又飞到旁处去。伯雍与他说什么闲话，他也有时听不见了。伯雍见他似乎寻思什么事，不便搅他，只得到前院编辑部里去。晚饭以后，忙完稿子，还是与子玖凤兮到胡同里去溜达，仿佛成了习惯，因为不出去，也是在那间霉湿的屋子白待着，出去走走，困极了一睡觉，倒觉舒服。他们一点钟以后才回来，街上行人已然少了，可是还有许多人力车。街灯底下，卖豆浆才出来，有许多车夫围着喝。小巷儿里卖炸豆腐茶鸡蛋的，一个跟一个，一声赶一声地呼唤。南城夜中，这是闻见熟惯的事。

次日歆仁打发馆役，给伯雍送来一封信。伯雍拆开一看，却是荐任官的印结。伯雍笑道："他真替我想得到，我还忘了这层呢！"他吃了早饭，由柳条箱内寻出他那张有名无实、废纸一般的卒业证书，这种东西欲指着它穿衣吃饭，和缘木求鱼一样地难，可是到了官事上，没它又不行。官事的表面，向来是认文凭不认人的。但是官事的内幕，却反认人不认文凭。伯雍这张文凭，由东洋带到中国，也曾入了好几次官衙，被官中打了许多图章。除了在宣统三年，得了一个法政科举人虚名，直到如今一点效力也不曾发生。穿衣吃饭，依旧凭着人的劳力，才能换几块钱使，所以伯雍对于他的文凭，已然视同废纸。他的生活上必需的费用，倒是一支秃笔，很能帮忙，文凭却成了赘物。不过这张文凭也是二十年苦读换来的，不忍把它焚弃便了。不想这次因为考县知事，歆仁欲得场内新闻，怂恿伯雍入场，不得不假[①]它做个护照。但是洁白无垢的文凭，一入内务部，又得打一个红印，未免替这张文凭可惜。他收拾好了，便雇车到内务部去。到了那里，果见有许多热心功名的人，拥拥挤挤地，前来报名。伯雍杂在里面，自己觉得很可笑的，暗道："人家被保免的，或是有靠山的，打算做个官，何必这样费事呢？我看这些人，也都是穷骨头昏了心的人，大老远地来到北京，应考知事。自己准有把握吗？千山万水，不用说路费，便是在京里一住，一天也得一两块钱。没入场以前，每人都做那县知事的迷梦，恨不定制一把铲子，预备铲那肥美的地皮。哪里知道揭晓之后，立即破产的，不知有多少人！他

①假：借。

们不想运动保免，奔走权利，单单地来买这县知事的彩票，他们可怜的幸进[①]观念，比我尤觉可怜了。”伯雍一边想着，一边随着众人报了名，呈验了文凭印结，领了执照，已然烦得他要不得。他的性质实在耐不了官场的烦琐，少一不如意，便发起他的牢骚。他说：“人是在社会上做事的，无论在公在私，都应并以做事为前提，用不着这些烦琐难人的手续呀。怎么事情一到官场，就这等慢腾腾地把人要磨死呢。中国衙门，不做事，专门讲究章程，白费光阴，那真是亡国的第一真因。”

他牢牢骚骚，很不痛快地回去了。到了报馆，已然午后三点多钟，谁知秀卿的娘，已然先一点钟到这里来找他。馆役告诉她“宁先生出门了，不知什么时候回来”，那老婆子大远的来一荡，不愿意来往奔波，馆役又不教她进来，她只得在门外墙根下候着。伯雍一进巷口，便看见她，忙问道：“你老人家做什么来了？”秀卿的娘一见伯雍，仿佛见了亲人，但是她脸上失意的颜色，并不因为她见了伯雍而可以掩饰的。伯雍见她那样子，知道她必然有要紧的事，忙把她让进来。此时子玖和凤兮，已然出门了。他们到了伯雍那间编辑室里，伯雍脱了马褂，教秀卿的娘坐在一把椅子上，但是她依旧满面愁容。伯雍因问她道：“您来找我有什么事吗？您的事怎样，可以干吗？”秀卿的娘叹了一口气说：“事情倒不错，我也很高兴。但是我如今已然下来了，现在仍回南大街，住在一个旧识家里。因为原先的房子，已然被房东租给别人，我只得在认识的人家里借宿。好在我一个人，怎样都对付了。”伯雍道：“事体既然不错，为什么要下来呢？是他们辞的您，是您自己辞的

① 幸进：希图侥幸升官。

他们呢？”秀卿的娘道：“我们谁也没辞谁，他们现在打了官司，家里没一个人了，我只得家来闲着。”伯雍道：“他们只夫妇二人，谁跟谁打官司呢？”秀卿的娘道：“就是他夫妇两个打了官司。”伯雍道：“这也是怪事。怎么结婚不到半年，就打官司呢？”秀卿的娘道：“提起来简直是个笑话。我起初也不知是怎回事，但觉得那位褚老爷，不相[①]是做官的人。他的朋友，一个一个的尤觉登天。若照我宁为可怪的[②]，怎么他朋友交得很近，为什么一个带着太太来的没有呢？”伯雍说：“或者他们有一点头绪，差使不大，无力携眷的。”秀卿的娘说：“起初我也这样想，但是他们都说是本京人，而且北京人当巡警的都有家眷，难道他们挺阔的老爷，没家眷么？原先我们太太，还很待遇他，虽然报了觉得他们讨厌[③]，也就不爱理他们了，后来连老爷都不大香甜。他每日只是在外面游逛，好在事情又散了，与我一点关系是没有，又不短我钱，我管什么？他那样岁数，又是一个好逛的人，在外面难免有什么瞎闹的事情。这几天不知怎样，他夫妇忽然好得要命，临睡觉还要吃一顿夜消[④]，喝点绍酒，忙得我半夜不得消闲，但是人家工钱给得不少，我也愿意伺候。谁知前天早晨，我们太太起床之后，便出了门，没有半顿饭时，便同来两名警察，由被窝里把我们老爷掏了去。究竟为什么？我还不知道。当时吓得我什么似的，便是老爷有什么不是，当妇人的理应替他瞒着，哪有帮着警察堵窝掏的！后来我听那个丫鬟说，‘老爷不是老爷，是个和尚

① 相：像。

② 此语待考。

③ 此语待考。

④ 夜消：夜宵。

冒充的老爷’。若真是个和尚，那岂不是笑话呢？但不知他是哪庙和尚，怎这大胆子呢？”

伯雍听秀卿的娘说到这里，也觉得这事可笑。一个妇人，陪着和尚过了好几个月，一旦决裂，竟至成了一起奇案，这其间必有缘故，大概是念秧局诈之类。不知是谁骗谁呢？不过秀卿的娘，好容易有了这点事，忽然又散了，未免扫兴。因问秀卿的娘说：“他们这一打官司，把您的事也搅了，但是他们没跟您说什么吗？短钱不短呢？”秀卿的娘道：“钱倒不短。我临走时，那妇人曾和我说：‘这里不是我的家了，我受人骗了。你跟我这些日子，我也舍不得你，但是我不能在此住了，暂时也不能用人。你还是家去，等我官司完了，有了地方，你再来伺候我。’她也不过这样说便了，他们的官司，不知道打成怎样一个结果呢！只是我这一没事，又得坐食山空，秀卿给留的那点东西，差不多要垫办完了。我真闲不起。没什么说的，还得求您难心[1]，仍是给我找个吃饭的地方才好。”伯雍见说，未免地又加上一层为难，而对于这老妇人的贫困无告，又十分不忍，只是一时哪里给她找事？只得向她说：“您先回去，我赶紧给您张罗着，如有事时，我必然给您送信。”秀卿的娘见说，才有点放心，把现在的住所，详详细细地告诉了伯雍，告辞去了。秀卿的娘去后，伯雍默坐了半天。他忽然发生一种异样的思想，只见他把他右臂一挥，自言自语地说道：“考县知事，非考不可！考上一个县知事，总比现在收入多一点，而且还可以行一点心里所志愿的事。老和现在一样，不但本身本家，一天比一天穷，连一个可怜的人也救不了，未免太

① 难心：心里为难。

辜负此生了。假如我若是得了一县的地盘，做个百里侯，那就有人管我叫监督，或是县长，平日求他们办点事不肯为力的，到了这时，必然喜欢与我办事。因为我宁伯雍，只是一个穷记者，所以没人信用。我若当了县知事，这‘监督’二字，总比‘宁伯雍’三字信用大得多。便是随便荐一个人，也有人喜欢用，因为是监督荐来的。若是伯雍荐来的，那就没效了。监督是最小的地方官，尚且有人监督长监督短叫得震心，无怪乎有不顾性命运动都督巡按使的了。至于大总统和总长什么的，那还用说吗？他们不但先得便宜，而且一句话就能使人一步登天。若照我宁伯雍，为了一个苦老婆子和一个可怜的小孩，使心费力，花了不少车钱，直到如今，依旧没有一点头绪，并且连一个帮忙的也没有。假如我若是个官，何必这样费事呢！这样看来，官是不可不做的了。”

此时伯雍的心理，与昨天大不相同了。昨天歆仁劝他考县知事，他还以为是瞎闹，绝没有诚心去考。他虽然报了名，他不过是为访新闻，他简直没有必得的希望，他也知道他不会做官的。如今见秀卿的娘事情又散了，他竟无力给她安置一个地方，便是自己家中，也不能多添一个人吃饭。他烦闷之极，以为当今之世，非做官万不会阔的，万不能养活别人的了。所以他把心理一变，非把县知事弄到手里。似乎有许多极困难的事不能解决，所以他把随随便便的意思打消，打算诚心诚意地去考，他把参考书也搬出来了，手录的课本子也拿出来。平日爱读的古文，也预备在手底下。他当真地用起功来。他以为这样一来，便可以如愿的。秀卿的娘和秀卿的兄弟，也不必求亲赖友的，往旁处寄顿。只我一人的力量，也足以养活他们了。因为县衙门里，多养几个闲人，不算什么。何况他们也不能吃我的闲饭。再说到了那时，朋友也多了，同寅也多了，一切人役仆从，尽可以彼此通融，总比我现在的地位好得多。因为同在官场，气类总是相投，在官的人，总拿不在官的当作异类，所以由各方面看起来，做官的人，无论官事私事，似乎特别方便。没官的人，怎样也不能比的。他既这样一想，他便要达到这个目的，他为达到这个目的，他不能不用功。其实他的观察，一点也不错的，可惜他所用的手段，未免太迂阔了。他的师友、他的同学，虽没特别阔起来的人，单是在军政两界，也有很出色的人物。他早先若是有做官的意思，与他们联络联络，感情老和在学校时一样，没紧没慢的，总在一起厮混，便是有点讨厌的辞色，也不要起火[①]，依旧追随着。到了此时，不但是平常的一个县知事，便是再大几级的官，也做上了。因为他遇的机会很多，他遇见能振拔他的人也不少，但是伯雍的性质，绝不肯由自己口里，和人要一个官做，而且他最初也没有做官的意思，他对于已经阔起来的朋友，尤不愿去访问。他虽然没有什么意思，不过为维持小时候的感情，但是人家都是有政务的身子，无端去访问，怕人疑惑有什么吁谒[②]。俗语说得好："穷人心眼儿多。"他只顾一多心眼，他与他的师友同窗，益发疏远了。再说自革命以来，他在社会上以笔尖吃饭，已然养成一种疏懒的性质，既没人求他什么事，他也无多事求人，他在社交上更不好活动了。谁知为了一个已故的秀卿，竟逼他不得不兢兢业业地去考知事！既然官兴发作，就应当想个必得的方法，或是投降歆仁，或是赶寻门路，虽然运动不上保

①起火：因看不惯而生气。

②吁谒：请求。

免，也应当求人先容，通个关节，才算道理，才能做官。谁知他的老性质，依然不改，仍打算仗着胸中所学和笔下力量，在场屋战胜。他的思想有多么可怜！由此一点，可以断定他一辈子仍是不会做官的。

不言伯雍每日用功，预备应考知事。利用这点闲空，且叙一叙褚维宗和田氏的事情。因为他们的事情，若不正叙一番，看官也不能明白。褚维宗哪里是个俗家，也不是内务部什么科员科长，他正是广化寺的方丈，名叫青山。北京有句俗话，说是“在京和尚出外官”。这两等人，都是享尽人间幸福的。北京也有不少大寺，哪个方丈都是阔绰无比，享用过于王侯。他们不工不商，不知道由哪里得来这些产业。他们除了穷奢极侈，结交官府，做出种种声势赫奕的事，背地里暗养女人，败坏佛门的事，那就不用说了。这青山既无学问，又无修持，不过仗着寺产雄厚，恣意胡为，不知道造了多少孽了。可是在前清时代，人人头上有条发辫，僧俗还辨得出来。后来，虽有许多剪发的，僧人还不敢公然穿着俗家衣服出来。民国以后，强制剪发，遍街都是秃头，这青山便奇想天开，暗道：“我若换一套时髦衣裳，打扮得政界中人的模样，谁敢说我是和尚？便是走走逛逛，也不必拘泥。花天酒地，也可以任意而行。总比偷偷摸摸快活多了。”他这样一想，真个的置了几套俗家衣服，每日在热闹场中乱窜。有一天在东安市场茶楼上，遇见田氏，就仿佛遇见五百年前的风流孽冤，险些动起磬棰，要放风流焰口[1]。自此每天必到东安市场，田氏也久饥思食，物色人

① 放焰口：佛教仪式，为一种根据救拔焰口饿鬼陀罗尼经而举行的施食饿鬼之法事。

物。她不但欲偿肉欲，对于钱财上，更打算大大地下一网。可巧青山一直追踪她。再说青山是个大方丈，脸上自然有一种酒肉和铜臭之色，能表示也是个阔老。再说衣履讲究，俨然政界中的官僚。田氏一见，便知道这人可以仰为外府的，未免对于他眼角留情，拿出拆白党的手段。青山哪里经过这个，早已魂灵飞在半天。他明察暗访，又和茶楼伙计打听田氏是做什么的。伙计说："不甚详细，但是这样的人，不是暗娼，也与暗娼相隔不远。自要有钱，没什么难办的。"

青山一听，更觉心动。他回到庙中，只得向平日与他引港[①]的王铁嘴计较说："现在五族共和，男女平等，独我们和尚，还不许娶妻，太不平等了。我也打算娶个老婆，开一个先例。你能替我办么？"王铁嘴见说，笑道："方丈你这话未免是取笑了。从古至今，也不曾听见和尚娶媳妇。你求老身拉个皮条，引个线，背地里做点风流勾当，倒行。若说扬名打鼓的，给你保媒，娶一位太太，那可办不到！凡是我给你介绍的，全是做私娼的。好人家儿女，谁肯陪秃驴睡觉？你既有得解馋，何必又萌妄想。须知和尚娶妻，不但你和尚吃罪不起，连我这说媒婆子，也难逃公道哇！"青山道："王干妈！你老人家还没听明白我的意思，便先说这篇道理。我也不是要这样娶媳妇呀！我须扮作俗家模样，如今满街秃子，谁能单单说我是和尚呢？我暂且把我法名藏起，变个俗称，就说我是哪部的参事，谁还不信？那时我另租一处房子，不在庙里住了，从新组织一个家庭，也享几年夫唱妇随的幸福。倘若生一两个小和尚，也是你老人家的功德呀！我在庙里常当方丈，虽是有钱，就是

---

① 引港：牵线。

没有妻子。虽然有几个小徒弟，和你老人家不时帮忙，救我涸鲋[1]，究竟是不痛快的。我平日最生气难平的，他们那些官僚政客，动不动就是一个小老婆子，马车汽车的，一同坐着逛。我和尚一看，不由得眼蓝[2]。怎么他们也是不工不商，一切享用，都是民脂民膏。每人弄七八个老婆，还以为不足。我和尚虽然是不工不商，这些庙产，是历代庙主相传的，也是善男信女乐意布施的，怎么我和尚就不配娶个老婆，享点家庭幸福，也好安心护法？到了无可如何之时，非偷偷摸摸不行呢。天下不平的事，无过于此，他们不是鼓吹革命，鼓吹解放么？我和尚今天非革命，非解放不可了。王干妈，我的急火要由顶门迸出来了，你非救我不可！”说到这里，饿虎扑食，往王铁嘴怀里一扑。吓得王铁嘴连忙往后便闪，说：“你这和尚疯了！我这大年纪，怎样救你？”青山定一定神说：“干妈，你老人家慈悲，看在佛祖面上，给我说个媳妇，这便是救我。”

王铁嘴见说，复归原座，笑道：“我说你疯了，果然还是疯话。休想！我虽然是个媒婆，给人家说媒行了，怎能给你说媒？这里头有好大干系。你想，好人家儿女，谁肯嫁你。那些私娼，又都认识你。不时来往成了，若说过日子，谁肯嫁你呢？你把这条心收了吧。无事生非，险被捉将官里去，连累老身，不是要处。”青山说：“你老人家先不必张致，我并不是求你老人家去物色，我心目中已有一个人了。”王铁嘴见说，斜着眼睛，瞅了瞅青山，做出一种怪笑说：“贼和尚！满街相看小男妇女，我若告在当官，怕你吃不了兜着走。”青山道：

---

①涸鲋：即“涸辙之鲋”，喻指处境艰难。

②眼蓝：眼里冒火。

“王干妈，不要只顾调笑小僧，正经须与小僧想个道理！”王铁嘴道：“究竟你的意中人是怎个人物？你知道点底细不知。难道你认出一个人，就教老身替你办去，怕不吃人打骂回来！”青山道：“这个人我虽然不知底细，我已打听明白，她是个寡妇，娘家已然没人，与婆家又断绝关系。她现在很自由的。你就说我是个文明而多情的人，兼有资财，足以供她挥霍。难道她不乐意嫁我吗？”王铁嘴说：“话虽如此，这事你求别人吧。你想纸里包不住火，日久没有不透风的墙，假如日后露了马脚，你受点科罚还不冤，我偌大年纪一个老婆子，图着什么来？犯不上与你吃罣误[①]。”青山道：“干妈，你今日怎这样为难小僧？须知平日我没把你老人家待错，这点事怎就拿起桥[②]来？你老人家平日不是这样人。”王铁嘴道：“平日那是什么事！一号买卖，有我应得的抽分[③]。如今这是什么事？不但干系非小，你既有了家室，日后我也不能再给你介绍私娼，我指着什么活着呢？一句话要我去办，你虽然乖，须不要拿老身当个驴子使唤，吆喝一声便走的。”青山见说，哎哟一声说：“干妈，千万莫要怪我，我没拿干妈当外人，所以不曾想到钱上。这件事干妈与我做成，干妈的后半辈，还发愁没人养活！”王铁嘴道：“我若不说，你当然想不到。你们有钱的人，总是拿别人也似乎不等钱使，不跟你们说，哪里舍得拿出一文。我也不求你养活我的后半辈，咱们先小人后君子，我应着给你办这件事。慢说她是个寡妇，便是个坐家女，我也能给

① 吃罣误：牵连。

② 拿桥：装腔作势以抬高身价。

③ 抽分：此处指中介费。

你说成，不然怎称得起王铁嘴？但是你许给我多少钱吧？我看你的赏格[①]，若是拼不得这条老命，你便另请高明，只怕除了我王铁嘴，没人肯帮若你贼秃挨骂。”

青山一肚子恶欲，便是王婆怎样打趣他，他一点也不气急，只说道：“王干妈，你老人家太厉害了。”说着打开他的红皮箱子，取出一百元花旗银行的钞票，说：“干妈，先把这点薄敬拿去用着，事若说成，小僧另有四百元奉赠。”王铁嘴一见这钱，两股目光，已然注到那簇新的外国钞票上，既而又笑道：“方丈，当家的，老身与你说两句笑话，难道与你当真要钱？方丈平日待老身恩重如山，钱花了已然不少，何必这样的外道！这一来倒仿佛老身属箭儿毛的[②]，竟在钱上站着了。”青山道：“干妈，这是小僧一点诚意，干妈只管收下。小僧办事自要出口，绝不食言。”王铁嘴道：“既这样，恭敬不如从命。那我就讨媿[③]收下了。”王铁嘴一边很小心地收那钞票，一边口里说道：“这事交与我，管保方丈得大欢喜，但是哪天你到东安市场去，须知会我一声，我同你去一趟，把那妇人指与我知道，你就不用管了。”青山说：“那行，便是你当我老妈也不要紧。”王铁嘴说：“那我可不敢。”

当下他二人计议已定，王铁嘴告辞而去。谁知田氏竟上了他们的当，她若安分守己的，也不至吃和尚一个大亏。但是这妇人的欲望也莫不小，她这次再醮，多一半也是为自己打算。当他们乍一结合，多少有点新鲜意思，后来这妇人越看褚

---

① 赏格：悬赏所定的报酬条件。

② 此语待考。

③ 讨媿：讨愧。

维宗越俗，他本是一个不守清规的大寺方丈，无论怎样装扮，究竟免不了他的俗态。这妇人已然不大喜欢他，好在他的供应很丰，“钱财”二字，一点也不发愁。田氏此时虽然不便声言离婚，已然与他貌合神离，每日乐得拿这不心疼的钱在外面胡逛。在中央公园里面，去实行自由恋爱。哪里有她的便宜？无非是几个拆白党，既得钱花，又逞肉欲。妇人生恐被褚维宗知道，限制她的自由，扣了她的花费。晚上回家，对于维宗未免使点手段。这和尚没别的思想，光有这一个目的，乐得他诸事皆忘，恨不叫田氏一声亲娘。有一天夜里，田氏又在他身上使点手段，和尚便如驾云一般，因向田氏说：“吾爱，你跟我过了这些日子，咱们的感情过于甜蜜了，我若不跟你说了实话，未免太对不起你了。你当真拿我当褚维宗么？”田氏见说，心里便一怔，但是仍然不露神色，笑道：“你不是褚维宗是哪个？便是不是，又有什么关系！我既然嫁了你，便认命了。”和尚说：“什么内务部，那都是假的。自我看，也不值什么。我却是广化寺的大方丈，钱有的是，足够你一辈子挥霍的。”田氏一听，心里已起了火，暗道：“他原来是个和尚，便是我怎不及，也嫁不到他身上。他居然敢欺负到我身上，倒要教他知道我的厉害。”本待发作，又恐三更半夜将他惊跑，倒不好办了，不如仍是稳住他，因腻声说道：“和尚怎的，也是我的丈夫了。”青山一听，更不得了，叫道：“心肝，你太讨疼了。明天我便还俗，把庙产全卖了，索性与你过起日子来。”田氏说：“何必还俗，你此刻不与俗家一样？自要有我吃的有我穿的，咱们就这样过也倒罢了，只是便宜你这贼秃，老娘只得认晦气。”他二人一个真心，一个假意，闹到天明，和尚困得不得了，已自沉沉睡去。

田氏慢慢起来，把她那使女唤醒，低声与她说：“咱们娘儿们被人骗了。他正是一个和尚，你小心看着他，他若醒来，就说我登厕去了。”田氏嘱咐完了那个侍女，她便悄悄出门而去。跑出巷口，到了分驻所里，便喊告了。她的理由固然很充足，而且她的言辞也很激烈。巡长一听，是个和尚以诈欺行为，骗取良家妇女，而且又是广化寺的方丈，不但违背法律，更属有伤风化。当时派两名警士，眼同[①]田氏前往逮捕。可怜青山还在睡梦中，享受温柔乡中的滋味，不想由被窝中被人提醒，翻眼一看，却是两名警士，站在床前。贼人胆虚，当时吓得他魂不附体，忙由被中坐起，颤声问道：“你你你们是做什么的？我又不曾违警，为什么大清早晨，闯入人家？”警士道：“赶快把衣裳穿上，随我们走，有人把你告下来了！”青山说：“我是内务部的员司，谁敢告我？我也不曾犯法。”警士因指着田氏向和尚说：“这妇人告下你，你还瞎说什么！快走吧。”和尚由床上望了望田氏，说：“娘子，我与你恩情似海，你为什么把我告下来？”只见田氏怒愤愤地指他骂道：“贼和尚骗我为妻！既败佛门，又干法纪，你还不承认么！这场官司我与你打了，有什么话等到堂上再说。”青山一听，这一惊非同小可，险些出了大恭，不由得叫了一声：“我的娘！你什么告不得，单单说我是个和尚，不想昨宵恩爱，今朝变为仇雠。好！这场官司我也与你打了，到了堂上须不至没我的话说。”这时警士催他把衣裳穿好，俯从[②]他们的请求，雇了一辆车，把他们送到地方审判厅。依手续，由田氏补了呈状，定

① 眼同：随同，一同。

② 俯从：听从。

日开庭审判。京师地方，出了这样可笑的新闻，早已哄嚷得满城风雨。和尚也有许多同党，也替青山请了一位律师，出庭辩诉。过了预审，正式开庭。这日旁听的人很多，原告田氏也不请律师，她的辩才都能使旁听的人很吃惊的。她不但要求法官重重地科罚这个淫僧，而且要求五千元以上、一万元以下名誉赔偿金。青山的律师辩道："民国以来，万民平等，青山也在民国法律之下，怎见得不能娶妻？而且有王铁嘴的媒证，绝对不能认为诈欺行为。"但是王铁嘴非常乖诈，她为避免她的干连，不承认素常认识青山是个和尚。各方面的辩论，法官已然听明，当日即宣告辩论终结，次日宣判，田氏完全胜利，由青山支给田氏名誉赔偿费八千元，青山科以二年半有期徒刑，许其按日折赎后，驱逐出境。广化寺另由公正僧侣主持。至于王铁嘴，图贿诱良，助僧淫乱，实为女界蟊贼，处以四年有期徒刑。这个案子至此完全解决了。

第十三章

田氏于胜诉后，小小地很得了一点声名，知道她的人很多了，但是她从此益发放荡不羁。高尚的人，没人敢娶她。平白的人，她又不嫁。她用和尚赔偿她的名誉金，在社会上做一种放浪生活，归结成了一个不幸的妇人，也就不必提她了。县知事的考期到了，伯雍每日用功，把各门功课，已然温习得烂熟。他这次决心去考县知事，不但觉悟他自身的前途，应当把笔墨生涯弃掉，另换个来财较易的生活，便是为许多穷困的亲友，也应当及早改变方针，所以他此刻正怀着一个必得之心。是日电灯还没灭，便起来了，略事盥漱，喝了一点豆腐浆，便携了文具入场去了。试验场所，借的是象坊桥的众议院。他花一吊钱雇了一辆人力车，进城而去。此时街上行人尚稀，间或看见几辆车，看那车上乘客，多半手内提着墨盒笔袋，还有照旧时科考一样，胸前悬着卷袋，抱着场篮，里面装着饮食等物。俗语说得好："不图名利，谁肯早起。"可见"名利"二字，真能把人指使得不成样儿。车进了宣武门，人便多了，车马也拥挤了，吆吆喝喝的，都往众议院灌了去。到了试场以前，下了车，只见人山人海，都是运命未分的候补县知事。这时那绿油的铁栅门，还没有闭，有许多警察，在那里守卫着。预考的人，都拥在门前大广场内，有看场规的，有彼此闲谈的，有就摊上购买食物的。

伯雍在人丛内，走来走去，也遇见几个旧同学的，他们也是来考知事的，内中当中学以上的教员的有好几位。他们都打算抛却这清苦的生活，钻入宦途。他们见了伯雍都说："你也来了！"伯雍说："可不是。我在首阳山上饿不起了，又有许多人直逼我，打算弄个知事做做。你们大概也要改途。但不如这彩票谁能中？你们看，这里俨然是个宝局，咱们红着心跑来，与市上那群赌鬼有什么分别?我想一星期以后的事，咱们此刻谁也不知道。"说罢大家都笑了。这时日光已由城垣射过来了，那场门还不开。本就起得早，在此站了足有俩多钟头，大家都有了倦色，只得蹲在地下，三三五五地聚谈。有的说，做县知事在南省好，因为富庶有钱。有的说，在边省好，因为风气不开，知县说一不二。有的说，将来我分发到奉天。有的说，将来我分发在江苏。你言我语，真跟说梦话一样。这时只听隆然一声，那铁栅门开了，大众狠命地往里拥，仿佛谁先跑进去，谁便是县知事了。那守卫巡警，早把大家拦住，说："不要挤！等着点名。叫谁，谁进去。"大众只得住步。但是好挤的人，或是不讲秩序的，依旧往前头钻，仿佛钻到前面，立刻便占许多便宜。此时大门道内，也放着一张公案，座上一位官员，仿佛旧时科场的监临御史一般，在那里监视点名，发放卷纸。伯雍此时，心中不觉暗笑。他见景生情，不觉想起小时候，有一年在国子监考恩监，有一位御史老爷，高坐席棚之上，监放号签。伯雍和几个同学的，见他呆头呆脑，坐着不动，竟绕到席棚后面，用小刀子把缚杉篙的绳子，寻那吃力地方，给割断一根，连忙跑到前面。那位御史，正自不耐烦地办他的公事，不想座下木板一沉，他的椅子也随着往后一倒，把这位御史摔了一个倒仰，惹得全场大笑。那位御史，是位有涵养的人，一点也不着恼，叫左右把椅子扶起，依旧放他的号签。小时候一味淘气，不顾道理，后来思之，实深懊悔。不想今日来考知事，已是知道利害，彼有家累的人，一点轨外行动，也不敢有了。再说前清时代，科考举子，任是贫富，都是衣冠中人，一个个真有神圣不可侵犯的尊严。读书种子，国家社会，都知道另眼看待。如今无论考什么，也见不出什么体面来，纯粹是饭碗问题。社会的组织变了，读书人自然没有从前有价值。

这时有许多职员，拿着花名册，点名，往里放人。按着卷子上号头，各归本号。场屋比从前讲究，要照从前贡院，那真比坐牢难受。点完名，外面已然十点多钟，题纸也下来了，大众正自揣摩。忽听外面一阵革靴佩刀之声，既而有一大队警察，穿着极新的制服，荷着枪。有一位长官，带着在各号场屋檐下，巡逻一周，气象至为森严。从前的号军，有名无实。如今的号军，是用精壮警士。文事武备，萃于一堂，也是一种奇观。外面安静了，屋内又吵起来，穷酸的恶习，无论到哪里总改不了，作文便好生作文结咧[①]，偏要嘴里瞎哼哼。一个人哼哼也倒罢了，许多人同时哼哼起来，而且又是各地口音不同的人，实在难听得很。伯雍向来是低头作文，不会哼哼的。他也不管旁人，只顾去写。他有时停笔休息，也能看见许多可笑的现象，木板上的揭示[②]，不到一点钟便来一次，无非某号某人，因搜出夹带，已被扶出等事。没有两个钟头，伯雍已然完卷了，但是不能放他一个人出去，因为关防极严，门禁至紧，

---

①结咧：好了，算了，罢了之意。

②揭示：告示。

非至若干人，不能启关。他此时已然饿了，幸有场内发放的食物，两片面包，夹着一片咸肉，他吃完了，交了卷，不能再入试场，只得在指定地点彷徨。外面已然有四点多钟，才凑足人数，另由一股线路放出去。他回到报馆，已然乏极了，睡了一个觉。晚上，应当办稿子，他详详细细地写了一篇新闻。歆仁一见，非常喜欢，晚饭时特别添了两个菜，给伯雍慰劳。次日一早，伯雍照旧去入场，他拿出奋斗的精神，期在必得，消极思想一点也不敢有。如此三场，一礼拜后，发榜出来，在京兆籍贯里面，他却来个第一名。同时看榜的人，都替他称贺。他看见他的名姓，高悬在榜上，不知是喜是忧，但觉得心中直跳。他回到报馆，去报告大家。众人于是都呼他作大令[①]，别的朋友也听说了，还有给他荐人的。倒是歆仁明白官场情形，他说你们别看伯雍考第一，他中不中还在两可呢。这次县知事试验，重在口试，什么叫口试，便是相面和填履历。伯雍有资格没履历，这是他第一吃亏地方，再说年龄将够三十岁，老袁这回的意思，绝对不要新进青年去当地方官，所以他无论考多高，一到口试，便得跌下来。但是也未可定，笔试究竟是要紧的。这三场若不及第，那就算完全没希望了。可是伯雍听歆仁这样一说，已然凉了半截，鼓着腮帮，向歆仁说："这些话你若与我早说，我不便费劲报考了。"歆仁笑道："当时我若跟你说破了，你便不入场了，咱们的报哪里去得这样的新闻？"伯雍也笑道："你这人可气极了，竟为你打算，一点也不为朋友打算。"此时有主张教伯雍赶紧留胡子的，伯雍说："后天就口试了，现留胡子，哪里赶办得来。天生的没有做官机运，

---

①大令：旧时对县令的敬称。

权当游戏便了。”

口试那天，比第一试还麻烦。伯雍到场一看，他竟自呆了。别人都是蓝袍红青马褂、青缎靴子、瓜皮小帽，伯雍依然普通衣履，一点官味没有。他连连叫苦说：“坏了！我为什么不借一身常礼服呢！无怪乎老官僚看着不入眼。”这时主考官已然入了座，有许多职员和警吏，在左右伺候着。第一班已然叫进来受试。试场是个议事厅的形式，主考在讲台上坐着，与试的人，都在下面条凳上赐坐。叫谁，谁上去，便仿佛人市一般，一一经买主相看问询。

部位主考是现任内务总长，袁总统头一个信任的人。他在前清时代，不过是个文巡捕。革命以来，际会风云，一跃而为内务总长。他虽然没有什么政治手腕，但是专门会做官，也可以说他是个能吏，完完全全的是个官僚模范。这时有两位四川人，坐在条凳的末排，恰与伯雍挨着。他二人一边偷看那主考，一边很奇怪地小声道：“他不是原先学政衙门巡捕吗？你忘了，有一回考童生，咱们去见学政，他竟百般地为难，勒索门敬[①]，被许多秀才围上打骂一顿。你看他如今竟当总长了，而且是大主考？不想咱们活了半生，反倒考在他手里。”一个说：“今天的事，很危险呢。好在当日闹事的人多，他不能一一记住咱们的名姓，不然岂不被他暗算。”其实这事主考早已忘了，而且事隔多年，以他现在的地位而论，他正做未来的梦。过去的痕迹，早已不复记忆。

这位主考，年纪不过五十来岁，论理应当很康健的，但是他的神态，觉得很颓宕。他的头发，在顶门上乱蓬蓬地立着，

①门敬：见面礼。

看不出是平头是分头来。脸上的颜色，枯涩青白，一点血色也没有。他的鸦片烟瘾，大概在二两以上。他的鼻梁很高，或者他得了他这鼻子的益处，胡须也很浓黑的。他的眼睛低着看各人履历，在前面看不见他的眼珠，只见两道眉毛，隐着一双极深的眼睛，似乎有点疲倦，不爱翻眼皮的意思。他所坐的一定是一把极大的安乐气椅，因为他的身子，差不多全沉在桌面以下，他差不多成了半躺半卧的形式。他身体的羸弱，由他的坐相上，可以看出来。有的说总长这几天正患痔疮，无怪乎他不精神了，但是他为袁总统考取贤才，任是怎样疲困，也得尽他典试的职责。这时忽听座上叫到伯雍名次上，他答应一声，走到那讲台下面，循级而上，立在主考面前。那主考微微一抬眼睛，把伯雍看了一看，也不知他心里中意不中意。他大概没有伯乐一般的眼力，既而又低下头去把伯雍的卒业证书和简明履历看了一看，问道："你在东洋留学几年？"伯雍说："六年。"主考又问道："回国后做过什么事？未留学以前当过地方官没有？"伯雍道："学生在宣统三年以前，所度的皆是学校生活，改革以来，只在社会上以笔墨为生，不曾做过地方官。"主考见说，点点头，用朱笔，就伯雍名字上，画了一个记号，口试算完了，有人指引而出。

伯雍对于主考在他名字上所画的记号十分怀疑。他不解是什么意思，甲等乙等丙等呢，也不知道。或者是个落第的记号。但在前三场，自知考得很优，这次若是落了第，何必汉文科学地考得那样严，临完只为目光不对，便把人摈斥？不如起初便不用考试，把相面的金刚眼聘作大主考一一经他相面，岂不简决呢？伯雍一边怀疑着，一边出了众议院，雇车回报馆去了。他的运命此刻尚不能决，非俟大榜出来，不能明白所以。

但就目下趋势言之，他的前途似乎益发暗淡，他依旧恢复了他不竞的主义，平淡地生活。知事的中不中，他简直不问了。

大榜悬出来了，是日看榜的人很多，垂头丧气回去的也实在不少。伯雍知道榜出来了，但是他懒得去看。若说他没有得失之心，他此刻还没有那样火候。再说他此次报考，多一半是受了秀卿遗族无人照管的刺激，他若真得了县知事，打量多少能行点救贫的事业，绝不至照现在这样有心没力，所以他必得的心很盛。既闻发出大榜，他心里不住地震动，生恐榜上无名，落个无趣，所以他懒得去看，只得求一个识字的馆役先去看看。少时那个馆役跑着回来，喘息还没定，便向伯雍说："宁先生，您您您中了！榜上有名字。"伯雍说："真的吗？"馆役说："将来我还求您携带，我敢冤您吗？"伯雍说："这倒累你一荡！晚上请你喝酒。"此时伯雍少微把心放下一点，胆子也壮了，自己穿上衣裳，出了门，忙叫一辆车，跑至象坊桥众议院前面。下了车，只见看榜的人实在不少，但是脸上透出笑容的，多一半是年老暮气之人。伯雍没工夫察看别人，先在榜上寻他的名字，甲等里面没有，他已慌了。只得去看乙等，依然看不见他的名字，暗道："我被那馆役冤了！"没法子，去看丙等，他的名字便在前几名内写着。他此时不慌了，他反倒生了气，暗道："不中就不中。为什么把我翻到丙等里面？什么气都能受，这个气受不了，大爷有两只手，有心思，有脑力，到处可以吃饭，不是一定指着县知事吃饭的。不玩儿了！"当下他气愤愤地回去了。你道他为何这样生气呢？按着定章，凡考列丙等的，须入一年政治补习学校，然后才能分发出去。因为考丙等的，都是不曾做过地方官的，所以特别规定这一条。以伯雍的知识学问，便是当总长去，也不能说是外行。如今为一个县知事，教他入一年学，他觉得非常可耻，所以气得他很要命。再说这个政治补习学校，所聘的教员，多半是这次知事试验落第的先生们，落第的不能说是没学问，但是他们也是因为经验不足才落第的。拿没经验的人，要教人有经验，那简直是使不会说外国话的人教人深通英语。天地间哪有这个道理呢！可是这个学校，明明是为教人有经验的，照他的办法，不用说一年，便是在学堂一辈子，也不能有经验了。庞士元非百里才，诸葛孔明未出茅庐，判定三分大势。他们的才干，是由哪里经验的？也不过多读书，胸中有道理便了。只有经验，没有道理，也不过和油盐店掌柜的一样，便是勉强大小做个官儿，究竟见不出什么治绩来。所以用人行政，不必问这个人有经验没有，但须访问这个人有道理没有。再说猾吏的经验，在乎舞文弄墨，避害趋利，拿做官当作一种营业，虽有经验，也不见得有造于民，所以伯雍深知入一年学堂也未必得着经验。便使他得着经验，也无非是刻板文章，一天便会的。他决计牺牲了这个知事，仍然做他那笔墨生涯。

有好多人都替他可惜，怂恿他还是入学去好，也不必天天去，自要把学费交足，也就完事了。一年以后，分发出去，到底是个正途。伯雍说：“我在学堂二十多年了，一个钱也不曾给父母挣过，如今又拿钱去上学，使父母受累，于心不安。算了吧！挣多挣少，还是自食其力，觉着平安。”倒是凤兮人很达观，而且也知道世路，他见伯雍不去入学，很表赞同的。他说伯雍：“你这着我非常赞成。你想想，你的家计如何？”伯雍说：“食指[1]十余人，一丝恒产没有。”凤兮说：“这不结

① 食指：指家中人口。

咧！就让你考到甲等，立刻分发出去。你想想，行装路费，得多少钱？我管保还没到省，已有破产的危险了。何况你无产可破，在在[1]必得出之于借贷，于前途渺茫之中，先须负许多债务。我们穷念书的，实在受不了。你再想想，二十余行省以内，你有一个亲戚朋友，较有优势，能援引你做县知事吗？大概没有。假如有这样亲戚朋友，你也不必考试，保免县州事早到手了。内无资斧，外无奥援，贸贸然分发出去，在省城一蹲，总也不给你挂牌。不用说一年半载，便是一两个月，你就得流为乞丐，所以你一考知事，我便替你为难，如今幸天教你考列丙等，自己牺牲不干，我很替你庆幸。假如你要闲在外头，任你这样脾气，一定懊恼而死，那时不是徒教朋友伤心么？你如今无论怎样，倒能挣几十块钱，不至挨饿。没把握的官，千万不要顾头不顾尾地胡钻。”伯雍听了凤兮这套话，心里十分感激，几乎要落泪，因向凤兮说：“凤兮，你这话比金子值钱。我当初也没打算考，因为受了一点感触，忽然萌了这个妄想。其实细想起来，便是弄个官做，照我这样性质，也未必能发财。不但不能发财，甚或有家败人亡之惨。还是凭着自己心思气力，挣几个钱，养活老小，似乎对得起大地鬼神，便是寝食之际，也觉得安泰。”凤兮说：“你能这样想，将来你的幸福必然无量。须知我们现在除了一个穷字，没有别的毛病，可是我们若尽心竭力地在社会上去劳动，我们虽然不能转贫为富，我们确可以远贫的，因为人自要在社会上肯尽心力，终归不会挨饿。至于做官，似乎来财较易，但是由宦里得来的钱，究不算人类的正当收入。除了由心思劳力，对于人类有所

① 在在：处处。

贡献，因而获得一种报酬，才可以名为收入，其余差不多都是欺诈得来的，打劫得来的，按着耶苏[1]教义，不说有个最终审判，其实哪里等得到最终审判，将来自然而然有一个大审判实现的。这种大审判，不知要杀多少人。最初发生的国家，不是俄国必是德国……无论迟早，将来必然溃裂，他们溃裂之后，传染到别的国，也要溃裂。到那时，岂不是个大审判么？不过这个审判，特别激烈，有好多人都要宣告死刑。世界成了一个惨淡无光的颜色，仿佛到了世界末日，由这暗淡无光里面，渐渐露了一线光明，照满大千世界，那才叫新世界、新文明。这事虽然不知何日发现，但据我看，实现的日子已然不远。”伯雍见凤兮说这一片话，很惊讶地说：“凤兮，你平日不大谈这些社会问题的事，你如今怎会能发出这一篇议论，而且像个预言家？”凤兮说：“泰西[2]的学说，关于社会主义的著作，我也会涉猎几种，但是我所服膺的，还是孔圣人所说的“不患寡而患不均”的圣训。泰西的学者，无论主张什么社会革命、均产主义，又是什么劳工神圣，没有能出我夫子的范围的。不过夫子所说的简而赅，意思教人自悟。就拿一个患字说，里面真有不可言喻的惨象。泰西学者，费了一辈子脑筋，著成极厚的书，一出版就要耸动世界，促成革命的思潮，其实还是演释孔子的经义便了。反正关于社会的不平，古人早有这种思想，不过古人言语含蓄，民智又不开通，效力当然浅薄，被小儒误解的地方也很多。今人思想激烈，民智大开，所以新思想的学说，能够不胫而走。”

---

① 耶苏：耶稣。

② 泰西：旧时泛指西方国家。

伯雍说："新学说无论怎样宣传，我想中国不容易受传染，因为中国社会的组织，虽然有四千多年的专制，不过是个名目，一切有形无形的阶级，都仿佛是一种抽象名词，一点权力和威力的意思没有。譬如三纲五常等等，都是无形的阶级。其实长幼尊卑、男女有别的事，正是往理想国里造就的一种哲理。至于所有人民的生活，极力地要往水平线上做，如同古时的井田制度，那简直是均产主义。后来井田虽废，但是既为农民，大都有地可耕，一亩半亩，也能自己买卖。四千余年的国家，有多少皇帝，有多少贵族，始终未见中国有一个大地主，有一个大资本家。中国所有的土地农产，无论改多少朝代，依旧分散在人民手里。若在外国讲究权利的国家，哪里有这样的德政呢？以俄国而论，所有的耕地，多一半属于贵族和大地主。农人不叫农人，唤作农奴，对于土地，一点权利没有。贵族和大地主，役使他们，和牛马一样。所以俄国文豪托尔斯泰先生，于他所著的小说《复活》里面，极力主张无论何人，对于土地不能享受所有权，他说土地和空气海水一样，谁都能利用，可是谁也不能买卖占有。他这种主张，就皆因大地主的权利太大了，国家的土地，差不多都被他侵占了去，将来要置社会死命，所以他极力反对土地私有。中国自有史以来，我还没看见过这个现象，因为中国的君主，但分贤明一点，多一半要以圣人自居，一道谕旨，真能有利于民。中国的贵族，但分读几本书，都要以贤公子自居。他们的生活，都是很超逸的，对于土地的所有权，很不注意。譬如前清的王公贝勒，虽然有多少土地，日久天长，自己也不知有多少了，而且反都落在佃户和庄头手里。外国人拿农人当奴隶，中国却是佃户拿地主当大头，没有多少日，主子倒是奴隶，奴隶倒成主子了。这事虽然不平，足以证明中国绝没有大地主，亦绝没有资本家，所以照外国人所倡的学说，中国人一定不欢迎，因为此说一行，中国的农人，必然全体反对，所以我说中国社会的组织，还不至诱引危险学说之流入。”

凤兮道：“你所说的远是中国以前的事，不是中国以后的事。你要知道中国的社会组织变了，中国以前讲究贤人政治，现在虽然共和，应当讲究庶民政治，却不想成了滑头政治、无赖子政治，而白又添了一种有枪阶级，滑头无赖子。有枪阶级，都是以发财为能事的，他们为急于发财，什么事都敢做，什么权利都敢贪。前清时代的光蛋[①]，如今成了大资本家的很多，如同梁士诒，他怎就会当了财神呢？他的行为，若在贤人政治时代，早就应该查封的。可是现在不但没人查封他，而且有许多政客，仰他鼻息，都愿意给他做干儿子，袁世凯也要指着他做皇帝。他们又有钱又有官，将来他们必要垄断中国的金融，演成一种特别资本制度，于国民产业上，必加以十分危险的影响。因为他们垄断中国财源，第一要扶殖[②]自己势力，第二要厚结党羽，他们的钱，一点也不能用到国产的开发，不过供政争之用。他们无论得势不得势，他们的资本主义，确是与国民经济有大害的。中国的经济能力，完全操在少数几个人。他们又不去做生产事业，将来若说没有社会革命党发生，杀了我也不信的。有权的武人，当初也是穷光蛋，他们见梁士诒一派这样有钱，谁不眼红？他们不但瞪着眼要敲他的竹杠，环顾左右，都是伏在自己威力以下的。他们有一省的地盘，便能致几

---

① 光蛋：穷光蛋。

② 扶殖：扶植。

千万的财产，甚至有管辖他们二省以上的，搜括[1]的财产，能说少吗？以我们乡下而论，只为出了一位师长，全县耕地差不多都被他买了去。河间一邑，谁不知都属了冯国璋？我们知道的是这样，我们不知道的，更不知其数。现在不过民国二三年，便出了这些资本家和大地主，将来更不知演成什么样的局面？所以我很替将来的社会发愁。将来不但农民要吃老大的亏，便是我们士流，吃饭的机会也很少了。不出十年，中国必成政客和武人的天下，他们不但要遂政治上的欲望，而且也要做资本家、大地主，中国本来不照俄国那样黑暗，可是他们正往那条道上驱，他们简直在那里造就社会革命党，将来必然惹起极大的反动。他们只知优越的权力，足以压倒一切。他们不知人心溃裂以后，有多大危险。他们也不想外国思想之侵入，有多速的程度。假如我悬揣的问题，是一种杞忧，我想现在绝对不能是民国，一定还是前清的帝政。我想社会国家的组织，无论怎样完密，有时必定呈露偏颇不平的现象。那现象，被大多数人诅咒时，自然而然要起反动。黠者乘之，必至一发而不可收拾。所以不患寡而患不均一句话，真是古今中外为政者之天经地义，社会均产主义，便是'不均'二字的反动。"

伯雍道："你所推想的，也有道理。但是我想便是有这样现象，也是一时的，恐怕不至照你说的那样厉害。"凤兮说："但愿不厉害才好。可是我现在非常害怕，你不见北京贫民，一天比一天多，这也是与社会问题有至大关系的。反正现象不好得很。所以我现在只抱一个消极主义，叫我没心没肝地在政治家马后头去吹，我实在办不到。教我奋发有为做点什么福国

[1] 搜括：搜刮。

利民的事业，一则没有实力，二则也没那大才干。我每日除了帮着子玖办办稿子，我只以作诗消遣。我的诗虽然作得不好，但是我乐此不疲，觉得摇笔吟哦的时候，什么忧愁都能忘了，仿佛我的精神，与天地俱化。除了作诗，再没有一个消遣法子。你别看我和子玖时常往外跑，我并不以为那是顶好的消遣法子，我但得老有作诗的机会，我这一生也就算很幸福的了。再说我在乡下，有几亩祖遗的薄田，老妻带着我的儿女，耕织自给，也用不着我补助他们。地价如今虽然贵，并且有势力的人，也有觊觎我那点田地的，但是无论他们怎样利诱威胁，我也是不卖给他们。我在京中不图挣钱，自要有吃饭的地力，也就成了。我想这样安分守己，不事竞争，虽然对于国家社会没什么补救，可是也断不至为国家社会之累。轰轰烈烈的事情，教他们自命为伟人的做去吧！”伯雍道：“我听你这篇谈论，我很羡慕的。究竟我不如你，你倒有几亩薄田，可以躬耕，我连立锥之地都没有，脚下踏的，头上顶的，都是人家的。我虽然打算迁居都不行，所以有时便萌妄念，妄念终归成不了事实，不如用用功，完全做一个小说家，以脑力换钱，每日竭力撙节[①]，日子多了，自然能有成效。我常读外国小说家的列传，我很羡慕他们的生活，而且也有致万金产的。我想卖文二十年或三十年，也可以不为亲朋累了。不知我这个主意，你赞成不赞成？”凤兮说：“你如果这样的决心，不第可以常保名誉，以文为活，也可以自给的。你就不必想别的了。”

他二人谈到此间，便把谈话中止，伯雍的知事梦也醒了，但是他远有一件为难的事，他已然忘了秀卿的娘还等着他谋

---

① 撙节：节省。

事。因为伯雍忙着考县知事，这老妇人也没敢来找他，但是老妇人的心中，很替伯雍祷告，盼他做了知事。谁知这些日子，也没见伯雍的信，她也不知他中了没有，但是这件事，她很关心，打算到报社打听打听。

第十四章

秀卿的母亲，现在住在一个相识家里。这一家原先与她是接坊，也是一个老妇人，带着两个儿子度日。她的小儿子才十一二岁，大儿子却三十多了。他们原先也在内城住，这妇人娘家姓张，婆家姓李，她的丈夫李海臣，在十年前死了。李张氏带着两个儿子，安分守己地过贫苦日子，因为自己没有特别能耐，也不敢有非分之想，每日只盼她儿子发迹。她这大儿子名叫从权，虽然小时候没念过多少书，很知道孝养他的母亲，但是他没有门径给人去做事，每日只做个小买卖，赚钱养家。他在街上每日要看见许多很阔的人，使他无故地发生许多妄念。清末的时候，当陆军的很有点起色，李从权忽然不愿意做小生意，竟跑到保府[①]去当军士。他的身量很大，五官也很整齐，又认识几个字，没有几天，便补了头目。辛亥革命，他也曾到南边去打仗，后来共和成立，他居然变了两个人。他暗道："一封电报，清室就算完了么？这就叫革命。但是与我们当兵的有什么好处？我自己也应当打主意了。"没有多少日，他见新兴起来的阔人多多了，他依旧是个弟兄，他便有些灰心。后来在南京湖南各地，他从着大军，又打了几个仗，他便不照从前那样安分，有点儿自由行动了，他腰里也弄了几个

① 保府：保定府。

钱，他告了退伍。其实他能有多少钱，因为他看出一号买卖，在被兵的地方，妇女很不值钱，他竟用几十块钱，买了七八个姑娘，但是货物虽贱，打算运到北京，是很困难的。他连送人，再运动旧伙伴，由军用车往回载，剩到他手里，才三个人，而且也不是出色的人物。所幸已然运到北京，他便在南大街以南，天桥迤西，租了两间房，把他母亲和兄弟也接了来。

他母亲一见这三个女子，便呆了。从权说："母亲，不要疑惑，这是咱们的衣饭，将本图利，也没什么。"他母亲道："听你的话，我已然明白了。咱们不是做这行生意的，恐怕有伤阴骘。"从权道："母亲，这不算事。旁人所做造孽之事太多了，儿子于枪林弹雨之中，给人家挣了不少功名。难道就这点事就不许做成？母亲只管随儿子吃饭。如今不比前清，什么事都得革命，自要有饭吃，也就顾不了许多。"当下他把这三个女子，都寄顿窑子里，每一天要使几块钱，这是以前的话。秀卿在世时，便与他家有来往，所以如今秀卿的娘，只得寄宿在他家。从权虽然是个粗鲁汉子，却很讲究外面，他对于秀卿的娘，很有敬礼，便如对待他娘一样，因为是老接坊，又与他母亲很投缘，他始终不敢薄待。但是秀卿的娘，在此住着，白吃白喝，总觉过意不去，话言话语之间，老有些抱歉。从权说："伯母，只管在此住着，便是一年半载我也养活得起你老人家，只是没有什么好吃的，你老人家一定过意不去时，我可以给你老人家找点事。只是我现在能给你老人家找什么事？也不过在窑子里跟个姑娘，每日可以弄几个零钱。"

秀卿的娘见说，虽然是个老太太，也觉得不好意思，半天才说："老贤侄，你的美意我很感激，但是有你妹妹在世时，我也不曾到那里头去过一荡，我的胆子太小。"从权说："你老人家和我母亲一样，直到如今，还逼我改行。您想，我活了这么大岁数，一点别的能耐没有。做买卖，没有资本，小买卖赚不了几个钱。惟有当兵和当警察，仿佛是咱们北京人的生计。兵我已当够了，打了多少极激烈的仗，竟没阵亡，不必说我爸爸有德行，总算我捡一条命。若说教我当警察去，我更干不了，没黑日带白日，都得出勤站岗，每月只领八块钱，未免拿人太不当人了。如今我也不管什么道德廉耻，因为吃饭要紧，养活老人更要紧，所以我不当兵了，贩来几个人，教她们给我做买卖。我并不欺负她们，也不虐待她们。我想她们跟我到北京来，总比在她们家乡遭大兵的蹂躏强得多，所以她们如今倒很感激我。我常说好人是人人应当做的，但是如今做好人很难，除了一死，没法子能教人知道是好人。她们既不能死，就得想生活之道，把从前的习惯一点也不用想了。就拿你老人家说，身子还很硬朗，又很干净的，跟个姑娘，又算什么的呢？比在人家当婆子舒服多了。”

秀卿的娘道：“我也不是没这心，如今有一个人应着给我找事，你兄弟到龙泉孤儿院去，也是他给介绍去的。他为我们娘儿俩的事，没短跑道儿。”李从权道：“这人是做什么的？”秀卿的娘道：“是位念书的，现在当一家报馆编辑。”从权道：“念书的么？恐怕靠不住。我也不是看不起念书的，他们多一半看不起人，而且很骄傲的，拿我们差不多不能当人看。他哪能给你老人家找事呢？依我说，不要信他的。”秀卿的娘道：“这个人好得很，还是你妹妹临死时托付他的。”李从权道：“那更靠不住了！嫖客对于姑娘，是一种交易行为，哪有真情！不用说人死了，便是活着，他也管不着哇。”秀卿的娘道：“这人不过上过秀卿几个盘子，可是秀卿很尊敬他，秀卿常跟我说：‘伯雍除了穷，确是一个有爱力的人。因为他时时对于社会上不幸的人，很表同情，他绝不照旁人一样，顾己不顾人，可惜他也是在社会上困着，他若有力量将来对于不幸的人，必能想法子安慰。’秀卿时常这样说，我也不解是什么意思。谁知她临死时，一定教人去请这位先生。我想人家哪能来呢？谁知一请就到了。秀卿跟他说的话，我有好些不明白的，但是他不愿我吃胡同里头的饭，尤且不顺意她兄弟落在胡同里面，成一个游民。她求这位先生，给她兄弟寻个读书所在，给我也找个吃饭所在，人家都应了，而且替我们跑了不少次。他真是一个好人呢！”

从权见说，呆了半晌，说：“我倒错怪了人家。这样的人，人都管叫傻子，便是由我看，也得说他是个傻人。但是我仔细一想，人家哪里是傻，或者人家有人家的志向，但是这位只在报馆么，还有别的事没有？怎的我也见见他。”秀卿的娘道：“头几天他考县知事来着，也不知中了没有。他说他如果中了，我的事便不必求别人了。”从权道：“他一定中的。这样的好人，放在哪一县，哪县有幸福。论理你老人家应该打听打听去，万一他若中了，他将来必带家眷到任，你老人家就服事他的家眷，岂不是顶好的一件事情？”秀卿的娘道：“我也是这样想，就看我的造化吧。”他们说到此间，秀卿的娘，看看外面日影，因道：“他这时该起来了，他们每天是夜里做事，他起得很晚，我这时去，他也就刚起床。”从权说：“你老人家就去吧。小心人家有别的事，若是出了门，您岂不是白跑一荡。”秀卿的娘说：“可也是。我此刻就去吧。”说着换了一件新布衫，出门去了。

伯雍果然是新起床，秀卿的娘便来了。他一见这老妇人，他的心房不由得跳起来，因为这几天他实在把这老妇人的事忘了。他赶紧把秀卿的娘让到他的屋中。秀卿的娘落座之后，眉开眼笑的，先给他道了一个喜。伯雍反倒一怔，说："您为什么给我道喜呀？"秀卿的娘道："您此刻不是县太爷了么？为什么不喜呢？"伯雍道："这件事呀，再不要提起。您的事我现在筹画[1]着呢。我想城里头不好找，不如到乡下去吧。"秀卿的娘一听这话，已自怔了，忙问道："您没中么？我想您一定中的。"伯雍道："中倒中了，只是和没中一样，所以不愿意再提此事。你老人家的事，千万不要着急，我一定给您找一个安稳的所在。我如今想起一个所在来，我们西山目下来了两位大人物，把静宜园占领了，也皆因我们那些老乡亲多一半是没出息的人，所以地方上的事，只得看人家来办。这且不要提。如今他们在那里办了一个女校，还办了一个贫儿院，我想他们那里一定用女仆的。这个地方，山明水秀，不亚世外桃源。一个人若在那里住一生，也算很有幸福的了。我的意思，打算把您介绍到女校服事女生，也没什么困难的。崇格也不必教他在龙泉孤儿院了，一并也教他到香山去。你们娘儿俩在一个地方，总比心悬两地强，不知您愿意不愿意？如果愿意，我明儿回家，便和他们说去。"秀卿的娘见说，当然是很愿意的，第一她的小儿子也能随了她去，这是她第一的心愿。当下她很感激地说："这事再好没有了。只是您这样为我们打算，我们将来怎样报答呢？"伯雍道："这些话都用不着，须知这是死鬼秀卿的意思。她若一点思想没有，你们娘儿两个，也可以在胡同里混一碗饭吃，但是那就龌龊不堪了。崇格也就不知成了怎

① 筹画：筹划。

样一个坏孩子。秀卿既然不愿意你们娘儿两个坠落，我不过勉成其志便了。究竟我不过从旁帮忙，至于将来如何，就看你们娘儿两个怎样做了。”秀卿的娘道：“自要我们娘儿两个有吃饭地方，彼此常看得见，我们一定知足的。再说我们娘儿俩，一老一少，有什么倚靠？也不过求有能耐的人垂怜我们。我们自己也得往人里去[1]。”伯雍说：“对了，无论大小人，自要自己往人里去，往后必然成人的。”当下他又嘱咐秀卿的娘道：“您还是在家等着。等我由西山回来，便有头绪了。”秀卿的娘谢了又谢，自己回去。是日伯雍也不出门，预备出许多稿子，晚上交给凤兮，求他代理几天，次日他便回家去了。

这时已是初冬时候，一出西直门，已然觉得凉了。他在车上坐着，发生了许多感想。他竟不知道人是究竟做什么的，究竟做什么才叫人。他看见许多坐车的人、骑马的人、骑驴的人、步行的人，还有推车担担的人，还有许多村妇小儿，在道旁捡那些被霜凋落的柳叶。他不知道这些人心里，都是怎样一个目的，也不知道他们哪一件是人类究竟应当做的事。他也不知道他所做的事，究竟对不对。但是他见那些行路之人和道旁拾柴的人，仿佛一个人有一个人的心事，他们的心事，虽然不能明白，大概都是偏于一己的。拾柴的，拾了一筐柴，够他一天烧的，便算没他的事了。坐车的骑马的，也是这样，忙完了自己的事，便算达到今天的目的。他们各人忙各人的事，大概绝不想一想这熙来攘往的人，有没有共通的关系。他们只知各人奔走各人的衣食，所以在他们一己以外的事，绝对不能想一想的。譬如大家每天行走的这股通关大道，大家就知道在上面

[1] 此处指自己也要奋发做人。

走，至于这条道路的好坏，他们不但心里头不想，而且眼睛也不看，道路已然坏了，车轮子一丈长的平路也走不着，可是他们一起一伏的，都同看不见一般，还在上面走。走这条道的人，不仅是没责任的平民，也有多少汽车马车，里面装着很大的官，但是他们的眼睛，也看不见这条路的坑坎，他们的屁股，也不觉得颠簸，他们所以这样没有感觉，就皆因他们办完了自己的事，每天吃两顿饭，那就是他们的目的。在他们以外的事，都算偏枝，可以不必枉费心机。

伯雍由这许多人身上，发生这种感想。他觉得后来的社会，益发危险了。各人奔各人的事，不能说是恶德，但是团聚好多人成了一个社会，各人就会图各人的利益，那真是自亡之道！譬如有一处树林，大家都进去砍柴，你也砍，我也砍，砍完了怎样呢？明白的人类，互助的人类，绝对不是这样的！必得由共通的利益，想出一种共通制限，教利益源源不竭，而且逐日地发达，那才叫人类社会。不是惶惶然各人侵占一点小利，就算罢了的。可是现在在大路上极坏的马路上行走的人，无论贫富贵贱、士农工商，哪一个又不是自要得着一己的利益，便算已然达到目的呢。他们只顾目前的微笑，哪管日后的苦痛。在伯雍心里，已然替他们悲不自胜了。

伯雍在路上行了三个钟头，才得到家。这次他回来，更使他吃惊了。家家房子，拆得更多了，这实在出他意料以外。旧时的路径，益发不易辨认了。他由山脚下一条小路，慢慢往家里走，只见那被刨的冬山，连草根都没有了。山内红黏土，早先是不许露出来的，如今一片一片地在外面露着。山灵钟毓之气，已是发泄尽了，只余一处一处的疤痕，表示它的垂毙惨象，衬着那山村一片瓦砾。曾经看过它的盛况的，目击这种凋敝现象，哪能不为先民一哭呢!

伯雍一进街门，只见他父亲正在院中收拾菊花呢。院子扫得极干净，好几十盆菊花，都晒在夕阳底下，枝叶非常茂盛，花朵开得特别好看。伯雍的父亲，每日除了到野茶肆里喝一回茶，一到家中，必然把院子扫得干干净净。不下一百余盆的花草，天天都要按着太阳的方位，移动多少回。他老人家绝不教旁人帮忙的，一盆一盆的，都要自己搬。他老人家，第一爱的是秋海棠，第二爱菊花。如今秋海棠已然开了，把根子已然用土蒙好，收在不冻的屋子里头。目下专一地养活菊花，他老人家是讲究习劳的人，所以六十多岁了，腰腿的便，便是二三十岁的人也赶不上。

老人正低着头，玩赏他心爱的菊花。忽听脚步响，回头一看，是伯雍，便道：“你回来了。”伯雍赶紧上前给请了一个安，他见老人如此精神，他心里头喜欢极了。当下爷儿两个进到屋中，家人相见，自有一番忙乱，有泡茶的，有打洗脸水的。他母亲更是喜欢，原说是吃饭，如今见儿子回来，分付大儿媳妇：“不用做别的菜，回头买点羊肉，吃火锅吧！”伯雍的父亲，便有些不悦，说：“何必吃火锅呢？他刚进门，一肚子火，也犯不上吃好的。”但是老太太不听，还是吃火锅了。

晚饭以后，伯雍和他父亲闲谈，把秀卿的母亲的事，跟老人提一提，打算请求老人把他娘儿两个都荐到西山园子去。老人道：“这事须早一点说。如今希望到那里做事的很多，倒是贫儿将来却容易进去，因为咱们这些乡亲，不知是怎个用心，说将来开办时，谁也不送孩子进去。硬给造谣言，说孩子进去，便出不来，将来都得卖给鬼子，用孩子的眼睛做药。你看他们穷得这样，天天拆房子，舍不得孩子也倒罢了，何必造这样谣言呢？所以现在虽然贴出招收贫儿的广告，大家都不去报名，甚至有已经报名的，听见这样谣言，都自行撤销了。气得我什么似的，我就问他们说：‘你为什么不教孩子去？怎就知道卖给洋人呢？这是一种慈善事情，于你们的生计，不无小补呢。’他们说：‘老大爷，你老人家不知道，天底下没有这样好人，凭什么把人家孩子招来，供吃，供喝，供衣裳，还请老师教给他们念书。其中若没有贪图，谁肯办这傻事呀！所以我们大家一研究，这正是一种利诱，将来他们一定把孩子赚走的。你老人家想一想，对不对？我们现在虽然没饭吃，将来有了皇上，依旧有饭吃的。我们不能眼睁睁教他们把孩子赚了去。’”老人说到这里，很有气地向伯雍说：“他们这些人，觉得自己很聪明。其实他们的性质，都是该杀的，乘着这机会，不教孩子去，若等着出好来，那不是晚了么？”伯雍道：“中国人办公益事，也有另有用意的，可不能说没有真正慈善家。照我们这些乡亲如此多疑，结果不过是挨饿，有什么法子能教他们明白呢？”老人道：“有什么法子？他们这辈子也不能明白了。他们须把猜忌和依赖的根性去掉，就能明白了。而且也能有饭吃，如今且不要提他们。你刚才所说的那可怜的母子，我明天到园子里跟他们说去。不至于办不到，因为他们很信用我，我也不妄求他们的事。”他爷儿两个说到这里，全家族说了一会子闲话，已到睡觉时候。

次日伯雍的父亲，老早地便到西山园子去了，吃早饭时，已然回来了。伯雍见老人很喜欢，便知道事情必然成了。果然老人坐下之后，便向伯雍说：“事情成了。你哪天进城呢？再回家时，把他们带来就是了。”伯雍见老人这样热心，他更不敢懈怠了。他说：“儿子吃完饭便进城，把咱们的事办完，也就没事了。”他父亲说：“你明天再走也不迟。我还要问你，你不是考了一回县知事，怎样了？”伯雍见问，把脸一红说：“这事也是儿子一时妄想，试验试验看，不想到口试时，跌下来了，把我列在丙等，应当入学一年。我想，这一入学，多少也得耽误别的事情，将来还不知怎样，所以决计不去了。”他父亲说：“好。你的性质，也不是能做官的。再说做官也得有资本，家里如今指你挣钱，哪能有工夫等你做官再吃饭，再说你的年龄还不大，先拿发财的心去做官，那就要不得了。赔钱的官，咱们做不起。赚钱又不会，何必定得做官呢？你如今不去入学，很合吾意。你就老老实实地指着笔墨挣几个钱，我在家里过日子，寝食倒安，非分的妄想，以后千万不要再轻试了。”伯雍听了老人的教训，知道老人是真心爱他，他只得遵着老人的教训，去求安分的生活。

次日伯雍进城了，当天晚了，不便去找秀卿的母亲。第二天，吃过早饭，便向大街去了。秀卿的母亲告诉他的地名，他略微明白一点，但是他不曾去过。他进了许多小巷，都是很湫隘[①]的民居。走了半天，见许多门口，都钉着四等或三等下处的牌子，还有许多刚起来的娼妓，神头鬼脸的，在门口买物。他也不知哪一家是李从权的住处，他走出一条小巷，却是南北的一条街市，行人也较多了，但是在这条街上走的人，姑且不问他们的衣履，但看满脸的市井气和匪气，足以表示他们是另一个社会里的人。他们看见伯雍左右瞻顾的不知是找什么，大家都很奇怪的，仿佛这条街上，忽然来了这样一个人，实在是一件罕见的事。伯雍也不管别人看他，还在那里寻

① 湫隘：低洼狭小。

找门牌，却都不是，他不能不向旁人打听，又恐行路的人不知道。一抬头，见路南一个小饭馆，还是一间小楼。他遂到那饭馆门口，隔着破风窗只见一个吃饭的也没有，那掌灶的在灶旁一个小凳儿上打盹儿呢。一个系蓝布围裙的堂倌，在一张方桌旁站边，和两个男人、一个四十多岁的妇人，正说得热闹。伯雍一拉门迈步进了屋中，那堂倌自当是饭座儿呢，忙站起来让道："您来啦！请楼上坐。"伯雍说："我不吃饭。掌柜的，我和你打听一个人。"堂倌见说，把伯雍打量一眼，仍是很和气地说："您打听哪一个呢？"伯雍道："这左近有一个叫李从权的吗？他有一个母亲，一个兄弟，他家另外还住着一个老太太。"那堂倌见说，仰着脸，把眼珠儿一转，说："哦。是了，我知道了，您打听的大概是李大个儿，他当过陆军，前年由南京回来的。他有三个姑娘，都是由南边带来的，现在在四禧堂给他混事呢。"伯雍道："这些事我倒不知道，我就知道他叫李从权，我找他也是为找在他家住着的那个老太太。"堂倌道："是。一定是他。我们不叫他李从权，我们都叫他大个儿，也时常在我们这里喝茶。您跟我来，我指给您。"说着把伯雍引到门外，向东指着说："您往东走，见胡同往北由南数，路东第三个门，就是他家。"伯雍暗道："这个堂倌倒很和气。"因向他道声"劳驾"，自往东口去了，行不多远，果见左手一条小巷。伯雍一直进去了，到了第三个门，一看门牌，果然与秀卿的娘说的一样，遂把木板门拍了两掌。却好，正是秀卿的娘出来看，一见是伯雍，她已然乐了，忙往里让。伯雍随他进去，院子里很潮湿的，堆着许多灰土及废弃的破烂东西，倒是三间正房，老得已然不堪。这时李从权知道有人来了，忙迎出来。他问秀卿的娘说："大娘，这位是谁？"秀卿的娘笑着向他道：“你不知道，这位就是我常与你提的那位宁先生。”李从权见说，忙给伯雍请了一个安，说：“哎呀！了不得！这个地方怎劳得起您来，快请进来吧。”伯雍一边往屋里走，一边看从权，身量有五尺七八，浓眉大眼，顶高的鼻子，四肢头颅，都与他身量很相配的，若是穿上一身军服，真可以算是人样的好男儿，可惜坠落到这恶浊社会里头了。

他们到了屋中，只觉得一股霉湿之气，钻鼻刺脑。此时已是初冬天气，若在夏天，更不知怎样潮湿呢！他们的屋子，是一明两暗，从权把伯雍让到左手那间，大概这间是较干净一点的，棚上的纸，被雨侵得一片一片地悬着。四面的墙壁，也都被潮气剥蚀，露出黄土和碎砖。这样的屋子，便是妓女的一个领家住的，她们的生活，已可想见了。屋子里头，有四五个妓女，年龄都不过二十岁，已然梳洗完了。因为天时尚早，还没到下处里去。她们见伯雍进来，纷纷地走出去了。屋里也没多余桌凳，只有一张污油的桌子和两条板凳，靠墙另有一副铺板，上面放着一个污而旧的铺盖，那一定是从权下榻之处了。他把伯雍让在桌旁凳儿上坐了。他的母亲，也过来周旋，是一位很老实的人，还穿着很长的蓝布旗袍。伯雍让他们都坐下，两位老太太并排坐在铺板上，从权在桌旁下手那个凳儿上坐了，只见他微微把脸一红，向伯雍道：“先生莫要笑话。我这是没法子了，做了这一种贱业。已然见不得亲朋，如今一见先生，使我又愧又感。”伯雍道：“这也没什么，反正是为吃饭。再说这宗生意，或者比别的生意容易一点。”从权说：“容易什么！人若是要吃饭，便没有一件容易事。这行生意，简直不是人干的。亏了是我，若换个别人，不但不能吃饭，而且还要受他们种种欺负。刚才您没看见，那四个妓女，有三个是我领着的，那一个来串门的。这三个人，也不用说怎来的，您大概也听说了，是我由南边买来的，钱也用得不多，因为被兵灾的地方，买人是很容易的。谁知到了北京，一做买卖，事事都不行了。开窑子的比我能耐大得多，简直是白给他们干。如今我背的押账，已有两三千元。好在人还没有飞。若是老实一点的，有几个人也得被人家拐了去，好在打架骂人，我全成。气急了，我便跟他们打架。如今我虽然有亏空，每日总有钱进门。我也把这里头的规矩都明白了，谁也不能再欺我。他们有什么事，也找我来议论。我也算本地一个光棍了。但是三个活人，在外头混事，我依旧混得这个样儿，连糊棚的钱都没有。您说干什么容易呀？还是照您这样的人，肚子里有书，拿笔能作文章，到处都有人恭维，也不受气，那真是神仙一样。”

伯雍道：“一类人有一类人的苦况，究竟谁苦谁甜，非亲受的人不能知道。外头的人，都以为操贱业的人吃饭容易，谁知里面也是挺黑暗的。你既然吃这碗饭，你也得想个改良的法子才好呢。”李从权道：“娼业中的黑幕，没有改良日子，因为一改良，他们常掌班的或是当领家的，就不能发财了。再说地方上捐项也是很重，反正都得出在姑娘身上。譬如头等班子，一个盘子，姑娘才得四毛钱，那六毛倒归了班主。姑娘的四毛钱，还有种种花消[1]，他们不借债怎的？若到了三四等，那简直就指着人肉换钱，反正还是开店的便宜。”伯雍道：“既是这样困难，怎么妓女反倒一天比一天多呢？”从权道：“来源不绝，哪能减少呢？再说生计到了现在是困难极了。没法

① 花消：花销。

子，慢慢地都得掉在这行。就拿我说，也是堂堂一个汉子，除了当兵，或是跑到口外去当胡子[①]，仿佛世界上没有我的事做。但是我母亲寡妇失业的，我兄弟尚小，我若不管他们，一点活路也没有了，所以我不当兵了，也不敢去当胡子，怕是哪一天死了，教我老母幼弟失所。一抹脸，把羞耻没有了。拿人家皮肉，养活我的老小，论理这不是大丈夫所做的事情，可是在民国却讲不得了。我见了许多没有道德的大官和在上流社会的人，我觉得我所做的事情，比他们所做的，似乎胜强百倍。比如我将来应当下地狱，我以为我的罪过，或者不至于上刀山下油锅，因为我没有学问，没有知识，而且没有饭吃，为养活老娘，做出这一点不道德的事，见了阎王爷，我也有话说的。我不解有权有位有财的，也和我们下流人一般见识，不做一点道德上的事，那我就没法说他们了。”

伯雍道：“听你的话，也是有一肚子不平的，所以激得你变了性质，反倒往不好道儿里钻下去。其实是你想错了。一个人自有比赛做好事的，万不可比赛去做坏事，旁人没有道德，不做好事，我们应当替他可怜，千万不要想比我富贵的人，都没做出什么很漂亮的事，尽有由穷人上或是女子身上取财的，我们一介穷黎[②]，讲什么道德？做出一点寡廉鲜耻的事，也就不算什么了。若是这样想，那不是教世界终无一个好人而后已吗？好事可以去赛，坏事万不可赛的。我们无论做什么事，总要存着一点道德心，存着一点为人的心，世界上的事，自然而然会好的，而且不平的事情，也就慢慢地少了。”李从权

① 胡子：土匪。

② 穷黎：穷苦百姓。

听到这里，他大大地叹了一口气说：“我从小时候也没听见过这样的话，但是我总以为一个人不应当虐待别人的，所以我对于我领着的那三个孩子，我并不虐待她们。”伯雍说：“这是你的好处，但是我希望你慢慢地把她们解放。”李从权见说，愕然道：“解放？是把她们都不要了么？”伯雍说：“是这个意思。”从权道：“这事恐怕难一点。因为我若不要她们，我便没饭吃了，她们也没法吃饭，还得住窑子。我弄来的人，岂不白便宜别人么？”伯雍道：“解放也是有办法的。比如你此刻若是仗着她们发了财，你就应当不取报偿地把她们嫁给安善的良民。你若未曾发财，你须改变你的生活。假如你现在每天有五元钱进门，你有两块钱大概都够了。你不要耍钱，也不要胡花，你储蓄到五六十元钱，你便买一架缝纫机器，或是织袜子的机器，你教她们每天少做两个钟头的卖淫生活，在家里头学习两点钟缝纫或织袜子。等她们手艺学成，便不致她们再营贱业，在家里安分守己地另营劳工生活，用自己劳力，供给社会上必要的品物，因而获得一种正当的报酬。我想这是人类最光明正大的生活，也是最神圣的生活。你若试办一年，管保有顶大的效验。恐怕你由此发轫，将来要成立一个很大的平民工厂，把女子职业也提倡起来了。她们见女子不是没事做的，也不是不会做事的，她们也就不想往窑子里跑，觅求悲惨的生活。我看你的为人，似乎很有毅力，也似乎很有忍耐。你为什么不在社会上奋斗一下子？指着娼妓吃饭，指着人肉发财，那都是社会之蠹、人类的蟊贼、龟奴恶鸨，不齿于人类的东西，堂堂一个汉子，何必与他们为伍？好小子唯有到社会上去奋斗，经营与人民国家有益的事业。龌龌龊龊的，弄两个娘儿们在窑子，一混事，简直不能算是光棍。那耻辱大了，便是以后发了大财，五辈以后的儿孙，也洗不掉这污点，所以我给你出的主意，我愿意你耐着性儿试一试。”

伯雍把话说完，再看那从权时，已然泪眼滂沱，哭起来了。半天，才抽啼着说：“先生，我听了您的话，愧得我无地自容了。我怎做了这一件错事呢？从此我听您的话，不再和那些坏人比赛了。您教给我的主意，我越想越有理，我也不是办不到。我从前也很疑惑的，怎么中国人用的东西，都由外国来呢？如今听了您的话，我们自己走的路，实在都是不对的。富的不工作，贫的不工作，由哪里有货物呢？我由明天起，便实行您教给我的主义，不但教她们学着做工，我也学，教我母亲和兄弟也学。我想三年以后，我们一定不能这样龌龊了！您今天不是为我来的，是为我大娘来的，不想却由地狱里把我拔出来。”伯雍见从权精神上受了感动，便安慰他道：“你觉悟了，你的前途是不可限量的。如今咱们不要提这些话了，我应当和你大娘说话了。”此时从权的母亲，微微叹了一口气，过来给伯雍倒了一碗茶，说：“您先歇一歇吧，喝一碗茶。您所说的话，真是金石良言。我跟我儿子，吃这样的饭，心里真是不舒服呢。我也是养儿女的人，终日总以为这事不合理，但是我一个妇道，也不会说什么。今天您的话，真是救了他！”伯雍说：“您放心吧！您这个儿子，将来必能发迹的。皆因他是热肠的人，而且很有毅力，绝对不是安于卑鄙的人。我今天给他下了一服兴奋剂，他从此必要另换一个人的。”从权的母亲道：“要不是您，他也不能改悔，可见好人的话，是一定要听的。”说罢，仍和秀卿的娘坐在一起。伯雍喝了一碗茶，因又向秀卿的娘道：“老太太，您的事我给您办好了。”秀卿的娘见说，谢道：“这又教您分心了。”此时他娘儿三个，都把耳朵的官能，向伯雍那边注了意。伯雍续言道：“现在我们西山，创立一个女学校，还有一个贫儿院。我已求我父亲把您荐到女学那边，他们办学的，是有宗教的人，待人都很和平的。您到那里，一点委屈不能受。您的儿子崇格，也不必教他在龙泉孤儿院了。您可以把他带到西山，将来便送在那所贫儿院里。你们娘儿两个，到了那里，我想倒是个安身立命的所在。那里不亚如世外桃源，尽可以在那里养老。您这两天，把东西收拾收拾，哪天我同您把崇格领出来，等我再回家时，我就把你们娘儿两个带了去，您以为好不好呢？”秀卿的母亲还没有发言，早见从权由凳子上跳起来说：“好事。这事太好了，旁人打着灯笼寻不着。您知道么？西山园子是从前皇上家的地方，如今改为慈善机关，真是我们贫民老大幸福呢。但是没人介绍，哪能便进去呢？这事实在应当感谢先生的。”秀卿的娘见说，满脸笑容，向伯雍称谢不已。伯雍道：“您预备预备哪天领崇格去，我同您去。天不早了，我也该回去了。”将要走，从权连忙拦道：“您不能走！您既然肯到我家里来，您一定不拿我当畜类看待。自从听我大娘提起您的为人，我久已要见一见，今日既然见着了，我不许您就这样走，我总得请您喝三杯。再说这个地方，向常不见上等社会的人来，里面有许多外人不知道的事情，我也要请您看一看。您若拿我不当人，不可以坐在一起，您就走您的，那我也就不敢强留了！”伯雍道：“你既这样说时，我便扰你三杯完了。我要求你做个向导，在这里游一游。”从权道：“你肯赏脸，我乐极了。”说着换一身较整齐点的衣裳，戴上一顶帽头。请伯雍头前走。伯雍说：“这就走吗？”从权道：“天不早了。外面已有四五点钟，太阳已然落了。”伯雍道：“已然这时候了，天实在短多了。”从权道：“说话多了，不觉得耽误时候。您此刻必然饿了，走吧，我先请您喝酒去。”当下伯雍向那二位老妇人道了扰。秀卿的娘感谢不绝的，同着从权的母亲，把他二人送出去，很喜欢地进去了。

从权引着伯雍，出了巷口，那条街市上的铺户，已有上灯的了。街上的行人，也渐渐多了，那左近的娼属，出入的人，也觉热闹了。那些人很高兴地由这家出来，又进那家。他们都是三五成群，口里说的话，没有一句干净入耳的。他们多一半是年轻的人，还有许多像做买卖的人，他们的腰里多一半也就有五十铜子，但是每人心里都怀一个狮子吃绵羊的雄心，他们的五十枚铜元，也不能爽快就花了，总要跑过几十家，到处挑点邪眼，讨会子厌，等到两腿跑乏了，然后才择肥而噬。但是由伯雍眼睛里一看这些人，真不解他们为什么这样高兴。此时从权和伯雍说：“咱们不用上远处去了，就在面前那个醉花楼喝几杯吧？”伯雍道：“很好。方才我还在那里打听道儿，那个跑堂儿的，倒很和气的。”从权道：“一定是小周儿，他最和气不过的。”说着，已然走到饭馆门前。从权一拉风门，请伯雍先进去，他也随着进去了，里面也点着几盏电灯，有许多饭座儿，在那里吃饭呢。柜上的人，都认识从权，忙让道：“李爷，请那里坐。”从权道：“楼上有地方吗？”柜上人说：“有。”此时只见白天那个跑堂儿的噔噔噔由楼上跑下来了，一见从权便笑道：“李爷今天要请客么？楼上坐吧。”当下他二人撩衣上楼一看，较楼底下干净多了。跑堂儿小周，也随着上来，拣了一个闲座儿，请他二人坐下了，问道：“还有别的客吧？”从权道：“没有别人。”小周儿见说，给摆上小菜碟，两副杯筷，又问：“喝什么酒？要什么菜？”从权道：

“不要麻烦，你给汤[1]一斤绍酒，配四个菜，我们先喝着，吃什么我再告诉你。”小周儿说“好”，下面分付去了。从权因向伯雍说：“这个地方太窄得很，不过做的吃食，还干净。您此刻慢慢想着，普通的菜都有的，可以分付他们。”伯雍道：“这里很有意思。吃饭的勾当，原不必到大饭馆。在这样酒馆式的铺子，倒能吃得饱。”从权道：“我知道先生不见外，所以只在此地尽点孝心便了。”正说着，堂倌把酒菜拿来，从权饮得很豪，不住地劝伯雍饮。只是伯雍饮了几杯，已然不能再饮了。从权见伯雍酒够，他也不敢再喝，要了点蒸食干饭，陪着伯雍吃饭，教堂倌算了账，一共九吊二百钱。从权说：“写十吊吧。”小周道一声谢，忙着又给泡了一壶茶，每人喝了一碗。从权道：“天不早了，我领您溜达溜达好不好？”伯雍说：“好。我正愿意参观参观，咱们这就走吧。”说着下楼而去。

街上虽有许多灯火，较比八大胡同黑暗多了。伯雍也不知往哪里去，傻子一般，跟着从权走，他们串了好几个小巷，里面总有许多人，说说笑笑地乱挤，间或也有很冷静的地方。他们也到了好几个下处，院子里窄憋憋的，拥着好些人。他们的规矩，不往屋里让客，只凭一个龟奴一喊，那些失了自由没有人权的妓女，便都站在木屋的门口外头，任人观览。若到了四等，便不喊见客，一间间的小屋子，里面惨阴阴地点着一盏油灯，每一个窗户上，都镶一块一尺多大的玻璃。有客的，把玻璃帘儿放下来。没客的，便在炕上对那块玻璃坐着。院内游客，便从那块玻璃往里窥伺，如对眼，便知会龟奴，往屋里让，喝茶或是别的均有价格，那就听客人的自便了。伯雍来到

① 汤：烫。

这样的院子，他茫然不知所谓，他见一间一间的小屋，里面点着极阴惨的灯，他已然觉得毛骨悚然。他一想象这里面的罪恶和不道德，他简直不知人类的残忍性该当多大了。他听从权告诉他："您可以就着窗上的玻璃，往里看一看。"伯雍见说，大着胆子，就一块玻璃往里一看，屋里也就容下两个人，还有一铺小炕，放着一张小炕桌，别的陈设便看不清楚了。小桌上放着一盏洋油灯，灯光舍不得捻亮，只有三成光。灯影下坐着一个妓女，只看她满脸惨白，也不知是本色是擦的白粉，年龄也看不清楚，或者也许十七八，也许三四十岁，因为在那森暗的灯影之下，实在不易辨她的媸妍[①]和老少，便是极少艾[②]的一个美人，在这屋里一坐，也要令人股栗的。那妓女见伯雍在外面往里看她，一则为招揽生意，二则若有人进来，可以带进点空气或是捻亮了灯，所以她向伯雍一笑，满嘴的白牙都露出来了。她这一笑，里面不知含着多少伤心和惨痛，原冀可以勾劝伯雍的心，却不想把伯雍吓了一跳，赶忙离开那玻璃，向从权说："你再带我到旁处看看去。"从权道："您看着不中意么？"伯雍道："不是中意不中意的关系。我的目的，只不过略事参观，明白此间现象便了。"从权道："虽然这样说，咱们也得找一个地方歇一歇，若是这样跑，恐怕您累不了。"伯雍道："看吧，咱们再走两家，若是有闲着的屋子，咱们也可以坐一坐的。"说着出了这一家，又到旁处去串。

伯雍真有点乏了，只得寻了一家三等下处，他两个进了门，见院里却没许多人。从权说："这里清静，您可以招呼一

---

① 媸妍：美丑。

② 少艾：年轻美丽。

个人，歇一歇了。”伯雍说：“别忙，先看一看。”他们在院里绕了一周。只见离大门近的那间房子，门帘打着，里面一定是没有客的。及至往里看时，只见一个三十多岁快到四十的妇人，也打扮得妖妖冶冶的，只是凭她怎样装扮，也是不好看的，但是在一帮下等游客眼里，也许有拿她当西施的。伯雍对于她，并没注意，不过屋内有一件事情，足以惹起伯雍的好奇心。只见那妇人的炕沿坐着一个五六岁的小孩子，又瘦又黑，在这妇人怀下站着，委委屈屈的，意思要教这妇人抱抱他，但是那妇人两只手都没闲着。只见她拿一件蓝布破小棉袄，就那盏火油灯下，正拿虱子呢。大概那小棉袄，一定是那一个小孩子穿的，她所以为这小孩子如此尽心，不用问，那小孩子一定是她儿子了。伯雍看了这一幅图画，差不多要颤起来，因问从权说：“这个妇人也是混事的么？”从权说：“是呀。我还认识她的男人，从前在本街拉车，一家四五口人，委实生活困难。不想她男人拉一个军人到南苑去，不但没给钱，倒挨了一顿打。回家来，便气病了，一家子立刻没饭吃了。没法子，使了一百五十块钱的押账，把老婆押在这里混事，但是她这年纪快四十了，恐怕也混不到好处。那个小孩子，便是她的儿子，在家里本是离不开她的，所以时常到这里来找他的娘。”伯雍见说，更觉得心里发软，暗道：“贫民是自己没有能力呢，还是国家社会不教他们有能力呢？怎么北京的普通人民，男的除了拉车，女的除了下窑子，就会没饭吃呢？”因向从权道：“我看这里咱们倒可以坐一坐。”从权见说，向伯雍一笑，也不好反对，便叫来一个龟奴说：“这位先生要在这屋里坐一坐。”那龟奴见说，把伯雍看了一看，忙着叫了一声：“大金凤姑娘，有客。”那妇人见说，把破小棉袄忙给那孩子穿上，又忙着到洗脸盆那边去洗手，又叫龟奴赶紧把那孩子抱出去，屋子里忙了一团。那个龟奴刚把伯雍二人让进来，抱起那孩子就走，那孩子舍不了他的娘，“哇”的一声，哭喊起来。此时雍伯忙道：“不要把他抱走，就在屋里也不要紧哪。”那龟奴见说，把孩子放下了，掇了一把茶壶忙去泡茶。妇人究竟不知伯雍是怎个意思，数责那孩子道：“怎么一点也不明白！来客了，还是这样磨我。等我回家打你。”但是那孩子如同没听见一样，依旧挨着他娘去了。

屋子小得很，勉强坐下了。从权因问那妇人道：“你们爷们好了吗？”妇人见说，把从权看了一眼，很奇怪地问道：“你认得我们爷们吗？”从权道：“怎不认得，他不在本街拉车么？我也在本街住。”妇人道：“不用提了，他如今还没好利落呢。不睁眼的老总们，真厉害极了。若不是在南苑吃他们一顿打，他哪会病呢？他这一病，不但花了好多钱，把我也坑在这里头。不想我跟他半辈子，快老了，反倒当了娼妓，这有什么法子呢？我们家还有一个老婆婆，我又有两个孩子，若说给人家当老妈子去，谁肯先借给我们一二百块钱呢？我又得给男人治病，又得养活老小。除了这一着，实在想不出别的法子。唉，我们爷们这一场病，把我们一家害苦了。多怎中国才有王法呢！”说到这里，眼圈一红，却不住地直看伯雍，意思有点后悔，不应当这样说话，因为她见伯雍坐在那里一声不言语，又见他的衣服很齐楚的，莫不成是个官，或者是个军界人？她深恐把伯雍得罪了，忙推开他那孩子，给伯雍斟一碗茶，勉强笑着说：“请喝茶吧。”但是伯雍实在不敢喝她的茶，只说：“你坐着吧，不要张罗我们。”可是那妇人终疑惑伯雍是官面的人，她有许多话也不敢说了，不过问她什么，她说什么便了。

坐了一会儿，伯雍的思潮一起一伏的，也没有话说。从权遂向伯雍道：“您歇过乏来了吧，咱们再走一家好不好？”伯雍道：“好，你再带我走一走。”说着开了钱，同从权出去了。那妇人还说“再来”，可是她心里头对于伯雍的误解，到底不会消释。

他们又到了一家四等，伯雍这次觉得明白一点了，他自己也敢到那小玻璃窗前往里窥伺。这种盗贼行为的问柳寻花，在伯雍觉得奇怪极了，而且卑下极了，但是众人行之若素，当局还由这种不堪的地方，货卖人肉、坠丧道德的地方，苛求一种捐税，那真是不可解的事情了！伯雍已然到好几个窗洞，都看过了，那阴森凄怪的景象，只能使人不快，怎能引起人的欲念呢？可是每日都是这样的，每日都有许多人疯子般往这里跑，究竟他们以为很快乐的事，是在哪里呢？

大凡野蛮未开化的人民，总以达到残忍目的算是一快乐。直到如今，所以有强奸的行为，也都只为人类的野蛮根性未退。下等娼窑，虽然不比强奸，但是人类的罪恶和残忍，实际上差不多在轮奸行为以上。可是人类的有权者和国家的法律，对于不常见的强奸和轮奸，虽然勉强规定几条法律，对于这公然以人肉为业，供给无量数的蛮民，每日到此实行强奸或轮奸的行为，不但不定出一种科罚，而反加以官许的形式，究竟法律是什么东西呢？道德又是怎样解释呢？社会上有好多事情，性质和行为原是一样的，可是一方为法律所不许，一方又为法律所优容，文明的法律，应当这样矛盾吗，应当这样不平吗？人类社会所以有这样的现象，还是不讲人权的结果。我们没有别的称谓，只好仍然加以野蛮的徽号。

伯雍最后又走到一块璃玻窗的前面，往里张时，只见屋里尤觉凄暗。一盏半明不灭的油灯，旁边坐着一个妇人，约在二十左右，穿着一身花道布的夹衣，正在那里掩面啼泣。她为什么哭？在伯雍固然一点也不明白。不过看那悲惨的背景，配上一个妓女在那里啼哭，内容的惨痛，也就不问可知了。因回过头来向从权说："你认得这个妇人吗？你来看看，她为什么哭呢？"从权见说，就那块玻璃往里一看。少时，直起腰来，向伯雍道："我认得她。她的男人叫王德，从前跟着一个营长当护兵，因为偷盗主人东西，被斥革了。这小子一点不务正，不但赌钱，还打吗啡，到了把老婆押在这里头了。至于他这老婆是怎来的，也不知道。大概也是拐来的。听说这妇人生意不甚佳，在这里头混事，多少也须有点运气才成呢。但是她哭的不知为什么。"伯雍说："咱们进去坐一会儿。"从权见说，喊过一个人，叫把帘子打起。那妇人见有客进来，便不哭了，随手把那盏灯捻亮，只见她依然泪眼模糊。从权因打趣她道："大嫂子，你哭什么，难道想起你的情人？"妇人道："还想情人呢，都要死了！"说着由衣兜内，取出一包茶叶，教龟奴去泡茶。此时她的脸上，已露出一点喜容，不照方才那样哭丧着了。从权依然问她道："你到底哭什么呢？我们在外面见你直哭，怪难受的，所以进来坐一坐。你做生意别哭呀！"妇人道："怎能教人不哭呢？想起来真没个活头。这四等窑子，也不是谁与的。若在头二等，还可以彼此串屋子，我们便和囚犯一样，一出屋门，被警察看见还要罚。偏巧今天一个客也没有接，眼瞧着要落灯了，连灯油钱还没有着落。不睁眼的忘八，还要找我来要钱。一肚子的委屈，跟谁说去呢？所以越想越难受，不觉得哭起来。幸亏有你们二位，不然我今天就不能开张了。”伯雍见说，暗道：“听了这个妇人的言语，再证以方才那个妇人所说的话，凡是陷在此中的，不是因为男人养活不了，便是有一种无赖子男人，欲依赖老婆养活他，所以可怜的妇女，寻不出别的生路，只得飞蛾投火地，往这里硬跳。但是长此以往，北京社会究竟要成个什么东西呢？实在是不堪设想的事了。”

时间已然到了，表上的时针，催着伯雍得回去了。开了钱，遂和从权一同出门去了。到了街上，伯雍向从权说：“你家去吧。外面已然十二点多钟，我也该回去了。”从权道：“我送您到大街上，这里的道儿，您不大熟识，走错了倒麻烦了。”说着穿街越巷，经过好几条极黑暗的小胡同，才到了西珠市口大街。伯雍一见，脑子里清楚了，已然辨出东南西北，因向从权说：“你回去吧。这我就明白了，但是我跟你说的话，你便牢牢记着。你若照我的话去实行，你在这极黑暗地方，定然要放出一个光亮来。有许多可怜无告的女子，也能借看你这点光亮，得着她们吃饭的正途。你想想，我们方才所看见的现象，惨不惨？我们也是人类，我们看见她们因为自己没能力，社会国家又不替她们想法子，不得已坠落在这人肉市场里。我们应当对于她们表示一种同情，想法子救济她们。我们哪里还有心肠蹂躏作践她们。所以我劝你不必避艰难困苦，在这悲惨无人道的地方，独树一帜，渐渐改变一种劳工生活，这便是你终生不朽的事业。”从权见说，很入感[①]地向伯雍谢道：“先生的话，比金子值钱。无论怎样，我也要实行。好在你看得见我。”说罢向伯雍鞠了一躬，自去了。伯雍呆呆地看了他

① 入感：感动。

半天，见他渐渐没入黑影儿里去。伯雍一个人暗道："他觉悟了吧？他若真个觉悟，他在这黑暗地狱里，可以算作一盏水月电灯了。

夜气深了，西北的冷风，中在人身上，觉得很锐利了。大街上行人稀绝了，只有那拉不着买卖的人力车，兀自在街上彷徨。在黑暗的长街上，也看不见车夫和车身，只有那盏照路的车灯，在极冷空气里荧荧颤动。远远的还有几处豆腐浆摊子，由那热锅里，不时地往外冒蒸汽，这是冬天街上一个极佳的点缀。

第十五章

过了数日，秀卿的娘已然把行李冬衣预备好了，伯雍又同她到龙泉孤儿院把崇格领出来，她仍旧在本星期内，一同到西山去，先住在伯雍家里。次日伯雍和他父亲，带着她娘儿两个，到了西山，面见那两位大慈善家，开恩把他们收下了。伯雍的心愿，至此算完全偿了，伯雍不便在家里久住，过了两天，依旧回城里报社。他从此立定一个目的，什么与官场政界有关系的事，不但不愿去做，而且连想也不敢想它，知道他的性质和能力，绝对不是可以在政界里活动的。他索性把一切妄想都屏除了，一心要做一个文学家，他所研究的文学，是切于实际，于人生最有关系的。他于中国的文学，虽然有一点研究，他却不想做一个文章家和诗家。他虽然对于新文学未表示何等的欢迎，他也不专专守着旧文学的脑筋，一点也不知道改变。他利用外国文，读了许多小说，他看出小说的文章，比什么文章都有用处，而且在文学上，也真能有极大的价值。他实验的结果，他以为用桐城派的文体，写社会上大小事故，究竟不能发挥尽致，终不如小说家用一管秃笔，洋洋洒洒，写好几十万言，社会上诸般事情，都不能有逃形的。小说能够任意发挥自己哲学思想，也能替一群无告的人代鸣不平。大小说家的心思笔路，不是光写一个人的主观。他们锐利的眼光、深湛的思想、深刻的笔墨，能够一一刺入一般人的心坎，仿佛一言一句，都由别人心里掏出来。无论舍谁看见，也得表同情的。小说的功用大得很，小说的文章，也是不可纪极[①]的，差不多和衣食住三项的要素同功。人们对于他的要求很切的，人的思想、人的生活，多一半用小说的力量来改造，所以他一心要做一个小说家。他对于中国的小说，第一佩服《水浒传》，第二是《儒林外史》，第三是《儿女英雄传》。《红楼梦》虽然也在他爱读之列，他却不十分景仰的。外国的小说家，他第一赞成法国的嚣俄[②]，第二是英国的迭更斯[③]，第三是俄国的托尔斯泰，第四是苏格兰的斯格得[④]，斯格得的思想，因他所处的时代关系，虽然旧一点，但是文章是极好的，可以与《水浒》并驾齐驱，写武士没有再比他好的了，而且他的种族思想非常热烈，所以伯雍很景仰他。至于伯雍的思想和要作小说的动机，完全受的是嚣俄、迭更斯、托尔斯泰的著书的感动。他每日除了研究文学，便安下心去作小说，腾出余暇，也能出去看看戏，访访朋友。因为秀卿的母亲和兄弟，有了安身之处，在伯雍觉得安闲多了，他也不敢再去发那狂热，假如他再要和秀卿的娘一般摊上一个，他非白白地累死不可，所以他把救济穷人的狂热心，一点也不敢萌。对于社会，完全持一种消极的态度。他知道对于社会用消极的心来对待，是万不应当的，但是他若不消极的自处，非殉葬不可了。所以他没法子，把社会上的事不敢问了，一心在文学上用点功夫。

如此又过了两三年，歆仁的报纸，仗着他的小说，销路很

① 不可纪极：意为不可穷尽。

② 嚣俄：今译为雨果。

③ 迭更斯：今译为狄更斯。

④ 斯格得：今译为司各特。

广了。伯雍常和歆仁说："咱们的报，近来很好了。你是当议员的，应当在政治方面去活动，你无论加入哪一党，谁也不能管你，但是你不要把你的报完全弄成机关的性质。北京的报，多一半是仰赖机关生活的，一点振作也没有，我们的报，若好生经营一下子，未尝不可以做一完全营业性质的民间新闻。若照你这样办法，你在哪党，教你的报也属哪党。不但我们当编辑的很感苦痛的，报务绝对不能发达的。"歆仁口里虽然很赞成伯雍的意见，他究竟没有办报的诚心，他究竟吃过机关报的甜头，他绝对舍不得钱扩充报务，他每月所费的经费，绝对不许超过补助费。至多不许用到三分之二，并且他完完全全地要做一个机关报，所以编辑人没法子发展，只得敷衍从事。这时歆仁正帮着帝制派捧老袁当皇帝，天天有许多关于帝制的新闻，都是他自己做。他每日出去奔走，晚上回来做新闻，往往到两三点钟也不能消闲，但是他很高兴的。他说这回老袁的皇帝一定做成了，他还劝大家作请愿书，或是劝进表，将来都有好处的。怎么他这样精明的人，今日会迷到这个样儿呢？他不知道这回的帝制，是硬做么？不知道各地方都起了祸疱[①]么？乱子眼看就到了，他怎说一定做成呢？其实老袁做了皇帝，于他有什么好处，也无非拿他的报当一种御用报，多给几个补助费便了。为这一点小利，便迷了利害关系，无怪袁家父子做了这一场沉酣的皇帝迷梦，直到临死还不觉悟。可见利令智昏，虽如项城之豪杰，也不能免的。果然洪宪的年号刚一颁布，各地反对之声，同时并起，没有几个月，昙花一现的皇帝，竟自升遐而去。办帝制的这一群人，都慌了手脚，一个一个地，纷纷

① 祸疱：祸患。

亡命去了。且有好几家报馆，同时都歇业了。歆仁的报馆，也受了帝制的遗毒，把寿命葬送了。不但他的报馆不能存在，连他的生命财产，也很危险呢。因为反帝制派，把他也列在小祸首之内。他听了这个消息，他实在不能不躲避，他把这几年所弄的钱和金珠细软，赶忙存在交民巷外国银行里，带着他的爱妾桂花，一同躐入[①]使馆界，打算要在外国使馆里，暂避一时之难。但是外国使馆不知他是何许人，拒而不纳。他说："我是中国的议员，因为受了政治的嫌疑，特求贵公使保护的。"外人回复他道："贵国议员，人数太多，敝界湫隘，无法收容。且使馆界素重卫生，不能庇护议员，致使空气浊恶。先生还是自寻楼所吧。"歆仁受了这场抢白，无法子，只得带着他的爱妾到六国饭店去住。

过了几天，外面风声渐渐松了，歆仁又请出人来向各方面一疏通，算是没他的事，但是他的损失，也实在不小，报馆也开不成了，只得摘牌歇业，欠给编辑的好几个月薪金，他也硬不给了。伯雍不可惜别的，由民国元年，直到现在，一日也不曾离手的报纸，忽然消灭了，未免有情。但是他的力量，也不能把它复兴起来。没法子，只得暂归西山，享受几天闲日月。至于他后来于文学上造诣得到如何境地，成就了如何事业，那是后来的话，此书暂且不叙。我们所知道的，北京的政治，似乎一天比一天黑暗。北京的社会，一天比一天腐败。北京的民生，一天比一天困难。可是北京上中下三等人民，每天照旧是醉生梦死，一点觉悟没有。梅兰芳的戏价，一天比一天贵。听戏的主儿，照旧那样多。茶楼酒肆，娼寮淫窟，每天晚上，依

① 躐入：此处意为闯入。

然是拥挤不动。禄米仓的被服厂女工，更加多了，工钱连六枚铜元都挣不到了。贫儿教养所，一天总要有多少贫儿送进来，但是传染病益发厉害了，可是监狱式的办法，依然未改。街上人力车的号数，一天多似一天，可是汽车的号数，也很增加的。教育公所依旧是那样烟不出火不进的，朱科长的权力，一点也没有动摇，他每日仍是坐着他那辆骡车，很高兴地去上衙门。他的脑子什么事也不想，他的眼睛什么事也不看，他就知道他是个科长，在社会上很尊贵的，凡此等等，皆是伯雍于五年中所目击的。他总想用小说的体裁，把他于此五年中所见所闻和心里所感想的事，详细地写出来，可惜他没有工夫去做。如今他正家居，他大概要从事这种著作的，但是他的书何日才能出来呢，这是我们所盼望的。

（全书完）

原书序跋

原序一

尝闻妙心实相，照取万万之恒沙，定慧止观，悯此沄沄之人海，非言无以寄言，乘本愿而托讽，必道乃可悟道，参慈力而应化。夫然则世情历阅，皆为精进之幢，习俗尽知，可云不退之毂。根不染乎六尘，道实符乎一贯，举凡祸福之倚伏、阴阳之消息、寇婚之恩怨、物我之成亏，皆可视同浮幻。解离贪着，发意树之空花，吐心莲之轻馥，宏启三涂，恢张六道，开金绳之觉路，为甘露之玄言，此其诱掖浮生、观感流俗、为何如哉？于吾友穆君儒丐所著之《北京》说部，有以知其然矣。君家世清华，义心卓越，洞澈微旨，镜洽前闻，备君子九能之才，而噤不得施，悟风诗三百之旨，故朴以有立，夙感自然，黄中通理，素心淡泊，白望何尤，神剑万灌，甘藏宵敛之锋，唐弓九成，何必抉拾之试，固已韫匵自珍，抱璞而止矣。当其少年之场，豪气盖世，眼高四海，心醉六经，一舸乘彼沧溟，万里窥乎瀛岛，扶桑若荠，天风海水之声，渤澥如杯，净芥坳堂之感。既而读百国之宝书，采殊方之风俗，子产博物，张华多闻，记远国遐乡之事，窥宛委琅环之编。尝诵五十万言，能作百六公对，性情所契，诗书成缘，枕簏能勤，笔翰益肆，方意鹏搏扶摇，龙翔寥廓，得天衢之哼道，会目下之群贤，文采声华，两臻其极也。孰意故国归来，新局已变，沧桑满目，蒿莱棘心，悲歌燕市，残羹冷炙之场，狂喜鸠居，卑赀纖趋之辈。昔日挚友已作宣明之面向人，自有素心，何必范叔之袍怜我，驴材令仆，羊胃通侯，车赫马耀，策高足而相凌，振色盱衡，犹雅跽以相对，修容入厩，视为固然，望尘拜趋，恬弗为耻，以此夸天下而无靳颜，对故人而有骄意，君既嫉之，色斯举矣，甘受颅颔之议，不耐酸咸之味，求相知于风尘，甘此心于寂寞，口如嗜阙，对俗客而无言，刺已生毛，耻要津之干谒，鱼喧米哄，苦于周旋，豪竹哀丝，聊以闲写，乃觉靡颜腻理之乡，差无俗意，娱光渺视之豸，别有会心，倾情柔曼，触目琳琅，神疏笑浅，知余情之信芳，风语花言，令意消而矜释，乱头粗服，弥觉清佳，玉筋石华，无非真挚，华琰苕琬，亦有才杰之人，传粉熏香，不减英瑶之气，心乎爱矣，慨其言之，所谓取人无方，初非弃位而姣也。然而十丈软尘，茫茫东市，一抔香土，脉脉西冷，方知猥形俗状，一时之荣，艳骨芳魂，千年不朽，于是所感既深，所知尤博，世事洞明，人情练达，激浊扬清，发抒其宿志，苏世居正，固具乎素心，因之摛词纂思，清明条达，洪笔丽藻，英儒瞻才，或缀集乎异闻，或会粹乎旧说，考方国之语，采谣俗之志，设言必近乎人情，隶事则周于世用，明是非以宣教，厉清议以督俗，如禹鼎象物，魑魅莫能逢旃，如秦镜烛邪，肝胆无不洞澈，虽虞初之说部，殊洞冥之浮言，匿非藏情者，对之恧焉，抱伪怀奸者，望而惧矣。民彝天秩，其所关实深，世道人心，将借之以正，伏而诵之，爱莫能已，如以慧剑，破烦恼之贼，如获智珠，应不住之法，得三明，超九劫，而理苞圣愚，道济真俗也。于其刊行，爰为之序云。沈阳陶明濬拜序。

原序二

考《汉书·艺文志》，小说家出于稗官，盖所由来久矣。其中所载小说家，凡十有五，都千三百八十篇，其书多属依托，词旨浅薄，故后世无传焉。自汉以还，代有作者，递衍递进，以迄于宋。而章回小说，于以盛行，著述浩如烟埃，偻指难数。迨及挽近，作者益众，文人学士，于吟诵之暇，出其闻见，著之篇章，以流行于远近，其书之繁，真可汗牛充栋，然而优劣交杂，雅俗相揉，求其有关世道，有益人心，足以增长智慧，诚寥寥不可多观。夫浅见寡闻之士，读书未多，积理未富，则逡巡退缩，而不敢为。敢为矣，而著述未工，何能传世而行远？彼读书多矣，积理富矣，著述工矣，而其所为虚妄怖奇之谈、导淫诲盗之语，各自矜许，以弋名利，藉使播之远方，垂之异世，其淆人听闻，蠹人心志，蔽人聪明，流敝之大，宁有终极？吾以是横求之现今，竖求之往古，能传之小说，其数几何？在能传之中，而可读者，其数几何？在可读之中，而必获其益者，其数又几何？甚矣小说名著之尠，而为之之难也！余友穆子六田，工诗文，善书，才情高骞，理宜显贵，而乃温温无所试，一若与世无争者，居常撰述小说以自遣，所著如《梅兰芳》《落溷记》《香粉夜叉》等，皆脍炙人口，艺林重之。《北京》小说者，为其最近得意之作。书既成，将付印，朋侪多为之序，六田更索序于余。余意小说之于世人，其感化力为最大，世之人，往往囿于积习，是非混淆，善恶莫辨，则有人焉，将一切世态人情，皆笔之于书，如温犀烛怖，如禹鼎铸奸，如秦镜之照人肝胆也。为之指道于前，告以人生之正鹄，存其是而去其非，称其善而贬其恶，言者无罪，闻者足戒，是诚有移风易俗之功者也。贾生曰：移风易俗，类非俗吏之所能为。余则以为移风易俗，非可尽诿之在上者，读书人与有责焉。然读书之士，则有喜作浮靡之文、颓丧之诗，以无用为有用，又乌足以当斯重任！六田善为文，而不欲以文显；善为诗，而不欲以诗传；善为画，而不欲以画名世。独喜作社会小说，盖隐以移风易俗为己任，其抱负之大，固似如哉！六田之小说，与彼世俗之诗文集较，其优劣之相去，奚翅十倍百倍千万倍！更与彼世俗之新小说较，其雅俗之相去，奚翅十倍百倍千万倍！是书也，吾知其必传，吾知其可读，吾知其读必获益，愿以此言，质诸六田。并愿以此言，质诸读者。

如弟蝶生韩梦琦拜撰

原序三

小说者，所以警世励俗也，于社会教育，俨据一席，东西各国，每选有关世道人心之作，列入教科，是小说不第为社会教育，其有造于学校教育者，亦非浅鲜。顾利之所在，害每随之，不善读者，易滋流弊，于是侦探小说，每有诲盗之嫌；言情小说，辄遭诲淫之诮。未收其利，反蒙其害，此小说作者亟应力矫斯弊、而预为之防也。迩来魑魅朋兴，妖孽群起，大千世界，尚有几何净土？而小说作者，感环境之险恶，慨世俗之浇漓，于是社会小说，已于霜林落后之山，争相辈出，悬秦宫之镜，燃牛渚之犀，举凡社会之龌龊行为，罔不记叙描摹，巨细靡遗，似可寒奸邪之胆，收笔伐之功矣。究其实际，适以供若曹之参考资料而已。照奸烛怪，警世励俗，恨未能名实相符，此小说家之狃习，固无庸深讳者也。穆子儒丐，以长篇小说雄于时，《梅兰芳》一书，脍炙人口固已，其为《盛京时报》所著，如《香粉夜叉》《徐生自传》诸作，亦莫不风行海内，誉满寰中。最近之《北京》，尤为精心结撰之品，主旨所在，专注民生，写贫民之苦况，倡废娼之盛举。以余所见，晚近社会小说中，别具匠心而能确收补救社会之效者，当以是篇为巨擘，移风易俗，济世福民，儒丐之功，不亦伟欤！蕉影近十年来，迫于生计，从事说部，然只可谓为噉饭术耳。所著之长篇社会小说，若余之《黑幕》，若《华胥国游记》，若《觉后言》，虽亦志在警世，以视儒丐之《北京》，则相形见绌，顿增愧怍矣。儒丐近徇读者所请，另印专书。付梓之后，索序于余。惜余镇日忽忙，脑力衰退，原著曩昔分刊，阅后半多忘却。兹略揭其本旨，弁诸简端，实未能罄是书之所长也。佛头着粪，已愧荒唐；探骊遗珠，更惭挂漏。儒丐老友，当不斥余之唐突也。

中华民国十二年十二月　抚顺陈蕉影序于东三省公报馆

原序四

小说之要，厥有三焉，辞美足以愜动阅者，一也；旨趣足以惩奖人心，二也；刻画足以表襮真象，三也。自庸妄者为之，力不足以愜动，则构饰嫚亵以导淫；力不足惩奖，则比附道学以劝善；力不足以刻画，则讦发邪隐以骇俗。若是者，皆优良作家之所不屑为，而亦优良阅者之所不屑寓目也。儒丐之为小说也，有真美，不须嫚亵以导淫；有真旨，不须道学以劝善；有真力，不须讦发以骇俗。虽然，一与二，纵为儒丐之所长，而亦中流以上作家之所能勉。至其三，则根于痌瘝之性分，基之平生之经验，非可卒致力办、随人取求者，则儒丐之所独也。《水浒》《红楼》之所以江河不废者，以前者能传江湖桀猾之生活状态，而后者能传贵家华族之生活状态，而其所传者，则亦根于性分，基于经验，而非虚构而妄饰也。儒丐之为《北京》，亦犹是而已矣。抑又思之，今之涎慕夫宝雪维几主义[①]之新颖，而日津津以谈平民生活为时务，终以自身之生活，与所谓平民的拮

① 夫宝雪维几主义：即布尔什维克主义。

距颇远，而言之多闻者，盍即儒丐之《北京》以求之乎？而儒丐则仍曰：吾为吾之小说云耳，无须缀谬附新主义以自标揭也。

中华民国十二年十二月　杨橐吾序

原序五

予耳穆子之名久矣，尝思拜谒杖履，与之纳交，而因二元当前，嚼火失色；雷斗在近，布鼓无声；小巫见大巫，不觉废然思返。故虽心向往之，而终未获一见也。年来寄迹戎马，远戍关山，南北飘蓬，行踪无定，惟每日观其文章，以开茅塞，数年之间，如一日焉。观摩弥久，景仰弥深，盖虽未谋面，而神交已久矣。岁在癸亥，予弃戈归田，应《大北新报》之聘。《大北新报》者，《盛京时报》之所分也。始得与先生纳交，观其议论风采，汪汪焉，浩浩焉，不可量已，而后乃知其学问之深且远也。先生虽为当代文豪，而谦虚若谷，好奖励后进，不以予为椎鲁，时加辱教之，可不谓茫茫宇宙间，一知己也乎哉！忆予自弱冠以来，慈父见背，南北奔驰，依人作嫁，阅人何虑千百，而知己则寥寥，屈指计算，仅父执袁洁珊、吾家泠佛、及先生三人耳。甚矣夫风尘中知己之难得也！今先生所著之《北京》小说，行将出版，问序与予。予喜其书之成也，而无辞以赞之，因叙先生之学问为人，与夫予之所以纳交者，以为海内人士告，至于其小说之珠玉满篇，脍炙人口，则为有目者所共赏，无须予之赞扬，故略而不言云。

中华民国十二年十二月朔十有九日
白眼狂生序于滨江《大北新报》社

原序六

穆子儒丐，负不羁清才，生当末季，悲悯有志，问世无心，不得已寄卓识于稗官，抒伟议于说部，所撰之小说多矣，悉关于世道人心之作。《北京》一书，其尤著者也。是中之主要人物，如伯雍以高尚学者，坎坷不遇；秀卿以淑慧女子，溷落以终；白牡丹以纯洁艺人，而醉心势力；李从权以侠义男儿，而甘蹈猥贱。虽或为环境所役，或为生计所迫，要之皆不良之社会，有以驱使之也。余所述官场之龃龉、教育之窳败、娼窑之污浊、民生之困蹙，凡社会污点、风俗恶化，无不描写尽致，均于铺叙之中，隐寓讽刺之意。言者无伤，而闻者知警，有益于世道人心，岂浅鲜哉？今之世，社会小说汗牛充栋，非嫉世愤俗、激愤谩骂，即西抹东涂，记述琐屑，触人忌讳，厌人听闻，于世无补，且遗害焉。较诸是书，直有大小巫之分也。余希读《北京》者，目为恶社会之写照可矣，目为恶社会之针砭亦可矣，奚必以小说名之耶。

中华民国十二年十二月　东莱芗福序于沈阳旅次

题词

△读《北京》说部（自适斋主拜识）

心血区区几呕残，形容妙处到毫端。
寻常著作知多少，难与先生一例观。

社会人人思改良，从无砭俗救时方。
知君说部装成帙，功德巍巍不可量。

徒手无从假斧柯，权将笔墨慰蹉跎。
维持社会饶生计，神圣功能一样多。

苦口能成救世功，正人心术挽颓风。
发明道德无余蕴，说部由来是正宗。

△奉题《北京》说部四首即呈六田兄郢政（瘦吟馆主）

惆怅中原逐鹿场，几番回首泪沾裳。
剧怜一代兴亡恨，付与伊谁话短长。

未肯蹉跎负此生，盛衰家国事关情。
只将一管生花笔，敢向人间削不平。

卷地干戈混马蹄，争城争野战云迷。
谁知国计民生事，一介书生掩泪题。

黑白纷纭涌万端，盲风怪雨乱如湍。
祝君保此春秋笔，好作中流砥柱看。

△题六田兄《北京》说部（怡园弟沈彭龄）
三复瑶编感若何，燕京风物太蹉跎。
金吾棨戟无关锁，夜月楼台有笑歌。

罗刹场中新市阓，春明池畔古山河。
绘声绘影犹余事，一片婆心利济多。

爽气西山拂面来，江淹又见笔花开。
不教柱下窥新史，谁信昆明有劫灰。

风雅渐颓移俗志，文章久负揆天才。
燕台韵事凋零尽，多赖扶轮妙化裁。

△题《北京》说部（游龙馆王金韬氏拜题）
滚滚长江浮白骨，茫茫燕市蔽黄埃。
伊谁轸念苍生苦，肯向人间说法来。

一部新词字字酸，忍教中夜起长叹。
看来世态都如此，何必人间有稗官。

太息人心多坠落，只堪说与有心人。
绝怜一管生花笔，惯向人间一写真。

万斛京尘洗不清，逃名无奈走边城。
知君笔底牢骚甚，写向人间总不平。

自序

文章之道非一，要在达性情抒思想而已。性情不容乎伪饰，必出之以道挚；思想不假乎幽玄，必示之以切确。文学者何？表现真挚之性情、发抒切确之思想者也。一流于伪，虽有藻词，难兴情感。始吾为文，不务高远，惟择其情真而理确者，朝夕研诵。然文章之见乎真性、不假伪饰者，无如小说。《水浒》《儒林》《红楼梦》《儿女英雄》，皆天地之至文也，窃尝慕之。比年以来，稍稍研究外国文学，于英之迭更斯、法之嚣俄以及晚近俄杂斯之文学，尤所酷嗜也。乃舍向之为文之道，执笔学为小说，誉之者有人，毁之者亦不乏也，以为弃古文而不为，津津乎为稗官家言，是自暴也。噫！吾惟知以性情为文，以文宣吾之理，吾岂暇顾其他哉？使吾为墓表碑志之文，吾不得不谀乎冢中之枯骨也；使吾为献寿赞颂之文，吾不得不媚乎座上之权势也。违此则非其文，式其文，则违其性，吾是以避伪而趋真，不以其为小说而小之也。是篇，于读书之余，命笔直书者，都十四五万言，言非出于好恶，事则取诸平凡，至其为情为理，则由吾心中所自出也。或曰：文以载道，不闻易钱。小说者流，以文为货者也，乌见其有道理哉？

则见仁见智，又在读者，吾虽以是博微资，凡吾所言，亦未尝无物也。书中如述被服厂女士之惨状、教养院贫儿之不幸以及下等娼窟之毫无人道，皆为历来作家所不屑寓目者，吾则以为此等社会状况，诚乃小说必需之材料，亦作家所宜注意者也。此吾所以乐为小说，以目之所触，情即生焉，因情生文，用抒吾想，舍小说安能左右逢源、自由描写者乎？孰毁孰誉非所计也。岁在癸亥季冬，穆辰公自序于沈阳半亩寄庐。

跋

穆子辰公，十二年来，以卖文为业，而尤以说部脍炙人口，然固非穆子之志也。穆子固有志于世者也，惟遭时多故，重以家累，又不苟求，遂以文博升斗，所著长、短篇小说，约数十种，虽效稗官言，而所见者大。一读其书，同情之感，不觉油然而生也。非有穆子之学、之笔，亦何能至是哉！凡小说者流，多以风花云月，男女私情，以博人悦。或则怪诞不经，但传奇罕，诲淫诲盗，识者议焉。穆子之书，取材至近，而描写入微，非道人之所不能道，仅以人人心中所欲道而不能道者，穆子捉而渲染之，故其词浅而指深，意转特别浓厚也，此书为穆子最近之杰作，对于各层社会，或则讽刺入骨，或则慨寄同情，描写之工，无以喻矣。而穆子之志，亦可藉是得窥一二也。书成，为跋数语，惜不能尽其美，是在读者之玩索耳。癸亥立冬日雪笠山人识于沈阳客次。

铁葫芦

阅读开始了

《乱时候，穷时候》《苦菜花，甘蔗芽》 姜淑梅 著

姜淑梅 1937 年生于山东省巨野县，1997 年开始认字，2012 年开始写作，部分文字刊于《读库 1302》《读库 1304》《读库 1306》等。作者讲述了近百年来亲身与闻的“乱穷时代”往事，被读者誉为：每个字都“钉”在纸上，每个字都“戳”到心里。著名作家王小妮称作者是中国“最后的讲故事的人”。

《最后的耍猴人》 马宏杰 作品

《中国国家地理》摄影师马宏杰用 12 年时间，跟拍了中国最后一代耍猴人行走江湖的故事。作者跟着耍猴人一起扒火车，一起卖艺，从这个特殊群体的生活，反映了当代中国的现状与变化。在作者的镜头和文字里，猴子和人同吃一锅饭，同睡一张床，结一辈子的伴，行走江湖，赚钱养家，猴子和人养育各自的儿女，他们一起生活，一起老去，一起消逝于这个时代。

《为你，耶路撒冷》 （美）拉莱 · 科林斯 / （法）多米尼克 · 拉皮埃尔 著

本书为《巴黎烧了吗？》两位作者的另一部代表作。作者用两年时间，采访了从国家元首到普通一兵，从媒体记者到小店服务员的大量历史参与者，并披阅了浩如烟海的第一手资料，再用三年时间写成此书。书中句句有出处，事事有依据，以丰富的细节记录了巴以分治前后，围绕耶路撒冷发生的战争与博弈，以及由此给犹太人、阿拉伯人，还有全世界带来的巨大长久的影响。

《等待》 （美）哈金 著 金亮 译

本书已在全世界出版 20 多个语种，作者因这部长篇小说，成为迄今唯一同时获得两项全美文学最高奖（“国家图书奖”和“笔会 / 福克纳小说奖”）的华人作家。书里的故事发生在中国东北：20 世纪六七十年代，军医孔林苦苦等待 18 年，终于和结发妻子淑玉离婚，跟久久苦恋的情人吴曼娜结合。漫长的煎熬过后，等来的是身心的解脱，还是更牢固的枷锁？

铁葫芦

铁肩担道义　葫芦藏好书